掃除婦のための手引き書

A Manual for Cleaning Women

ルシア・ベルリン ｜ 岸本佐知子 訳

ルシア・ベルリン作品集

Selected Stories　Lucia Berlin

講談社

掃除婦のための手引き書——ルシア・ベルリン作品集

Published by arrangement with Farrar, Straus and Giroux, New York
through Tuttle-Mori Agency, Inc., Tokyo

目次

エンジェル・コインランドリー店　9
ドクターH.A.モイニハン　19
星と聖人　31
掃除婦のための手引き書　45
わたしの騎手《ジョッキー》　65
最初のデトックス　69
ファントム・ペイン　77
今を楽しめ《カルペ・ディエム》　89

いいと悪い　97
どうにもならない　115
エルパソの電気自動車　121
セックス・アピール　127
ティーンエイジ・パンク　137
ステップ　141
バラ色の人生《ラ・ヴィ・アン・ローズ》　147
マカダム　157
喪の仕事　161
苦しみ《ドロレス》の殿堂　171

ソー・ロング　187
ママ　201
沈黙　213
さあ土曜日だ　235
あとちょっとだけ　257
巣に帰る　271
物語《ストーリー》こそがすべて　リディア・デイヴィス　292
訳者あとがき　311

ルシア・ベルリン Lucia Berlin（1936～2004）
Photo: Buddy Berlin (©2018 Literary Estate of Lucia Berlin LP)

装幀　クラフト・エヴィング商會［吉田浩美・吉田篤弘］
カバー著者写真　Buddy Berlin (©2018 Literary Estate of Lucia Berlin LP)

エンジェル・コインランドリー店

背の高い、年寄りのインディアンだった。色のあせたリーヴァイスに見事なズニ族のベルト、真っ白の長い髪を後ろで束ねてラズベリー色のひもで結んでいる。奇妙なのはここ一年ほど、このインディアンとわたしがいつも同じ時にエンジェル・コインランドリー店に来ることだった。同じ時刻というわけではなかった。こっちは月曜の朝七時に行くこともあれば金曜の夕方六時半のこともあるのに、いつ行っても向こうが先に来ていた。

ミセス・アーミテージも年寄りだったけれど、あの人はこうではなかった。ニューヨーク十五丁目のサン・ファン・ランドリーでの話だ。客はプエルトリコ人だらけ。泡ぶくで水びたしの床。わたしは若くて、赤ん坊がいて、木曜の朝におむつをそこで洗っていた。アーミテージさんはうちの真上の4Cに住んでいた。ある日店で彼女に鍵を渡されて、受け取った。もしもあたしが木曜に来なかったら、それはあたしが死んでるってことだから、わるいけどあんた死体の発見者になってちょうだい、そう彼女は言った。ずいぶんすごい頼みごとだと思った。それに、そうなると必ず木曜日に洗濯しなくちゃならなくなる。

アーミテージさんが死んだのは月曜日で、わたしはそれきり「サン・ファアン」に行かなかった。死体は管理人が見つけた。どうやってかは知らない。

「エンジェル」で、インディアンとわたしは何か月も口をきかず、空港にあるみたいなプラスチックの黄色いつながった椅子に、ただ並んで座っていた。傷だらけのリノリウムの床に椅子がこすれると、歯が浮くような音をたてた。

彼はいつもジム・ビームをちびちびやりながらわたしの手を見ていた。直接見るのではなく、向かいに並んだスピード・クイーン洗濯機の上にかかっている鏡ごしに見た。最初はべつに気にならなかった。年寄りのインディアンが、汚れた鏡の〈アイロンかけ　一ダース＄１・５０〉の黄ばんだ貼り紙と、蛍光オレンジで書いた「平穏の祈り」のあいだからわたしの手を見ている、それだけだった。**神よ　変えることのできないものを受け入れる心の平穏を　我に与えたまえ**〔訳注・断酒会でよく捧げられる祈り〕。でもだんだんと、この人は手フェチか何かじゃあるまいかと気になりだした。タバコをふかしたり鼻をかんだり何年も前の雑誌をめくったりしながらも、見られていると思うと落ちつかなかった。雑誌の中ではジョンソン大統領夫人がゴムボートで急流下りをしていた。

とうとう釣られてわたしも自分の手を見た。わたしが自分の手を見るのを見て、彼がかすかに笑うのがわかった。〈洗濯物の詰めこみ厳禁〉の貼り紙の下、鏡の中で、わたしたちの目がはじめて合った。

わたしの目はうろたえていた。自分の目を見、それから自分の手を見た。ひどい老人斑、傷あとが二本ある。非インディアンの、落ちつきのない、孤独な手だ。子供たちと男たちといくつもの庭が、その手の中に見えた。

その日（つまりわたしが自分の手に気づいた日）、彼の両手は張りつめた青い腿《もも》の上に一つずつのっていた。いつもはひどく震えて膝《ひざ》の上でぶるぶるしっぱなしだったが、その日は震えないようにぐっと押さえつけていた。よほど力をこめているんだろう、日干しレンガみたいな関節が白くなっていた。

アーミテージさんと店以外で口をきいたのは一度きりだった。ある日彼女のトイレの水があふれて、うちのシャンデリアを伝って床まで水がしたたり落ちた。まだ灯ったままの明かりに水しぶきが散って、虹がかかっていた。アーミテージさんは死にかけの冷たい手でわたしの腕をつかんで「ああ、奇跡みたいだわねえ」と言った。

彼の名前はトニーといった。北のほうのヒカリヤ・アパッチ族。ある日姿が見えないと思ったら、肩に大きな手が置かれて、すぐに彼だとわかった。トニーは十セント玉を三つよこした。よくわからないままありがとうと言いかけて、気がついた。手が震えすぎて乾燥機が動かせないのだ。これは素面《しらふ》のときでもむずかしい。片手で矢印を回しながらもういっぽうの手でコインを一枚入れ、レバーを押し下げ、矢印を戻してまた次のコインを入れないといけない。

トニーは洗濯物が乾いて下にくたっと溜まるころ、へべれけになって戻ってきた。ドアも一人で開けられず、黄色の椅子に座ったなり気を失った。わたしの服はもう乾いて、たたんでいる最中だった。

店主のエンジェルとわたしとで、トニーをアイロン室の床に寝かせた。部屋はおそろしく暑かった。店じゅうの禁酒の誓いや祈りの貼り紙は、ぜんぶこのエンジェルの作だった。**考えるな、飲むな。**彼はトニーの額《ひたい》に水で濡《ぬ》らした靴下をのせ、横に膝をついた。

「いいか兄弟、よく聞きな……おれもその地獄を見てきた人間さ。だからあんたの苦しさはようくわかる」

トニーは目を開けなかった。他人の苦しみがよくわかるなどと言う人間はみんな阿呆だからだ。

エンジェル・コインランドリーはニューメキシコ州アルバカーキにある。アルバカーキ四番通り。場末の商店とゴミ集積場。軍用折り畳みベッドだの靴下片方だけだの一九四〇年の『衛生生活』だのを売る中古ショップ。穀物倉庫に逢い引き用のモーテル。酔っぱらいやヘナで髪を染めたお婆さんが「エンジェル」の客だ。メキシコ系の幼な妻も「エンジェル」に来る。タオル、ピンクの短いネグリジェ、〈木曜日〉と書いてあるビキニのショーツ。その亭主たちのオーバーオールは、ポケットのところに手書きで名前が書いてある。鏡に映った乾燥機の窓に名前が出てくるのを待ちかまえて読むのが、わたしのいつもの楽しみだ。ティナ。コーキー。ジュニア。

旅行者も「エンジェル」に来る。凹《へこ》みだらけのおんぼろビュイックの屋根に、汚れたマットレスや錆《さ》びた赤ん坊用椅子をくくりつけている。オイルパンからは油がぽたぽた、キャンバス地のバケツからは水がぽたぽた。ついでに洗濯機からも水がちょろちょろ。男どもはシャツなしで車に座り、空になったビールの缶を手でにぎりつぶす。

でも何といっても「エンジェル」にいちばん来るのはインディアンだ。サン・フェリペやラグーナやサンディアあたりのプエブロ・インディアン。アパッチは、コインランドリーでもほかの場所でも、トニー以外に会ったことがない。わたしはインディアンたちの服が回っている乾燥機を、目をちょっと寄り目にして眺めるのが好きだ。紫やオレンジや赤やピンクが一つに溶け合って、極彩色の渦巻きになる。

わたしも「エンジェル」に来る。なぜだか自分でもわからない、インディアンのせいばかりでもない。家は町の反対側にある。ほんの一ブロックのところにはキャンパス・ランドリー店がある。エアコン完備、BGMは有線のソフトロック。雑誌は『ニューヨーカー』に『Ｍｓ』に『コスモポリタン』。大学院助手の奥さんたちが、子供にゼロ・バーやコーラを買ってやる。たいていのコインランドリーのご多分にもれず、「キャンパス」にも**染色《DYE》は固くお断りいたします**の注意書きがある。わたしは緑色のベッドカバーを抱えて町じゅうを車で走りまわり、やっと「エンジェル」の黄色い看板に出会った。**当店ならいつでも死《DIE》ねます。**

けっきょくベッドカバーは思っていたような深紫ではなく、泥っぽい緑色にしか染まりそうになかったけれど、それでもまたここに来たいと思った。インディアンと彼らの洗濯物が好きだった。壊れたコークの自販機も水びたしの床もニューヨークみたいで懐かしかった。せっせとモップをかけるプエルトリコ人、いつ見ても故障中の公衆電話。ここでなら、アーミテージさんの死体を木曜日に見つけられただろうか。

「おれはアパッチの長《チーフ》よ」さっきから座ってポートワインを飲み、わたしの手を見ながらトニーは言った。

女房はいま他人の家の掃除婦をしてる。子供は息子ばかり四人いた。末っ子は自殺、いちばん上のはベトナムで死んだ。あとの二人はスクールバスの運転手をやってる。

「なんであんたのことが好きか、わかるか?」と彼は言った。

「わからない。なぜ?」

「あんたがレッドスキン〔北米インディアンの蔑称〕だからだよ」彼は鏡のなかのわたしの顔を指さした。たしかにわたしの肌は赤いけれど、本当に赤肌のインディアンには会ったことがなかった。

トニーはわたしの名前も気に入って、イタリア風に〝ル・チーア〞と発音してみせた。第二次大戦でイタリアに行ったと彼は言った。なるほどたしかにシルバーとトルコ石の素晴らしいネックレスに混じって、認識票《ドッグ・タグ》が下がっていた。一か所、大きな凹みがあった。「弾が当たったの?」いいや、怖《お》じ気《け》づいたり女が欲しくなったりするたび、こいつを噛《か》みしめたのさ。

いちど彼から、おれのトレーラーハウスでいっしょに横になって休まないか、と誘われたことがある。

「エスキモーなら〝いっしょに笑う〞って言うとこね」わたしはそう言って、蛍光グリーンの**洗濯機のそばを離れるべからず**の文字を指さした。つながったプラスチックの椅子の上、わたしたちはいっしょにくっくっくっと笑った。それからしばらくどちらも無言だった。静まりかえったなか、規則正しい水の音が波のように響いた。彼のブッダの手がわたしの手をとった。

列車が通った。彼がわたしを肘《ひじ》でつついた。「でっかい鉄の馬だ!」そしてまた二人で一からくっくっくっと笑った。

わたしには人種にまつわる無根拠な持論が山ほどある。たとえば、黒人はみんなチャーリー・パーカーが好き。ドイツ人は冷血。インディアンのユーモアのセンスはわたしの母さんみたいに変わっている。母のお気に入りの冗談の一つは、ある人がかがんで靴ひもを結んでいたら、もう一人がやって来て、その人をこてんぱんにのしてから言った、「いつもいつも靴ひもを結びやがって！」。もう一つは、ウェイターが給仕をしていて客の膝に豆をこぼしてしまい、そして言った、「ああしまった、豆をこぼしてしまった！〔〝豆をこぼす〟には秘密をもらす、の意味がある〕」コインランドリーが空《す》いているときは、トニーもよくこの手のジョークをくりかえした。

あるときトニーはひどく酔って手がつけられなくなり、駐車場でどこかの出稼ぎ労働者たちと喧嘩《けんか》になった。連中は彼のジム・ビームを割ってしまった。エンジェルは、もしアイロン部屋で自分の話を聞くなら半パイント瓶《びん》を買ってやろうと彼に言った。わたしが自分の洗濯物を洗濯機から乾燥機に移していると、エンジェルがトニーに「一日一日の積み重ね」の教えを垂れるのが聞こえてきた。

出てくると、トニーはわたしにコインを握らせた。わたしが彼の洗濯物を乾燥機に入れている横で、彼はジム・ビームの瓶のふたが開けられなくて四苦八苦していた。椅子に座ろうとしたら、いきなりどなりつけられた。

「おれは長《チーフ》だぞ！　アパッチ族のチーフなんだ！　くそったれめが！」

「くそったれはそっちだよ、チーフ」彼は黙って酒を飲みながら、鏡の中のわたしの手を見ていた。

「チーフ様が、なんだって洗濯なんかしてるのよ?」

どうしてそんなことを言ってしまったのかわからない。こんなひどいこと、言うべきではなかった。彼が笑ってくれるとでも思ったんだろうか。たしかに彼は笑った。

「あんた、どこの部族だ、レッドスキン?」わたしの手が煙草を出すのを見ながら彼は言った。

「わたしが生まれてはじめて吸った煙草はね、さる王子様が火をつけてくれたのよ。信じる?」

「信じるよ。火、いるかい?」彼がわたしの煙草に火をつけ、そしてわたしたちは顔を見合わせて笑った。二人がうんと近づいた、と思ったら彼は気を失い、わたしは鏡の中で独りになった。

若い女の子が一人いた。鏡の中ではなく、窓際の椅子に座っていた。湿気で髪がくるくる巻いた、やせっぽちのボッティチェッリ。わたしは貼り紙を片っ端から読んだ。**神よ我に勇気を与えたまえ。ベビーベッド新品未使用　赤ちゃん死亡につき。**

女の子は自分の服をターコイズ色のかごに入れると、行ってしまった。わたしも自分の服を台の上に移し、トニーの服の乾きぐあいをチェックして、コインをもう一枚足した。「エンジェル」で、わたしはトニーと二人ぼっちだった。わたしは自分の手を見、鏡の中の目を見た。きれいなブルーの目。

遠い日、わたしはビーニャ・デル・マルの沖合でクルーザーに乗っていた。生まれてはじめて煙草を一本もらい、アリ・ハーン王子〔ペルシャ王朝の血を引くイタリア生まれの富豪。ハリウッドで大勢の女優と浮名を流した〕に火をもらえるかしら、と訊《き》いた。「やあ、はじめまして《アンシャンテ》」と王子は言った。でも本当は、王子はマッチを持っていなかった。

わたしは洗濯物をたたみ、エンジェルが戻ってきたので、店を出た。

それがあの年寄りインディアンを見た最後だったと気づいたのがいつだったか、思い出せない。

ドクターH・A・モイニハン

聖ジョセフ校はひどいところだった。わたしは尼さんたちが恐ろしくて、テキサスのある暑い日にシスター・セシリアを殴《なぐ》って退学になった。罰として、わたしは夏休みのあいだずっと祖父の歯科医院で働かされた。でも本当の理由は、たぶんわたしが近所の子供たちと遊ぶのを大人たちがいやがったからだ。メキシコ人やシリア人。黒人はいなかったけれど、母に言わせれば時間の問題だった。

それに家では祖母のメイミーが死にかけていて、祖母のうめき声やお仲間の祈る声、ひどいにおいやハエや、そんなものからもわたしを遠ざけておきたかったのだろう。夜、モルヒネが効いてメイミーがうとうとすると、祖父と母はそれぞれの寝室でお酒を飲んだ。ポーチで寝ていると、バーボンをとくとくと注ぐ音が二方向から聞こえてきた。

夏休みのあいだ、祖父はわたしにほとんど話しかけなかった。わたしは器具を消毒して並べ、患者さんの首にタオルを結び、〈ストム・アセプティン〉マウスウォッシュの入ったコップを渡して、ぺっとしてくださいと言った。患者がいないと、祖父は作業部屋で入れ歯を作るか、事務室でスクラップをした。わたしはどっちの部屋にも入ってはだめだった。スクラップするのはアーニー・パイルやローズベルトの記事だった。日本の戦争とドイツの戦争、それぞれに専用のスクラップブックがあった。「犯罪」や「テキサス」、「珍事件」なんていうスクラップブックもあった。どこかの男がかんしゃくを起こして二階の窓からスイカを投げた。スイカはその人の奥さんの頭に当たって奥さんは死に、はねかえって乳母車に当たって中の赤ん坊も死に、それでもスイカは割れなかった。

祖父はみんなに嫌われていた。メイミーと、たぶんわたし以外。毎晩手がつけられないほど酔っぱらった。邪険で偏屈で、人を人とも思わなかった。ジョン叔父さんと喧嘩して拳銃で片目を撃ち、母を子供のころからずっとはずかしめ、踏みにじってきた。母は祖父と口をきかず、汚いと言ってそばにも寄らなかった。食べ物をこぼす、唾《つば》を吐く、濡れた煙草をそこらじゅうに置きっぱなしにする。全身、入れ歯の鋳型《いがた》の白い石膏《せっこう》まみれで、ペンキ屋か彫像みたいだった。

祖父は西テキサス一腕のいい歯医者だった。もしかしたらテキサス一。みんながそう言い、わたしもそれを信じた。来るのは年寄りのアル中かメイミーのお友だちだけだと母は言ったけれど、そうではなかった。ダラスやヒューストンからも、えらい人たちがわざわざやって来た。祖父の作る入れ歯がすばらしかったからだ。祖父の入れ歯は、ずれず、息ももれず、本物の歯とまるで見分けがつかなかった。秘密の調合の着色料で本物そっくりに色をつけ、ときには欠けや黄ばみ、詰め物やかぶせ物まで再現した。

作業部屋には誰も入れなかった——一度だけ消防士が入ったのをべつにすれば。四十年間いちども掃除していなかった。祖父がトイレに行ったすきに入ってみたことがある。窓は埃《ほこり》と石膏とロウで真っ黒に汚れていた。明かりは二つのブンゼン・バーナーのちらちら揺れる青い炎だけ。壁ぎわに石膏の大きな袋が積んであり、いろいろな差し歯が入った瓶や入れ歯の型の破片で足の踏み場もない床に、袋の中身がこぼれていた。壁にはピンクや白のロウのかたまりが、クモの巣に沿って点々とぶら下がっていた。棚には錆びた器具類がぎっしり並び、たくさんの入れ歯が悲劇・喜劇の仮面みたいに、笑ったり、さかさまになって怒ったりしていた。作業しながら祖父は大声で歌った。吸いさしのタバコの火がしょっちゅうロウのかたまりやチョコレートバーの包み紙に燃えうつり、それにコーヒーをかけて消すので、石膏が厚く積もった床に洞穴みたいなこげ茶の染みができた。

作業部屋の奥には小さな事務室があって、祖父は蛇腹の蓋《ふた》のついたロールトップデスクでスクラップをしたり小切手を書いたりした。小切手にサインしたあとペンをぴっと振るので名前の上に黒くインクがはね、たまに金額が読めなくなって、銀行から問い合わせの電話がかかってきた。

診察室と待合室の境にはドアがなかった。祖父は治療しながら後ろを振りかえり、ドリルを振りまわしながら待っている人たちと話をした。抜歯の患者さんは寝椅子に横になって休み、ほかの人たちは窓枠やラジエーターの上に座った。たまに電話ボックスの中に座る人もいた。大きな木のボックスの中には公衆電話、扇風機、それに〈私はいまだかつて嫌いな人間に会ったことがない〉と書かれたプレート。

雑誌は一冊もなかった。誰かが置いていっても祖父が捨ててしまった。ただのへそ曲がりよ、と母は言った。祖父いわく、他人が座ってページをぱらぱらめくっているのが我慢がならないのだそうだ。

座らない人たちは待合室を歩きまわって、二つの金庫の上に置いてあるものを手にとった。ブッダの像。入れ歯をはめた、顎《あご》が針金で開いたり閉じたりするしゃれこうべ。尻尾をひっぱるとかみつくヘビ。さかさにすると中で雪が降るガラスのドーム。天井には〈こんなとこ見てなんになる?〉のプレート。金庫の中には詰め物用の金と銀、札束、それからジャック・ダニエルの瓶がしまってあった。

エルパソの大通りに面した窓ぜんぶを使って、金文字で大きく〈H. A. モイニハン歯科医院ニグロは診察しません〉と書いてあった。窓以外の三方の壁にかけた鏡のそれぞれにもその文字が映っていた。同じ文句は外廊下に面した扉にも書いてあった。わたしは黒人の人たちが来てその文句ごしに中をのぞきこんだらと思うと恐ろしくて、けっして扉のほうを向いて座らなかった。ここケープルズ・ビルディングでは、エレベーター係のジム以外に黒人を見たことはなかった。

誰かが予約の電話をかけてきたら、もう患者は取ってませんと言えと祖父がわたしに命じたので、夏がすすむにつれ、わたしたちはどんどん暇になっていった。メイミーが死ぬすこし前には、ついに患者は一人もいなくなった。祖父は作業部屋と事務室にこもりきりだった。わたしはときどき屋上にあがった。そこからだとファアレスと、エルパソのダウンタウンがすべて見わたせた。人ごみの中から一人を選び、見えなくなるまで目であとを追う遊びをよくやった。でもたいていは待合室のラジエーターに座って下のヤンデル通りをながめていた。何時間もかけてキャプテン・マーベル・ペンクラブから届いた暗号文を解いたけれど、つまらなかった。ただAをZに、BをYに……とやっていくだけだったから。

　夜は長くて暑かった。メイミーのお仲間たちはメイミーが眠っているあいだもそばについて、聖書を読みあげたり、たまに歌ったりした。祖父は家を抜け出してエルクスやファレスに行った。帰りは8-5タクシーの運転手の肩を借りて階段をのぼってきた。母はブリッジをやると言って出ていって、でもやっぱり酔っぱらって帰ってきた。メキシコ人の子供たちは夜うんとおそくまで外で遊んでいた。わたしは女の子たちをポーチから眺めた。街灯の下のコンクリートにしゃがんでジャックス〔ボールをバウンドさせ、その間に床に投げたジャックスと呼ばれるコマを拾うゲーム〕をやっていた。わたしはいっしょに遊びたくてたまらなかった。ジャックスの音はわたしには魔法の響きだった。コマが地面に散らばるときの、ドラムをブラシでなでるような、雨みたいな音、雨が強い風で窓ガラスに当たってちりちりするみたいな。

　ある朝、まだ暗いうちに祖父に起こされた。日曜だった。わたしが服に着替えるあいだに祖父がタクシーを呼んだ。交換手に8-5タクシーにつなぐように言い、相手が出ると「ちょいとそこまで頼む」と言った。日曜日なのになぜ仕事場に行くのかと運転手に訊かれても、祖父は返事をしなかった。ロビーは暗くてこわかった。ゴキブリがタイルをかさかさ走りまわり、鉄格子の奥から雑誌が不気味に笑いかけた。祖父がエレベーターを運転した。荒々しくガシャンと上げ、また下げ、また上げて、最後にやっと五階の少し上で停まり、床までとびおりた。停まると、しんと静かだった。聞こえるのは教会の鐘とファアレスの路面電車の音だけだった。

祖父のあとについて作業部屋に入るのはこわかったが、無理やりひっぱりこまれた。映画館みたいに真っ暗だった。ブンゼン・バーナーの火があえぎあえぎ灯った。それでもまだわたしには見えなかった、祖父に何をやらされるのか見えなかった。祖父が棚からひと組の総入れ歯を出してきて、明かりに近い大理石の台の上に置いた。わたしは首をふった。

「いいからよく見ろ」祖父が口をあんぐり開けて、わたしはその歯と入れ歯を交互に見くらべた。

「お祖父《じい》ちゃんのだ！」わたしは言った。

入れ歯は祖父の口の中の歯の完璧なレプリカだった。血の気のない、薄ピンク色の醜《みにく》い歯ぐきまでそっくりだった。歯はところどころ詰め物があり、ひび割れ、欠けたりちびたりしていた。一つだけちがうのは、前歯の一本に金のかぶせ物がしてあるところだった。画竜点睛ってやつだ、と祖父は言った。

「この色、どうやったの？」

「見事だろうが、うん？　わしの最高傑作と思わんか？」

「思う」わたしは祖父と握手した。この場にいられることが心底うれしかった。

「でも、どうやって入れるの？」とわたしは言った。「ちゃんと合うの？」

ふだん祖父は、まず全部の歯を抜いて、歯ぐきの傷がなおるまで待ち、それから歯ぐきの型を取るというやり方をした。

「新しい連中がこういうやり方をしてるんだ。歯を抜くより前に型を取って義歯を作り、歯ぐきが縮んじまわないうちに入れる」

「じゃあいつ歯を抜くの？」

「今だ。ここでやる。道具を用意しろ」

わたしは錆だらけの煮沸器のプラグをさしこんだ。電線のほつれたところから火花が散った。祖父がそっちのほうに行きかけた。「かまわん、そんなものは――」でもわたしが止めた。「だめ、ちゃんと消毒しなくちゃ」祖父は笑った。祖父はトレイにジャック・ダニエルの瓶とタバコを置き、タバコに火をつけ、紙コップにウイスキーをなみなみ注いだ。そして椅子に座った。わたしはライトを調節し、祖父の首に前掛けを結び、ペダルを踏んで椅子を上げ、後ろに倒した。

「あたしと代わってほしい患者さん、きっといっぱいいるだろうな」

「あれはもう沸いたか？」

「まだ」わたしは紙コップにストム・アセプティンを何杯か注ぎ、気付けの嗅《か》ぎ薬の瓶を用意した。

「もしお祖父ちゃんが気を失ったら？」

「かまわん。そしたらお前がやってくれ。なるべく根っこに近いところをつかんで、ねじりながら引っぱるんだ。酒を」わたしはストム・アセプティンのコップを渡した。「小細工するな」わたしはウイスキーを注ぎなおした。

「お祖父ちゃんの患者さんは誰もお酒なんか飲まないよ」

「あいつらはわしの患者だ、お前のじゃない」

「はい、沸いた」わたしは煮沸器の湯を口ゆすぎ台にあけ、タオルを広げた。そしてもう一枚タオルを使って、祖父の胸の上のトレイに器具を扇形に並べた。

「小さい鏡を持っててくれ」祖父はそう言うとペンチを手に持った。

わたしは祖父の膝のあいだの足のせ台の上に立ち、鏡を顔の前で支えた。最初の三本は難なく抜けた。祖父がわたしに歯を渡し、それをわたしは壁ぎわの樽《たる》の中に放った。前歯はしぶとかった、ことに一本がなかなか抜けなかった。祖父はげっとむせて手を止めた。根っこがまだ歯ぐきにひっかかっていた。祖父が変な声を出してペンチをわたしによこした。「取れ！」わたしは歯をひっぱろうとした。「ハサミだ、馬鹿！」わたしは祖父の足のあいだの金属の台に尻もちをついた。「ちょっと待って」

祖父はわたしの頭ごしにウイスキーの瓶をつかみ、らっぱ飲みし、べつの道具をトレイから取った。そして残りの下の歯を鏡なしで抜きはじめた。木の根をめりめり裂くような音だった、冬の地面から木を力ずくでひっこ抜くような。血がトレイにしたたり落ちた、わたしがしゃがんでいる金属の台にも、ぽた、ぽた、ぽた、ぽた。

祖父が馬鹿みたいに笑いだし、ああついに頭が変になったと思った。祖父の体が上から倒れこんできた。わたしは恐怖で急に立ちあがり、はずみで祖父を倒れた椅子に押し返した。「抜けえ！」祖父があえぎながら言った。わたしはパニックになりながら、もし自分が歯を抜いてお祖父ちゃんが死んだら殺人になるだろうか、ととっさに頭で考えた。

「抜けえ!」祖父の口から細い赤い滝がひとすじ顎をつたって垂れた。

わたしはペダルを踏んで椅子をいっぱいに倒した。祖父はぐったりして、わたしが上の奥歯を横向きにねじって抜いても何も感じないらしかった。祖父は気を失い、灰色の二枚貝みたいな唇が閉じた。わたしはその口を開けて片方の端にペーパータオルを押しこみ、残りの奥歯三本を抜きにかかった。

歯はぜんぶ抜けた。ペダルを踏んで椅子を下げようとして、まちがってレバーを押してしまい、祖父はぐるぐる回転しながら血をあたりの床にふりまいた。そのままにしておくと、椅子はきしみながらゆっくり停まった。ティーバッグが必要だった。祖父はいつも患者にティーバッグを嚙ませて止血していた。メイミーの引き出しを全部ひっぱって中身をあけた。タルカムパウダー、お祈りカード、お花をどうもありがとう。ティーバッグは電気コンロの後ろの缶の中にあった。

口に入れたタオルは真っ赤に濡れていた。それを床に捨て、口の中にティーバッグをひとつかみ入れて顎を閉じさせた。ひっと声が出た。歯がなくなった祖父の顔はガイコツそっくりだった。毒々しい血まみれの首の上の白い骨。おそろしい化け物、黄色と黒のリプトンのタグをパレードの飾りみたいにぶらさげた生きたティーポット。わたしは母に電話をかけに走った。コインがなかった。祖父のポケットから取ろうにも体が動かせなかった。祖父は失禁していて、おしっこがぽたぽた床に垂れていた。鼻の穴から血の泡がふくらんではじけた。

電話が鳴った。母からだった。母は泣いていた。日曜のごちそうを作らなきゃならないのに。

ポットロースト。メイミーが作るみたいな、キュウリとタマネギも。「助けて！　お祖父ちゃんが！」そう言って電話を切った。

祖父は吐いていた。わあ、すごいや、と思ってから笑いだした。こんなときに「わあ、すごいや」なんて考えるのは馬鹿げてる。ティーバッグをぐちゃぐちゃの床に捨て、タオルを濡らして祖父の顔をふいた。嗅ぎ薬のふたをあけて祖父の鼻に近づけ、それから自分でも嗅いでみて身ぶるいした。

「おれの歯！」祖父がわめいた。

「もうないよ！」わたしは子供に言って聞かせるように言った。「ぜんぶ抜いちゃったよ！」

「新しいやつだ、馬鹿！」

わたしは入れ歯を取りにいった。もとの祖父の歯と本当にうりふたつだということが、今ならよくわかった。

祖父はファレスの物乞いみたいに入れ歯に手を伸ばしたが、手がひどくふるえてつかめなかった。

「あたしがやったげる。まずゆすいで」そう言ってマウスウォッシュを渡した。祖父は口をゆすぎ、顔を上げずに吐き出した。わたしは入れ歯に消毒液をふりかけてから祖父の口にはめた。

「はい、できた！」メイミーの象牙の手鏡を顔の前にかざした。

「おう、いい歯ぐきだ！」祖父は笑っていた。

「最高傑作だね、お祖父ちゃん！」わたしも笑って、汗まみれの顔にキスをした。

「ちょっと、どういうこと！」母が大声で言い、両腕をつきだしてわたしに向かってきた。血に足をすべらせ、歯の樽の上に倒れかかり、そこでなんとか踏みとどまった。

「ママ見て、お祖父ちゃんの歯」

母はまるで気がつかなかった。ちがいがわからなかった。祖父がジャック・ダニエルを注いだ。母はそれを受け取り、上の空で乾杯のしぐさをしてから飲んだ。

「父さん、あんた狂ってる。この人は狂ってる。いったいぜんたい何なのよ、このティーバッグ？」

祖父のシャツは肌にはりついて、はがすとぺりぺり音をたてた。わたしは祖父を手伝って、胸と、しわだらけのお腹をきれいにふいた。それから自分の体もふいて、メイミーのサンゴ色のセーターを着た。8－5タクシーが来るのを待つあいだ、二人は無言で飲みつづけた。下りのエレベーターはわたしが運転して、かなり床に近いところでうまく停められた。家に着くと、祖父はタクシー運転手の肩を借りて階段をのぼった。メイミーの部屋の前で立ち止まったけれど、祖母は眠っていた。

そして祖父も自分のベッドで眠った、ベラ・ルゴシみたいに歯をニヤニヤむきだしにして。さぞや痛かったにちがいない。

「父さん、いい仕事をしたわね」と母が言った。

「じゃあお祖父ちゃんのこと、もうきらいじゃない？」

「いいえ」と母は言った。「大っきらいよ」

星と聖人

待って。これにはわけがあるんです。

今までの人生で、そう言いたくなる場面は何度となくあった。あの精神科医とのことだってそうだ。その人は、うちと裏庭を接したコテージに住んでいた。新居を改装するあいだ、そこに仮住まいをしていたのだ。とても感じのいい人で、おまけにハンサムだったから、当然わたしはいいところを見せようとした。ブラウニーをお裾《すそ》分《わ》けに行こうか、でもがつがつしていると思われるのも困る。ある日の明け方、わたしはいつものようにコーヒーを飲みながら窓の向こうの庭を眺めていた。ちょうどスイートピーやデルフィニウムやコスモスが咲いて、庭はそれは素敵だった。わたしは――そう、そのときわたしは幸せでいっぱいだった。どうしてそう言うのにためってしまうんだろう。甘っちょろい人間だと思われたくない、いい格好をしたいと思うからだ。ともかくわたしは幸せいっぱいで、外のデッキに出て小鳥のエサをまいて、ナゲキバトやフィンチが何羽もやって来てエサをついばむのをほほえみながら眺めていた。そこに、ビュン、大きな猫が二匹デッキに上がってきて、あっと言う間に羽根を散らして小鳥たちをむさぼり食いはじめた。ちょうどそのときコテージのドアが開いて、精神科医氏が外に出てきた。彼は恐怖の目でわたしを見て、「なんてことだ！」と叫んで引っこんでしまった。そして、けっして思い過ごしではなく、それきりわたしのことを露骨《ろこつ》に避けるようになった。ちがうんです、誓《ちか》って猫が小鳥をむしゃむしゃ食べるのを見て笑ってたわけじゃないんです、あんまり急《きゅう》すぎて、スイートピーやフィンチのときの笑顔を引っこめるひまがなかったんです。そう弁明したかったが、あとの祭りだ。

物心がついたころからずっと、わたしの第一印象はつねに最悪だった。モンタナのあの時だってそう。わたしはただいっしょに裸足《はだし》になりたくて、ケント・シュリーブの靴下を引っぱりおろしただけだった。靴下がパンツにピンで留めてあったなんて全然知らなかった。でもここで話したいのはそのことではなく、聖ジョセフ小学校だ。世の精神科医たちは（勘違いしないでほしい、わたしはべつに精神科医にこだわっているわけじゃない）――精神科医たちは〝原光景〟だの〝前エディプス期の喪失体験〟だのをもてはやしすぎて、小学校とクラスの同級生が与えるトラウマには見向きもしない。あれほど残酷で血も涙もない連中はいないというのに。

最初に入学したエルパソのヴィラス小学校で起こったことについては、もう話す気もしない。すべてはひどい勘違いだった、それだけだ。とにかく三年生に上がってふた月ほど経ったある日、わたしは聖ジョセフ校の校庭に立っていた。今日からはここがわたしの学校だ。わたしはすっかり怖じ気づいていた。制服さえ着ていれば何とかなるんじゃないかと最初は思っていた。でもわたしは脊椎《せきつい》湾曲症のせいで、まあ早い話が背中が曲がっていて、そのせいで鉄のごつい矯正具を背中にはめていたので、それに合わせて白いブラウスもチェックのスカートもぶかぶかのを着ていた。そしてもちろん、母はスカートの丈詰めをするような人ではなかった。

ここでもまた勘違いがおきた。数か月後、シスター・マーセディスが廊下の監督係をやっていたときだった。若くてきれいで、きっと大変な悲恋の末に尼さんになったのにちがいなかった。砲撃手の恋人が戦争で死んでしまったとか。わたしたちが廊下を二列縦隊で歩いていると、廊下に立っていたシスターがわたしの曲がった背中に手を触れてささやいた、「まああなた。十字架を背負っているのね」。彼女は知るよしもなかったけれど、そのころのわたしはすっかり宗教マニアになっていた。彼女のその何気ないひと言のせいで、わたしはますます主イエスと運命の絆《きずな》で結ばれていると信じこんでしまった。

（世の母親の言葉も罪深い。ついこのあいだ、バスに小さな男の子を連れた女の人が乗ってきた。きっと働くお母さんで、子供を保育園にお迎えにいった帰りなのだろう。疲れてはいたけれど、息子と会えたうれしさに、今日は何があったのと訊《たず》ねていた。男の子がその日あったことを逐一話すと、母親は「ああ、あなたはほんとに特別な子！」と言って抱きしめた。すると男の子は言った、「トクベツ？　じゃあぼく、ばかな子なの？」。目にいっぱいに涙をためて恐怖にうちふるえる息子の横で、お母さんは微笑《ほほえ》みを浮かべつづけていた。小鳥事件のときのわたしみたいに。）

あの日校庭で、どう頑張ったってこの中には入れないとわたしは悟った。なじめないだけでなく、入れなかった。校庭の一角では女の子二人がなわとびの大縄をまわしていて、バラ色の頬《ほお》をしたきれいな女の子たちが列から一人ずつ走り出て中に入り、一度、二度と跳んでは、すいと出てまた列の後ろについていた。ぱしん、ぱしん、誰ひとりリズムを乱さない。校庭の真ん中には円形ブランコがあって、目がまわりそうな勢いで回転しつづける輪っか形のシートに、みんな笑いながら飛び乗ったり飛び降りたりしていて……やっぱり誰も落っこちもせず、遅れもしなかった。どこもかしこも、何もかもが左右対称《シンメトリ》で同調《シンクロ》していた。二人の尼僧は同じリズムでロザリオを揺らし、清らかな顔を二つひと組みたいに同時に動かして生徒たちに会釈《えしゃく》する。ジャックス。ボールがコンクリにぽんと弾《はず》み、一ダースのジャックスが投げ上げられて、細い手首が一振りでそれを全部さらう。ぱち、ぱち、ぱち、べつの子たちが複雑に手を打ちあわせる遊戯をやっている。小っちゃいオランダ人が言うことにゃ、ぱち、ぱち。わたしは校庭をあてどなくさまよった。入れないだけでなく、どうやらわたしは誰の目にも見えていないらしく、そう思うと複雑な気分だった。校舎の裏に逃げこむと、調理場のほうからにぎやかな音と笑い声が聞こえてきた。そこにいると、校庭からわたしの姿は見えなかった。なつかしい物音にほっとしたけれど、ここもやっぱり入れなかった。と、そのとき、きゃあっ、わあっと叫び声が中から上がり、無理よ無理できないわ、と尼さんが言うのが聞こえたので、わたしはここぞとばかりに入っていった。尼さんができないと言ったのは、ネズミ捕りからネズミの死骸をはずすことだった。「あたしやります」とわたしは言った。尼さんたちは喜んで、わたしが中に入ってきたこともとがめなかった。ただ、誰かが誰かに「プロテスタントよ」とささやくのが聞こえた。

きっかけはそういうわけだった。尼さんたちは熱々でおいしいスコーンにバターをのっけたのをくれた。もちろん朝ごはんは食べてきたけれど、あんまりおいしかったので夢中で平らげると、もう一つくれた。かくしてわたしは毎朝二つ三つのネズミ捕りを空《から》にして新しく仕掛けるのと引き換えに、スコーンだけでなく聖クリストファーのメダルももらうようになり、それをその日の昼食に使った。おかげで授業の前に十セント玉を昼食用のメダルと交換するために、気おくれしながら列に並ばなくてすむようになった。

背中のおかげで、わたしは体育の授業と休み時間は教室にいていいことになった。問題は朝だった。バスが着いてから学校の門が開くまでに間があったのだ。わたしはなんとかみんなと友だちになろうとして、クラスの子に話しかけたけれど、結果は悲惨だった。ほかの子はみんなカトリックだったし、幼稚園からずっといっしょだった。本当はきっと彼女たちだって普通のいい子だったのだろう。でもわたしは飛び級していたからみんなより年下だったし、戦争前は僻地《へきち》の鉱山キャンプにしか住んだことがなかった。「ベルギー領コンゴの勉強は楽しい?」とか「趣味はなんなの?」みたいな会話のやり方を知らなかった。近づいていって、いきなり「あたしの叔父さん、片目が義眼なの」とか「顔にウジがたかったアラスカヒグマの死体を見たことがあるよ」などと話しかけた。みんな無視するか、鼻で笑うか、でなければ「嘘つきは泥棒のはじまり!」と言った。

でも、これでしばらくのあいだはわたしにも始業前の居場所ができた。わたしは調理場で必要とされていたし、感謝もされていた。だがそのうちに、いつもの「プロテスタント」にまざって「メダル乞食」という陰口が聞こえだし、みんながわたしを「ネズミ捕り」とか「ミニーマウス」とか呼ぶようになった。わたしは平気なふりをした。調理場も、尼さん料理人たちの柔らかな笑い声や話し声も、あの寝巻みたいな手織りの修道服も大好きだったし。

言うまでもなく、わたしはとっくに尼さんになると決めていた。尼さんたちが何の不安も心配もなさそうに見えたからだったが、もっと大きな理由はあの黒い修道服、それにコワフと呼ばれる糊でかためた大きなアヤメの花みたいな白い頭巾だった。カトリックの教会は、例の婦人警官みたいなつまらない制服に変えてしまったせいで、尼僧志願者をうんと減らしたのではないかと思う。そこにある日、母がわたしの様子を視察しに学校にやって来た。尼さんたちはわたしの成績が飛び抜けてよく、素行も文句のつけようがないと母に言った。そしてシスター・セシリアが、調理場でもいつもとても助かっています、朝ごはんもしっかり食べさせていますからご心配なく、と言った。着古したぼろぼろのコートにビーズの目玉が取れたぼろぼろのキツネの毛皮の襟巻《えりま》きを巻く体裁屋の母さんは、ネズミのことを恥ずかしい、おぞましいと嘆《なげ》き、聖クリストファーのメダルにいたっては怒り心頭だった。わたしが知らん顔で毎日の十セント玉ももらっていて、それで学校の帰りにお菓子を買い食いしていたからだ。このこすっからい盗っ人。ばしん、ばしん。恥を知れ！

かくしてこれも終わりとなった。そもそもすべては勘違いだったのだ。どうやら尼さんたちは、わたしのことを腹をすかせて調理場をうろつく貧しい欠食児童だと思っていたらしく、ネズミ捕りの仕事もかわいそうだからやらせていただけで、どうしても必要だったわけではなかったのだ。でも、ならばどうすれば誤解されなかったのか、いまだにわたしにはわからない。スコーンを断ればよかったんだろうか。

わたしが授業が始まるまでの時間を教会で過ごし、尼さんか聖人になる夢を見はじめたのは、そういうわけだった。最初の神秘は、大きな教会のどこにも隙間《すきま》なんかなく、重たげな扉もぜんぶ閉まっていたのに、キリストとマリアとヨゼフのそれぞれの像の下に並べたロウソクの炎が、風に吹かれたみたいにつねにゆらゆら瞬《またた》いていたことだった。像に宿った神さまの魂の力がロウソクをひらひら動かし、苦しげに身をよじらせているのにちがいなかった。炎が小さく燃えあがるたびに、キリストの白く骨ばった足についた血のかたまりが明るく照らされ、濡れているように見えた。

最初のうちはお香のにおいに酔っぱらってくらくらしながら、いちばん後ろの席に座っていた。わたしはひざまずいて祈った。背中が曲がっていたのでひざまずくのはひどく苦しく、矯正具が背骨にくいこんだ。この気高い犠牲によって自分の罪も清められるにちがいないと思ったが、あまりの苦しさに結局やめにして、始業のベルが鳴るまで暗い教会にただじっと座っていた。いつもはわたししかいなかったけれど、アンセルモ神父が告解室の中に入る木曜日はべつだった。お婆さんや中学校のお姉さんたち、たまに小学校の生徒たちも、通路を進んできて祭壇の前でちょっとひざまずいて十字を切り、告解室の反対側から入るときに、もう一度ひざまずいて十字を切った。不思議だったのは、出てくるまでのお祈りの長さが人によってまちまちだったことだ。あの中で何が行われているか知るためだったら、命だって惜しくないと思った。それからどれくらい経ってだろう、ついにわたしもどきどきしながらその中に座る日が来た。中は想像していたよりずっと美麗だった。ミルラが焚《た》きしめられ、ひざまずき用のクッションはびろうどで、聖母様がかぎりない慈愛と哀れみをたたえてこちらを見おろしていた。透かし彫りの衝立《ついたて》の向こうにアンセルモ神父がいた。ふだんは背の低い、薄ぼんやりした感じの人だった。でも今はお祖母《ばあ》ちゃんの部屋に飾ってあるシルクハットをかぶった人の絵みたいにシルエットになっていたから、頭の中で誰にでもできた……タイロン・パワー、父さん、神さま。声もいつものアンセルモ神父みたいじゃなく、低音でかすかにエコーがかかっていた。神父が唱えなさいと言ったお祈りをわたしは知らなかったので、心の中で神さまに平謝りしながら、神父に一行ずつ言ってもらって、そのとおり復唱した。それから神父はどんな罪を犯したのかとたずねた。嘘ではなかった。本当に、告白できるような罪を何も思いつかなかった。ただの一つもだ。わたしは恥じ入った。何か一つぐらいあるはずなのに。子よ、胸に手を当ててもっとよく考えてみるのです……。でもだめ、何もなしだ。わたしは相手を喜ばせたい一心で、罪をでっち上げた。妹の頭をブラシで叩いてしまいました。妹に嫉妬しているのですか？　はい、そう、嫉妬してるんです。嫉妬は罪です。取り除かれるよう、祈りなさい。天使祝詞《アベ・マリア》を三回。ひざまずいて祈りながら、これじゃ全然短すぎると思った。次はもっとがんばろう。でも、次はなかった。その日の終わりに、シスター・セシリアがわたしに教室に残るよう言った。シスターはあくまで優しくて、それがよけいにつらかった。あなたが教会の奥義や神秘を知りたいと思う気持ちはよくわかりますよ、とシスターは言った。神秘、はい、すごく知りたいです！　でもあなたはプロテスタントで、洗礼も堅信式も受けていないでしょう。もちろんこの学校に来ることはできるし、あなたはとても良い生徒だからわたしもうれしいけれど、でもあなたが教会に参加することはできないの。みんなといっしょに校庭にいてちょうだいね。

わたしははっと恐ろしくなって、四枚の聖人カードをポケットから出した。学校では、読み書きや算数で満点を取るごとに星を一つくれた。そして毎週金曜日、クラスでいちばん星の多かった子が聖人カードをもらえた。野球選手のカードに似ていたけれど、後光のところがぴかぴか光った。聖人は持っててもいいですか？　わたしは悲しみにくれて訊いた。

「もちろんよ。これからももっともらえるといいわね」シスターはにっこり笑って、さらに親切にこう言った。「それに、迷えるときに祈るのは自由ですよ。ではいっしょに天使祝詞を唱えましょう」わたしは目を閉じて、一心不乱にマリア様に祈った。心の中で、マリア様はいつもシスター・セシリアの顔をしていた。

おもてでサイレンが鳴るたびに、それが近くても遠くても、シスター・セシリアは生徒の手を止めさせて、机に頭をつけて天使祝詞を唱えさせた。わたしは今でもそれをやる。天使祝詞のほうだ。でも木の机に頭をつけるほうもときどきやる、それは音を聞くためで、机は風に吹かれる枝みたいな、まだ木だったころのような音がする。あのころのわたしは、じつにいろんなことが気がかりだった。どうしてロウソクに命が宿るのかとか、机の音はどこから来るのかとか。もしも神さまの造った世界のすべてのものに魂があるのなら——机にだって声があるのだ——きっと天国はどこかにあるのにちがいない。わたしはプロテスタントだから天国には行けなかった。わたしが行くのはリンボーだ。リンボーなんかに行くぐらいなら地獄のほうがましだった。リンボー、なんて不細工な名前だろう。ダンボとか、マンボ・ジャンボ《ちんぷんかんぷん》みたいで、まるで威厳がない。

わたしは母にカトリックになりたいと言った。母も祖父も卒倒した。祖父はヴィラス校に戻してやると言ったが、あそこはメキシコ人とチンピラ予備軍だらけだからと言って母が反対した。聖ジョセフにだってメキシコ人がいっぱいいるよとわたしが言うと、それはいいお家の子だからいいのと母は言った。うちは〝いいお家〟なんだろうか？　わからなかった。大人になった今でもわたしは、ガラス窓の向こうに家族の姿を見つけると、いったい何をしているんだろう、どんなふうに会話しているのだろうと覗きこむ。

ある日の午後、シスター・セシリアともう一人の尼さんがうちを訪ねてきた。何をしに来たのかは、いまだにわからない。いきなり修羅場だった。母が泣き叫び、祖母のメイミーも泣き叫んだ。酔っぱらったお祖父《じい》ちゃんは、このカラスどもめと言いながら二人を追いまわした。次の日わたしは、シスター・セシリアが怒ってるんじゃないか、もう休み時間にみんなを外に引率するときに、教室に残るわたしに「行ってくるわね」と声をかけてくれないんじゃないかと心配した。けれどもシスターは出ていくときにわたしに『リンゴの丘のベッツィー』という本を差し出して、きっとあなたの気に入ると思うの、と言った。それがわたしがはじめて読んだちゃんとした本、はじめて恋に落ちた本だった。

シスターは教室でわたしの作文をほめ、わたしが星を取ったり金曜日に聖人カードをもらうたびに、みんなの前でそのことを言った。わたしは彼女を喜ばせることなら何でもやった。答案用紙のいちばん上に、うんときれいな字で「A. M. D. G.〔イエズス会のモットー「神の栄光いやまさんことを」のラテン語の頭文字〕」と書いた。飛んでいって黒板の字を消した。クラスの誰より大きな声でお祈りし、質問に誰よりも早く手を挙げた。シスターはあいかわらずわたしにいろんな本を貸してくれ、あるとき〈罪ぶかき我らのために祈りたまえ　今も、臨終の時も〉と書いてある紙のしおりもくれた。わたしはそれを食堂でメリッサ・バーンズに見せた。シスター・セシリアがわたしのことを好きなのだから、みんなもわたしを好きになってくれるはずだと愚かにも信じていたのだ。ところがそれまで鼻で笑うだけだったみんなが、本気でわたしを憎みだした。教室でわたしが立ちあがって答えを言うと、みんなが「エコヒイキ、エコヒイキ」とささやいた。シスターから昼食のメダルの代金を集める係に任命されたわたしがメダルを配ると、どの子も受け取るときに小さな声で「エコヒイキ」と言った。

ある日、母さんがとつぜん烈火のごとく怒りだした。父さんが母さんよりもわたしによけいに手紙をよこしたからだ。父さんがわたしによけいに手紙をくれるのは、わたしがよけいに手紙を出すせいだった。いいえちがう、あの人はあんたをエコヒイキしてるのよ。ある日わたしはいつもより遅く家に帰った。広場から出るバスに乗り遅れたのだ。玄関の階段のいちばん上に、父さんから来た青いエアメールの手紙を手にした母さんが立ちはだかっていた。わたしが階段に走っていくより早く、母さんはもう一方の手に持ったマッチを親指一本で擦《す》って、手紙に火をつけた。昔からわたしはこれが恐ろしかった。小さいころは手の中のマッチが見えなくて、母さんは指から炎を出してタバコに火をつけているんだと思っていた。

わたしは口をきかなくなった。「今日からもう誰とも口をききません」と宣言したわけではなく、少しずつしゃべらなくなった。おもてをサイレンが通っても、机に頭をつけて、自分にしか聞こえない小声でお祈りを唱えた。教室でシスター・セシリアに指されても、ただかぶりを振って座るだけだった。もう星も聖人ももらわなくなった。でももう遅かった。みんなはわたしを〝間抜けのだんまり《ダム・ダム》〟と呼びだした。みんなが体育の授業に行ったあと、シスターが教室に残ってわたしに話しかけた。「ねえ、どうしてしまったの？　何か悩みがあるの？　わたしに話してみて」わたしは歯をくいしばり、目を合わすまいとした。彼女は出ていき、わたしは薄暗い暑い教室にひとり取り残された。しばらくすると彼女が戻ってきて、『黒馬物語』という本をわたしの前に置いた。「これ、すごくいい本よ。とても悲しいお話だけれど。ねえ言って、何か悲しいことでもあるの？」

わたしは走って彼女からも本からも逃げ、クロークルームに飛びこんだ。もちろんテキサスは暑かったから外套《クローク》はなく、狭い部屋には箱に入った教科書が埃をかぶって置いてあった。イースターの飾り物。クリスマスの飾り物。シスター・セシリアがわたしを追いかけて入ってきた。彼女はわたしの肩をつかんで振り向かせると、無理やりひざまずかせた。「いっしょに祈りましょう」そう言った。

めでたし聖寵《せいちょう》、充ち満てるマリア、主、御身とともにまします。御身は女のうちにて祝せられ、御胎内の御子イエスも……。彼女の目は涙で濡れていた。その清らかさが、わたしには耐えられなかった。わたしは手を振りほどこうとして、うっかり彼女を突き飛ばしてしまった。頭巾がコート掛けにひっかかり、頭から脱げた。みんなが噂《うわさ》していたみたいに、頭はつるつるではなかった。彼女は悲鳴をあげ、部屋から走って出ていった。

わたしはその日のうちに帰宅を命じられ、尼僧に暴力をふるったかどで退学になった。どうして彼女があれを暴力だなんて思ったのかが、いまだにわからない。全然そんなではなかったのに。

掃除婦のための手引き書

42番―ピードモント行き。バスはジャック・ロンドン広場をめざしてのろのろ走る。乗客はメイドと老婆ばかり。隣に座った盲目のお婆さんは点字を読んでいる。ゆっくり、音をたてずに、指が一行一行をなぞっていく。横で見ていると心がおだやかになる。お婆さんは二十九丁目で降りていった。〈盲人工芸品販売所〉の看板の〝盲人〟以外の文字が全部なくなっている。

わたしもふだんは二十九丁目で降りるのだけれど、ミセス・ジェセルの小切手を現金化するのにダウンタウンまで行かなきゃならない。あと一回でも小切手で払われたら、もう辞めだ。おまけにジェセルさんはいつもバス代の小銭を切らしている。先週は自腹で二十五セント払って銀行に行ったら、小切手にサインがなかった。

ジェセルさんは何でもかんでも忘れる、自分の病気まで忘れる。家じゅうの埃をぬぐうついでに、わたしはそれを一つひとつ拾い集めてテーブルの上に置く。マントルピースの上には〈朝10時　吐キ気（大）〉と書いた紙きれ。流しの水切り台には〈げリ〉。ガス台の上に〈めまひ　ものわすれ〉。一番よく忘れるのは自分が鎮静剤をのんだかどうか、それを訊くのにわたしに二度電話したかどうか、ルビーの指輪はどこにあるか、等々。

ジェセルさんは部屋から部屋へわたしの後ろをついてまわり、何度も何度も同じことを言う。こっちまで頭が変になりそうだ。わたしは辞める辞めると言っているけれど、彼女だって気の毒だ。わたししか話す相手がいないのだ。夫は弁護士で、ゴルフをして、愛人がいる。たぶんジェセルさんは知らないか、知っていても忘れている。掃除婦は何でも知っている。

掃除婦が物を盗むのは本当だ。ただし雇い主が神経を尖《とが》らせているものは盗《と》らない。余りもののおこぼれをもらう。小さな灰皿に入れてある小銭なんかに、わたしたちは手を出さない。

どこかの奥様がブリッジの集まりで、掃除婦が信用できるか知りたければ、バラのつぼみの小っちゃな灰皿に小銭を入れたのをあちこちに置いておけばいい、と噂を流した。対策として、わたしは行くたびに一セント玉を何個か、時には十セント玉を足しておく。

仕事場に着くとまっ先にやるのは、腕時計や、指輪や、金色ラメのパーティバッグのありかを確かめておくことだ。あとで雇い主が顔を真っ赤にしてねじこんできたら、落ちつきはらってこう答える、「寝室の枕の下ですよ、緑色の便器の裏ですよ」。わたしが本当に盗むのは睡眠薬だけだ。いつか入り用になったときの保険に。

今日わたしは〈スパイス・アイランド〉のゴマをひと瓶盗んだ。ジェセルさんはめったに料理をしない。たまにするときは決まってセサミ・チキンだ。戸棚の扉の裏にレシピが貼ってある。同じものが、こまごました道具の入った引き出しに一枚、アドレス帳にも一枚はさんである。鶏肉を注文するとき、ジェセルさんはソイソースやシェリーといっしょに瓶入りのゴマも新しく頼む。家には瓶入りのゴマが十五個ある。いまは十四個だ。

バス停で、わたしは歩道にしゃがみこんだ。白のお仕着せを着た黒人メイドが三人、わたしのすぐ横に立った。みんな古い仲間だ。おなじカントリークラブ通りで長いこと働いていた。最初のうちわたしたちは怒っていた。バスが二分早く行ってしまって、置いてけぼりをくったのだ。糞《くそ》ったれ運転手。メイドがいつも乗るのを知ってるくせに。おまけに42番のピードモント行きは一時間に一本しか来ない。

わたしが煙草を吸う横で、三人は獲物を比べあう。盗んだもの……マニキュア、香水、トイレットペーパー。もらったもの……イヤリング片方、ハンガー二十個、破けたブラ。

(掃除婦たちへのアドバイス：奥様がくれるものは、何でももらってありがとうございますと言うこと。バスに置いてくるか、道端に捨てるかすればいい。)

会話に加わろうと、わたしはゴマの瓶を見せた。みんな大笑いした。「ちょっとあんた! なに、ゴマだって?」みんながわたしに、どうしてジェセルさんのところでそんなに長続きするのかと訊いた。ふつうはもって三回だ。あの奥さんが靴を百四十足持ってるってのは本当なのかねとみんなが訊いた。本当だ。でも恐ろしいのは、それがぜんぶ同じ靴だってことだ。

一時間が楽しく過ぎる。わたしたちは自分の奥様たちのことを一人ずつ噂しあう。毒っけまじりに笑う。

わたしは古株の掃除婦たちからなかなか打ち解けてもらえない。掃除の仕事もなかなかもらえない。わたしが"学がある"からだ。かといって、ほかの仕事がすぐに見つかるわけもない。新しい奥様には、さっさとこう言うことを覚えた。つい最近アル中の夫に死なれて、四人の子供はまだ育ち盛りです。子育てや何やかやで、今まで一度も働いたことがなかったんです。

43番―シャタック通り―バークレー行き。〈広告は浸潤率が命！〉と書いてあるベンチが、毎朝ぐっしょり濡れている。知らない男の人にマッチを一本たのむと、箱ごと渡された。〈自殺を防ごう〉。擦る部分が裏についている、不便なやつだった。安全第一、便利は二の次。

通りの向かいの「ぴかぴかハウスクリーニング」の前を、店の人がホウキで掃いていた。歩道の両隣にはゴミや落ち葉がひらひら舞っている。オークランドの秋だ。

夕方ホルヴィッツさん宅の掃除を終えて帰ってくると、「ぴかぴか」の前の歩道はまた落ち葉とゴミだらけになっていた。その上にわたしは乗り継ぎ切符を捨てた。乗り継ぎ切符はいつももらうようにしている。人にあげることもあるけれど、たいてい捨てずに取っておく。

ターはよく、わたしが何でもかんでも取っておくといってからかった。

「なあマギー・メイ、この世にずっと取っておけるものなんか一つもないんだぜ。ま、おれだけは別かもしれないけどな」

ある夜、テレグラフ通りの家で、ターが寝ていたわたしの手にクアーズのプルタブを握らせた。目を覚ますと、ターはわたしを見おろして笑っていた。ター、テリー、ネブラスカ生まれの若いカウボーイ。彼は外国の映画を観にいくのをいやがった。字を読むのが遅いのだと、あるとき気がついた。

ごくたまに本を読むとき、ターはページを一枚ずつ破っては捨てた。わたしが外から帰ってくると、いつも開けっぱなしだったり割れていたりする窓からの風で、ページがセーフウェイの駐車場の鳩みたいに部屋じゅうを舞っていた。

33番―バークレー行き特急。33番が道をまちがえた！　シアーズの角を左に曲がってフリーウェイに入るところを、まっすぐ行ってしまった。みんなにじゃんじゃんベルを鳴らされて、運転手はあせって二十七丁目を左折した。道は行き止まりで、バスは動けなくなった。あちこちの窓に人が集まって、こっちを見おろしている。男の人が四人、バスから降りて、路上駐車だらけの細い路地をバックで出るのを誘導した。フリーウェイに入ると、バスは時速八十マイルでぶっ飛ばした。おっかなかった。ハプニングに浮かれて、乗客どうしで話がはずんだ。

今日はリンダのところ。

（掃除婦たちへ：原則、友だちの家では働かないこと。遅かれ早かれ、知りすぎたせいで憎まれる。でなければいろいろ知りすぎて、こっちが向こうを嫌になる。）

でもリンダとボブとは古くからのいい友だちだ。留守にしていても、二人のぬくもりが家に残っている。シーツについた精液とブルーベリージャム。バスルームには競馬新聞と煙草の吸殻。ボブからリンダにあてたメモ、〈タバコを買って、車を持ってって……うんぬんかんぬん〉。ママだいすき、と書いてあるアンドレアのお絵かき。ピザのかけら。二人がコカインを使ったあとの鏡を、わたしはウィンデックスでみがく。

わたしの行く家で、最初からきれいに片づいていないのはここだけだ。片づいていないどころか足の踏み場もない。水曜のたびにシジフォスの気分で階段を上がっていくと、リビングはまたぞろ引っ越しの最中みたいなありさまだ。
時間給にしなかったし交通費ももらわないので、この家は大してお金にならない。もちろん昼食も出ない。わたしは丹精こめて働く。そのかわりちょくちょく座って休み、たっぷり長居する。煙草を吸いながら『ニューヨーク・タイムズ』やポルノ本や『パティオ・ルーフの作り方』なんて本を読む。でも、たいていはただ窓から隣の家を見ている。むかし、わたしたちが住んでいた家だ。ラッセル通り2129½。窓から見える木には硬いナシの実がなり、ターがよくそれを銃で撃った。木のフェンスがいちめんBB弾できらきらしている。夜はベキンズの看板の光がわたしたちのベッドを照らした。わたしはターが恋しくて煙草を吸う。昼間は電車の音は聞こえない。

40番―テレグラフ行き。ミルヘイブン老人ホーム。車椅子のお婆さんが四人、魂が抜けたみたいに通りをながめている。その奥のナース・ステーションで、きれいな黒人の女の子が『アイ・ショット・ザ・シェリフ』に合わせて踊っている。ここにいてもうるさいぐらいの音量だけれど、お婆さんたちはいっこう平気だ。その真下の歩道には、ぞんざいな手書きの看板――〈癌診療所　1:30〉。

バスが遅れている。車がつぎつぎ前を通りすぎる。車に乗っているお金持ちは、通りの人間をちらりとも見ない。見るのはいつだって貧乏人だ。じっさい、通りの人間を見たくて車を走らせてるのではないかと思うほどだ。わたしも昔はやった。貧乏人は、とにかく並ぶ。生活保護や失業保険の列、コインランドリー、公衆電話、緊急救命室、刑務所の面会、何でも。

40番のバスを待ちながら、みんなミル&アディ・コインランドリーのウィンドウをのぞきこんだ。ミルはジョージアの粉屋《ミル》の生まれだ。その彼がいま、五台ならんだ洗濯機の上に寝そべって、大きなテレビをその上に取り付けようとしている。アディがわたしたちに向かってひょうきんな身振り手振りで、テレビがすぐに落っこちちゃうのよ、と解説した。通行人も加わって、みんなでミルを見物した。テレビの画面にわたしたちの姿が映っていた。『マン・オン・ザ・ストリート』の番組みたいに。

通りの先のフーシェ(FOUCHÉ)では、黒人の葬式を盛大にやっていた。わたしはそのネオンサインをずっと「トゥシェ(Touché)」だと思っていて、そのたびに面をかぶった死神が自分の心臓に剣を突きつけているところを思い浮かべた。

手元にはいま、ジェセルさんバーンズさんマッキンタイアさんホルヴィッツさんの家から集めた睡眠薬が、ぜんぶで三十錠ある。ヘルズ・エンジェルスのバイク乗りなら二十年は食らう量のアッパーやダウナーが、この人たち一人ひとりの家にはある。

18番―パーク通り―モントクレア行き。 オークランドのダウンタウン。アル中のインド人がわたしの顔を覚えて、会うたびに言う。「人生、そんなもんよなあ。なあ姐《ねえ》ちゃん」

パーク通りを、窓をふさいだ青い郡警察のバスが行く。中には囚人が二十人、これから罪状認否の手続きをしにいくのだ。みんな鎖でつながれて、そろいのオレンジ色のつなぎを着て、ボート漕《こ》ぎのチームみたいにいっしょに動く。団結心だって負けていない。バスの中は暗い。窓に信号の黄色が映っている。黄色の待テ、待テ。赤の停マレ、停マレ。

霧にかすむモントクレア・ヒルのリッチなお屋敷町を、バスは一時間かけてとろとろ走る。乗っているのは全員メイド。シオン・ルーテル教会のちょうど真下に、白と黒の大きな〈落石に注意〉の看板。見るたびに声を出して笑ってしまう。メイドたちと運転手が振り返ってわたしをまじまじ見る。今ではもうそれがお定まりになっている。以前のわたしはカトリックの教会の前を通ると、手が勝手に十字を切ったものだった。やらなくなったのはたぶん、バスの人たちがみんな振り返ってこっちをまじまじ見たからだ。いまだにサイレンを聞くと、わたしはとっさに心の中で「天使祝詞」の祈りを唱える。いま住んでいるピル・ヒルは近所に病院が三つあるから、忙しくて困る。

モントクレアの丘のふもとには、バスから降りてくるメイドを迎えにきた女たちのトヨタが並んでいる。わたしはいつもメイミーの奥様の車に乗っけてもらって、スネーク・ロードを上がっていく。「まあ見てメイミー、あなたがあのメッシュのカツラをかぶって、あたしがペンキだらけの作業服を着たら、すごく面白くない?」メイミーとわたしは煙草をふかす。

掃除婦と猫に話しかけるとき、女たちの声は二オクターブ高くなる。

(掃除婦たちへ:猫のこと。飼い猫とはけっして馴《な》れあわないこと。モップや雑巾にじゃれつかせてはだめ、奥様に嫉妬されるから。だからといって、椅子からじゃけんに追い払ってもいけない。反対に、犬とはつとめて仲良くすること。着いたらすぐ、チェロキーだかスマイリーだかを五分、十分となでてやる。便座のふたは忘れずに閉めること。顎の毛皮からしずくがしたたる。)

ブルームさん宅。わたしが通っているなかでいちばんイカれた家、そして唯一の豪邸だ。夫婦ともに精神科医。二人とも結婚カウンセラーで、〝就学前〟の養子の子供が二人いる。（〝就学前〟の子供がいる家では絶対に働かないこと。赤ちゃんなら文句なし、何時間でも眺めて抱っこしていられる。でも少し育ったのときたら……金切り声、干からびたチェリオス、スヌーピーのパジャマで踏み散らかされたあげく固まったおもらし。）

（精神科の医者も避けること。こっちの気が変になる。いい、わたしがあの人たちを分析してあげたいくらい。そのシークレット・シューズの意味は？）

ドクター・ブルーム――男のほう――が、また病気で休んでいる。よりによって喘息《ぜんそく》もちなのだ。バスローブ姿でぼんやり立って、生白い毛ずねを片方のスリッパで掻《か》いている。

オー・ホー・ホー・ホー、ミセス・ロビンソン。二千ドル以上するオーディオセットに、レコードは五枚。サイモンとガーファンクル、ジョニ・ミッチェル、あとの三枚はビートルズだ。

ドクターがキッチンの戸口に立ち、反対の脚を掻く。わたしが〈ミスター・クリーン〉のモップをセクシーに動かして朝食コーナーのほうをやりはじめると、ドクターが訊く。きみ、なんでそんな職業を選んだの？

「そうですね、たぶん罪悪感か怒りじゃないでしょうか」わたしは棒読みで答える。

「床が乾いたら、そこで紅茶を淹《い》れてもいいかな」

「ああ、座っててください。お茶ならやりますよ。お砂糖かハチミツは？」

「ハチミツで。すまないね。あと、すまないけれどレモンも……」

「いいから座ってて」わたしは紅茶を運んでいく。

いちど、四歳のナターシャに黒いスパンコールのブラウスを持っていったことがある。おめかし用に。女のほうのドクター・ブルームが血相を変えて、性差別者《セクシスト》だとわめいた。一瞬、ナターシャを誘惑しようとしてると勘ちがいされたのかと思った。女ドクターはブラウスをゴミ箱に捨てた。わたしはあとでそれを拾って、今もときどき着る。おめかし用に。

(掃除婦たちへ：この仕事をしていると、進んだ女にはごまんと出会う。第一段階は、自己啓発グループ。第二段階、掃除婦。第三段階、離婚。)

ブルーム夫妻は大量に、膨大に、薬を持っている。彼女はアッパー、彼はダウナー。男ドクターは〝ベラドンナ〟の錠剤も持っている。何に効くのか知らないけれど、自分の名前だったら素敵だと思う。

ある日、朝食コーナーで夫が妻に言うのが聞こえた。「今日は衝動のおもむくままに行動しよう。子供たちを連れて凧《たこ》あげに行くんだ!」

わたしは彼に同情した。心の半分は『サタデー・イブニング・ポスト』のあの漫画のメイドみたいにしゃしゃり出て行きたかった。わたしは凧づくりが得意だし、ティルデンのほうにいい風の吹く場所も知っていた。モントクレアじゃあ風がまるでない。けれどももう半分のわたしが、奥様の返事が聞こえないように掃除機のスイッチを入れた。外はどしゃ降りの雨だった。

子供部屋は大惨事だった。わたしはナターシャに、ほんとにこの玩具ぜんぶあなたとトッドで使ったの、と訊いた。ナターシャは答えた、月曜日になるとお兄ちゃんと二人でぜんぶ床に出すの、だって月曜はおばちゃんが来るから。「トッドを呼んでらっしゃい」とわたしは言った。

二人に片づけをやらせているところに女ドクターが入ってきた。彼女はわたしに、よけいな干渉はしないでほしい、自分は子供たちに〝罪悪感や義務の押しつけ〟をしたくないのだ、と説教を垂れた。わたしはふてくされて聞いていた。終わると彼女はついでに言いつけた。冷蔵庫の霜《しも》を取って、アンモニアとバニラで拭《ふ》いておいてちょうだい。

アンモニアとバニラ？　それで憎む気持ちも消え失せた。あっけなかった。この人も家庭的な家を夢見ているんだ、本当に子供たちに罪悪感や義務を押しつけたくないんだ、そう気づいた。夕方、牛乳を飲むと、アンモニアとバニラの味がした。

40番―テレグラフ―バークレー行き。ミル＆アディ・コインランドリー。今日は店にアディ一人で、正面の大きなウィンドウを拭いている。その背後、洗濯機の上に、ビニール袋に入った大きな魚の頭が置いてある。ものうげな、うつろな目。知り合いのウォーカーさんが、ときどきスープにしろと持ってくるのだ。アディがガラスに大きな泡の輪っかをいくつも描く。通りの向かいの聖ルカ保育園で、自分に手を振っているんだと勘ちがいした男の子が、同じように円を描く動きで手を振りかえす。アディは手を止め、笑顔になって、こんどは本当に手を振る。わたしのバスが来る。テレグラフ通りをバークレーまで。マジック・ワンド美容院のウィンドウには、ハエタタキの先にアルミホイルの星をつけた魔法の杖《マジック・ワンド》。お隣の義肢ショップの店先には、お祈りのポーズの両手、それに脚が一本。

ターは絶対にバスに乗らなかった。乗ってる連中を見ると気が滅入ると言って。でもグレイハウンドバスの停車場は好きだった。よく二人でサンフランシスコやオークランドの停車場に出かけて行った。いちばん通《かよ》ったのはオークランドのサンパブロ通りだった。サンパブロ通りに似ているからお前が好きだよと、前にターに言われたことがある。

ターはバークレーのゴミ捨て場に似ていた。あのゴミ捨て場に行くバスがあればいいのに。ニューメキシコが恋しくなると、二人でよくあそこに行った。殺風景で吹きっさらしで、カモメが砂漠のヨタカみたいに舞っている。どっちを向いても、上を見ても、空がある。ゴミのトラックがもうもうと土埃をあげてごとごと過ぎる。灰色の恐竜だ。

ター。あんたが死んでるなんて、耐えられない。でもあんただってきっとわかってるはずね。あの空港のときもそうだった。あんたはアルバカーキ行きの飛行機のキャタピラ・ランプにもう乗りかけていた。

「えいくそ、やっぱり行けない。車の場所、お前きっとわからないだろ?」

「マギー、おれが行っちまったら、お前どうする?」べつのとき、ロンドンに行く前にもあんたは何度も何度もそう訊いた。

「レース編みでもするわよ、ばか」

「おれが行っちまったら、お前どうする?」

「そんなにあんたなしじゃ生きてけないみたいに見える?」

「見える」あんたは言った。ネブラスカ人の物言いは、いつもシンプルだ。

友だちはみんな、わたしが自己憐憫と後悔に酔っていると言う。誰とも会おうとしない。笑うとき無意識に手で口を隠している。

わたしは睡眠薬をためこんでいる。前にターと取り決めをした――もしも一九七六年になってもにっちもさっちもいかなかったら、波止場の端まで行ってお互いをピストルで撃とう。あんたはわたしを信じなかった。きっとおれを最初に撃って自分だけ逃げるんだろうとか、先に自分で自分を撃つんだろうとか。もう駆け引きはたくさんだよ、ター。

58番―カレッジ通り―アラミダ行き。オークランドのお婆さんたちはバークレーのヒンクス百貨店に行く。バークレーのお婆さんたちはオークランドのキャプウェル百貨店に行く。このバスに乗るのは若い黒人か、年寄りの白人だ。運転手もそうだ。年寄りの白人の運転手は不機嫌でぴりぴりしていて、オークランド工業高校前ではひときわそうなる。いつも乱暴にブレーキを踏み、煙草を吸うな、ラジオを止めろと生徒たちにどなる。叩きつけるように急発進、急停車して、白人のお婆さんたちを手すりにぶつける。彼女たちの腕はすぐに青あざになる。

黒人の若い運転手は飛ばし屋で、黄信号をぜんぶすっ飛ばしてプレザント・ヴァリー通りを駆け抜ける。バスの中は騒がしくて煙たいけれど、急発進はしない。

今日はバークさん夫妻のお宅。ここもう辞めないと。何ひとつ変化がない。汚れなんかどこにもない。自分のいる意味がわからない。今日はちょっといいことがあった。ランサーズ・ロゼワインのボトルがなぜ三十本もあるのかわかったから。今日それが三十一本になっていた。どうやら昨日が結婚記念日だったらしい。旦那さんの灰皿に煙草の吸殻が二つ（一つは彼のものではない）、ワイングラスが一つ（奥さんは飲まない）、そしてわたしの新しいロゼのボトル。ボウリングのトロフィーを、ほんの少し動かした跡があった。彼らとわたし、こうしていっしょに歳をとる。

ミセス・バークに、わたしはみっちり家事を教えこまれた。トイレットペーパーは紙が奥から出るようにセットすること。クレンザーのタブは、穴六つのうち三つぶんだけはがすこと。贅沢《ぜいたく》は敵。骨身惜しむなムダ惜しめ。いちど、とっさの反抗心から六つ全部はがしたら、ガス台に中身をみんなぶちまけてしまった。目もあてられない。

(掃除婦たち：手抜きしない掃除婦だと思わせること。初日は、家具をぜんぶまちがって戻す――五インチ、十インチずらして置く、あるいは向きを逆にする。埃を払ったあとは、シャム猫を背中あわせに置く、ミルクピッチャーを砂糖の左に置く。歯ブラシを全部でたらめに並べかえる。)

この分野で我ながら名作だったのは、バークさんの冷蔵庫の上を掃除したときだ。何ひとつ見のがさない彼女といえども、わたしが点《つ》けっぱなしの懐中電灯をわざとそこに置いておかなければ、ワッフルアイロンの錆をこそげて油を塗りなおしたことにも、ゲイシャの置物を修理したことにも、ついでに懐中電灯もきれいにしておいたことにも、気づかずじまいだったはずだ。

全部をちょっとずつまちがうと、仕事がていねいだと思ってもらえるだけでなく、奥様がたも心おきなく〝ボス〟になれる。アメリカの女は使用人を使うことに後ろめたさを感じている。家に使用人がいると、どうしていいかわからなくなる。ミセス・バークもクリスマスカードのリストをチェックしたり、去年の包装紙にアイロンをかけたりしはじめる。八月だというのに。

働くならユダヤ人か黒人の家が一番だ。まず昼食が出る。でも何よりユダヤ人と黒人の女たちは仕事を、わたしたちのような仕事を、尊重している。それに彼女たちは一日なにもしないことを、これっぽっちも悪いとは思わない。こっちがお金を払ってるんだもの、当然でしょう？

「東方の星」となると、話はまたべつだ。あの人たちに罪悪感を感じさせないために、彼らが自分では絶対にやらないようなことをやること。ガス台によじのぼって天井についたコーラの破裂のしぶきを拭き取る。ガラスのシャワー室に立てこもる。家具をぜんぶ、ピアノまで、動かしてドアに押しつける。これは家の人たちはまずやらないし、中にも入ってこられない。

ありがたいことに、どこの家でも中毒しているテレビ番組がかならず一つはある。わたしは掃除機を三十分間つけっぱなしにして（心が安らぐ音）、万一にそなえて手に〈エンダスト〉ワイパーを握って、ピアノの下に寝ころがる。横になったまま、鼻唄を歌いながら考えごとをする。タール、わたしはあんたの遺体を確認するのを拒否した。おかげで後がえらく大変だったけれど。あんなことをしたあんたを殴ってしまいそうで怖かった。死ぬなんて。

バーク家を出る前に、最後にピアノをやる。残念なのは、楽譜が『海兵隊賛歌』しかないことだ。おかげでバス停までの道のりを、いつも「モンテェェズマァァの広間からぁぁぁ……」のリズムで行進するはめになる。

58番―カレッジ通り―バークレー行き。不機嫌な白人運転手。天気は雨。日暮れて、混んで、寒い。クリスマスのバスは最悪だ。ラリったヒッピー娘が叫んだ、「降ろせ、このくそバス！」。「次の停留所まで待ちな！」運転手がどなり返した。太った女が、掃除婦だ、いちばん前の席でゲロを吐き、人々の長靴を汚し、わたしのブーツにもかかった。すさまじい臭いで、次のバス停で何人かが降りる。本人も降りる。運転手はアルカトラズ通りのガソリンスタンドにバスを停めてホースで洗い流そうとしたけれど、案の定ただ通路の奥まで広がって、あたりが水びたしになっただけだった。運転手は怒りに顔を真っ赤にして、赤信号を無視した。客を道連れにする気か、とわたしの隣にいた男の人が言った。

オークランド工業高校前。ラジオを抱えた二十人ほどの高校生の先頭に、ひどく脚のわるい男の人がいた。高校の隣が福祉局なのだ。男の人が苦労しいしいバスのステップを上がっていると、運転手が大声で「ああもういいかげんにしてくれ!」と言い、男の人はぎょっとした顔をした。

今日もバークさん宅。変化なし。家にはデジタル時計が十個あって、すべてきっちり正しい時間を指している。辞めるときは全部コンセントを抜いてやるつもり。

ジェセルさんのところは、とうとう辞めた。何度言っても支払いは小切手だし、一晩に四度電話をかけてきたこともあった。わたしは旦那さんに電話をして、単核症にかかったと言った。奥さんはわたしが辞めたのを忘れてゆうべも電話をかけてきて、今日あたしいつもより顔色が悪くなかったかしら、と訊いた。寂しくなる。

今日は新しい奥様だ。本物の奥様《レディ》。

(わたしは自分のことを〝グリーニング・レディ〟だなんて思わない。でも奥様がたはそう呼ぶ、うちのレディとか、ガールとか。)

ミセス・ヨハンセン。スウェーデン人なのに、フィリピン人みたいにスラングだらけの英語を話す。

ドアを開けて、彼女がわたしに向かって最初に言った言葉は「あら、たまげた《ホーリー・モーゼズ》!」だった。

「すみません、早すぎました?」

「いいえ、そんなことないのよ」

そこから彼女の独り舞台だった。八十歳のグレンダ・ジャクソン。わたしはぶったまげた(ほら、もうしゃべり方がうつってる)。玄関間に立ったまま、ぶったまげた。

玄関間で、わたしがコートを、ターのコートを、脱ぎもしないうちに、彼女は自分の身の上を話しだした。

夫のジョンが半年前に死んだ。夜眠れないのが何より辛かった。それでジグソーパズルをやり始めた。(彼女が手で示したリビングのカードテーブルの上には、ジェファーソン大統領のモンティセロの屋敷がほぼ完成して、右の上のほうにアメーバ形の穴があいていた。)

ある晩パズルに熱中しすぎて、一睡もしなかった。本当に、寝るのをすっかり忘れてしまったの! おまけに食べるのだって忘れてた。朝の八時に夕食をたべた。それから寝て、二時に起きて、昼の二時に朝食をたべて、それから新しいパズルを買いに外に出た。

ジョンが生きていたころは、六時に朝食、十二時に昼食、六時に夕食だった。このイカれた世界にあたしは言ってやるわね、もう時代は変わったんだって。

「いいえ、早すぎたなんてことはないのよ」と彼女は言った。「あたしにとっては、そろそろ寝てもおかしくない時間」

わたしはまだ玄関間に突っ立って、体を熱くして、この新しい奥様の眠たげに輝く瞳に見入っていた。大鴉《おおがらす》のおしゃべりを、もっと聞いていたかった。

やることは窓の拭き掃除と、カーペットの掃除機かけだけだった。ただし掃除機の前に、パズルのピースを見つける仕事があった。空、それにカエデの切れはし。絶対にそれが一個足りないはずなの。

バルコニーに出て窓を拭くのは気持ちがよかった。寒かったけれど、背中に日が当たった。彼女は家の中で座ってパズルをしていた。夢中になっていたが、ポーズがきれいに決まっていた。昔は大変な美人だっただろう。

窓が済むと、お次はパズルのピース探しだった。緑色の毛足の長いカーペットを一インチきざみに探していく。クラッカーのかけら、『クロニクル』紙の輪ゴム。わたしはわくわくした、こんなに楽しい仕事ははじめてだ。彼女はわたしが煙草を吸おうと吸うまいと〝屁《へ》のかっぱ〟なので、床の上を這《は》いつくばりながら吸い、自分といっしょに灰皿も動かした。

ピースは、パズルのテーブルから遠く離れた部屋の隅で見つかった。空、それにカエデの切れはし。

「見つけた！」彼女が叫んだ。「ほらね、一つ足りないと思ってたのよ！」

「あたしが見つけたんです！」わたしも叫んだ。

これで掃除機がかけられる。わたしがそうする横で、彼女はため息とともに最後のピースを嵌《は》めた。帰りぎわ、わたしは彼女に、自分がまた要《い》りようになるかと訊ねた。

「それは神のみぞ知る、よ」と彼女は言った。
「そうですよね……あとは野となれ、ですものね」わたしは言って、二人で声をたてて笑った。ター。あたし、ほんとはまだまだ死にたくない。

40番―テレグラフ行き。コインランドリー前のバス停。「ミル&アディ」は順番待ちの人でごったがえしている。でもレストランでテーブルの順番を待っているみたいに、みんな陽気だ。ウィンドウの外を見ながら、スプライトの緑の缶を片手におしゃべりしている。そのあいだをミルとアディが愛想のいい給仕みたいに歩きまわり、札《さつ》を両替している。テレビでオハイオ大の楽団がアメリカ国歌を演奏している。ミシガンは雪がちらついている。

澄んで寒い一月の朝だ。頬ひげを生やした自転車乗りが四人、凧糸みたいにひと連なりに二十九丁目の角を曲がってくる。ハーレーがバス停の前でアイドリングし、強面《こわもて》のライダーに向かって子供たちが、五〇年型ダッジの荷台から手を振る。わたしはやっと泣く。

わたしの騎手《ジョッキー》

緊急救命室の仕事をわたしは気に入ってる。なんといっても男に会える。ほんものの男、ヒーローたちだ。消防士に騎手《ジョッキー》。どっちも緊急救命室の常連だ。ジョッキーのレントゲン写真はすごい。彼らはしょっちゅう骨折しては、自分でテープを巻いて次のレースに出てしまう。骨はまるで木か、復元したブロントサウルスの骨格のよう。聖セバスチャンのレントゲン写真だ。

わたしがジョッキーを受け持つのはスペイン語が話せるからで、彼らはたいていがメキシコ人だ。はじめてのジョッキーはムニョスだった。まったく。人の服なんてしょっちゅう脱がしているからどうってことない、ものの数秒で済んでしまう。気を失って横たわっているムニョスは、ミニチュアのアステカの神様みたいに見えた。乗馬服はひどく複雑で、まるで何かの込み入った儀式をしているようだった。あんまり時間がかかるので、めげそうになった。三ページもかかって女の人の着物を脱がせるミシマの小説みたいだ。真紅のサテンのシャツは、片方の肩と細い両手首に沿って、小さいボタンが一列についていた。ズボンはひもで複雑にしばってあって、何やら古代のやり方で結んであった。長靴は馬糞と汗のにおいがしたけれど、柔らかくてきゃしゃで、シンデレラの履きもののようだった。彼は魔法にかけられた王子様みたいにすやすや眠っていた。

眠ったまま、彼はお母さんを呼びはじめた。患者に手を握られることはたまにあるけれど、そんなもんじゃない、わたしの首っ玉にしがみついて、泣きながら「ママチータ！　ママチータ！」。そのままではジョンソン先生が診察できないので、わたしがずっと赤ちゃんみたいに抱っこしてた。子供みたいに小さいのに、力が強くて筋肉質だった。膝の上の大人の男。これは夢の男、それとも夢の赤ん坊？

通訳しているあいだ、ジョンソン先生がわたしのおでこを拭いてくれた。鎖骨はまちがいなく折れてます。それに肋骨がすくなくとも三本、脳震盪《のうしんとう》の可能性もあります。いやだ、とムニョスは言った。絶対に明日のレースに出る。レントゲンに連れていって、とジョンソン先生は言った。頑としてストレッチャーに乗ろうとしないので、わたしがキングコングみたいに抱えて廊下を運んでいった。彼はおびえて泣いて、涙でわたしの胸が濡れた。

暗い部屋で二人きり、レントゲン技師が来るのを待った。わたしは馬にするみたいに彼をなだめた。「どうどう《カルマテ》、いい子《リンド》ね、どうどう《カルマテ》。ゆっくり《デスパチート》……ゆっくりよ……」彼はわたしの腕のなかで静かになり、ぶるっと小さく鼻から息を吐いた。その細い背中をわたしは撫《な》でた。するとみごとな子馬のように、背中は細かく痙攣《けいれん》して光った。すばらしかった。

最初のデトックス

しとしと雨のやまない十月の最後の週、郡立病院のデトックス棟でカルロッタは目を覚ました。病院だ、と彼女は思った。それからふるえる足で廊下を歩いた。雨でなければ明るかっただろう広い部屋には男が二人いた。二人とも醜くて、黒と白のデニムを着ていた。青あざがあり、包帯に血がにじんでいた。刑務所から来た人たちだ、と思ってから、自分も黒と白のデニムで、青あざで血がついていることに気がついた。手錠や、拘束服を思い出した。

ハロウィーンの時期だった。AA（断酒会）のボランティアの女性がみんなにカボチャの作り方を指導した。風船をふくらませると、その人が口を結んでくれる。それから糊のついた紙の短冊をその風船にべたべた貼る。一晩おいて風船が乾いたら、オレンジ色に塗る。女性が目と鼻と口の形を切り抜く。笑った顔か怖い顔か、好きなほうを選ぶ。ハサミは使わせてくれない。

手がふるえて風船がつるつるすべるので、あちこちで子供っぽい笑い声があがった。カボチャ作りはむずかしかった。たとえ目と鼻と口を自分たちで切らせてくれたとしても、渡されるのは先の丸い切れないハサミだろう。何か書きたいときも、くれるのは一年生が使うみたいな太いエンピツだ。

カルロッタにとって、デトックスはいいところだった。男たちはみな、彼女に不器用ながら紳士的だった。女は一人だけだったし、彼女は美人で、ちっとも〝アル中らしく〟見えなかった。澄んだグレーの瞳で、からからとよく笑った。黒と白の患者服を目の覚めるようなマゼンタのスカーフ一つで変身させた。

男たちはたいていがホームレスのアル中だった。警察に連れて来られたか、でなければ生活保護のお金が尽きて、ポートワインも寝る場所もなくなって自分からここに来たか。酒を抜くには郡立《ここ》は最高さ、と男たちは言った。ヴァリウムもソラジンも、発作を起こせばジランチンだって出る。夜にはあのでっかい黄色のネンブタール。でもそれも今のうちだ、もうじき薬を出さない「ソーシャルモデル」のデトックスだけになってしまうらしい。「くそっ、あんまりじゃねえか？」とペペは言った。

食事はよかったが、冷めていた。カートから自分のトレイを取ってテーブルまで運ぶことになっていた。最初はみんなそれができず、やっても途中で落としてしまった。あんまり手がふるえるので誰かに食べさせてもらったり、猫みたいに皿に顔をつけてぴちゃぴちゃ食べる人もいた。

三日めから、患者はアンタビュースを飲まされた。アンタビュースを飲んで七十二時間以内に酒を飲むと、死ぬほどの苦しみがくる。けいれん、胸痛、ショック、死ぬのも珍しくない。患者たちは毎朝九時半、グループセラピーの前にアンタビュースの映画を見せられる。そのあとサンルームで、男たちは酒が飲めるようになるまでの時間を計算した。紙ナプキンに、太いエンピツで。カルロッタだけが、もう二度と酒はやらないと言った。

「姐《ねえ》ちゃん、あんた何飲むんだ?」ウィリーが訊いた。

「ジム・ビーム」

「ジム・ビームぅ?」みんながどっと笑った。

「おいおい……あんた、そりゃアル中たあ言えねえよ。おれたちみてえなアル中はみんな甘いワインさ」

「あー、甘えの最高!」

「あんた、こんなところで何してるんだい」

「あたしみたいなちゃんとした女がってこと……?」本当に、わたしはここで何をしてるんだろう。まだ考えたことがなかった。

「ジム・ビームかあ。デトックスなんかいらねえよ……」

「いや、いるさ。ここに来たときの姐ちゃんの暴れっぷりときたらそりゃもう、あの中国人《チンク》のおまわりをぶん殴ってよ、ワンとかいう奴。そんでひでえひきつけを起こして、首ひねられたニワトリみてえにしばらくのたうちまわってた」

カルロッタは何も覚えていなかった。車を塀《へい》にぶつけたのだと、あとでナースに聞かされた。カルロッタが学校の先生で、四人の子持ちのシングルマザーだとわかって、警察が刑務所ではなくここに連れてきたのだ。前例のないことだった。

「あんた、DT〔幻覚や震えをともなう震顫譫妄〕はあるか?」ぺぺが訊いた。

「ええ」カルロッタは嘘を言った。この涙っぽい目のフーテンたちに、何でもいいから話を聞いてほしかった。受け入れて、好いてほしかった。

ＤＴが何かは知らない。医者にも同じことを訊かれた。はいと答えると、医者はそう書いた。でも、もしそれが悪魔やなにかの姿が見えることだっていうんなら、子供のときからずっとあった。

みんな風船に紙を貼りながら、げらげら笑った。ジョーがアダム・アンド・イヴを泥酔して追い出されたが、もっといい店を探しゃいいさと考えた。タクシーに乗りこんで「シャリマールにやってくれ！」と叫んだところが、それはタクシーではなくパトカーで、そのままここまで連れてこられた、とか。玄人《くろうと》の酒飲みとアル中のちがいを知ってるか？　玄人は瓶を紙袋から出すのさ、とか。サンダーバード・ワイン〔最も安価で質の悪いワインの一つ〕派のマックが言う、「間抜けなイタ公ども、ブドウ踏むとき靴下を脱ぐのを忘れてやがる」

夜、風船がすんで、最後のヴァリウムを服《の》むと、ＡＡの人たちがやってきた。自分も昔はどん底まで落ちたという話をその人たちがしているあいだじゅう、患者の半分は舟をこいでいた。あるＡＡの女の人は、息が酒くさいのをごまかすために四六時中ニンニクをかじっていたという話をした。カルロッタはクローブを噛んでいた。彼女の母親は、いつもヴィックス軟膏《なんこう》の息をさせていた。ジョン叔父は歯のすきまにセンセン〔ミント味の黒いキャンディ〕を詰めていて、ちょうどいま作っている笑った顔のカボチャみたいに見えた。

最後にみんなで手をつないでカルロッタが主の祈りをとなえるところが彼女はいちばん好きだ

った。寝ている仲間を起こし、『ボー・ジェスト』で死んだ兵隊の体を支えるみたいにして立たせてやる。そうしてどうか末永く素面《しらふ》でいられますようにと祈っていると、みんなと一つになったような気がした。

ＡＡの人たちが帰ると、牛乳とクッキーとネンブタールが出る。そしてみんな眠る、ナースたちも。カルロッタはマックとジョーとペペと夜中の三時までポーカーをした。静かなものだ。息子たちには毎日電話した。上のベンとキースが下のジョエルとネイサンの面倒を見てくれていた。ちゃんとやってるよ、と二人は言った。彼女から話すことはあまりなかった。

カルロッタは病院に七日いた。退院する朝、雨で暗いデイルームに大きな貼り紙があった。〈がんばれ、ロッタ！〉警察は車を病院の駐車場に移動させていた。一か所大きくへこみ、ミラーが片方こわれていた。

カルロッタはレッドウッド公園まで車を走らせた。大きな音でラジオを鳴らし、雨のなか、へこんだボンネットにすわった。下のほうに金ぴかのモルモン教会が見えた。湾には霧がかかっていた。外に出て音楽を聴くのはいい気持ちだった。煙草を吸い、来週の授業で何をやるか考え、段取りと図書館で借りる本をメモした。

（学校にはもう言い訳がしてあった。卵巣嚢胞《のうほう》……さいわい良性でした。）

買い物リスト。今夜はラザーニャを作ろう――息子たちの大好物。トマトピューレ、子牛肉、ビーフ。サラダとガーリック・ブレッド。石鹸《せっけん》とトイレットペーパーも切れているかも。デザートにキャロットケーキを買うこと。リストは彼女を安心させた。また日常がもどってきたようで。

息子たちと校長のマイラだけが本当の入院先を知っていた。彼らは理解者だった。だいじょうぶ、全部うまくいく。

じっさい、いつも何とかうまくいっていた。彼女はいい教師だったし、ふだんはいい母親だった。狭い家は宿題と本とケンカと笑いであふれていた。家事はみんなで手分けした。

夜、皿洗いと洗濯と宿題の添削《てんさく》がすむと、テレビを観るか、スクラブルや、チェスのプロブレムや、トランプや、くだらないおしゃべりをして過ごす。さあみんなおやすみ！　そうしてやっと訪れた静かな時間を、彼女はウイスキーの量を倍にしてひとりで祝う。派手な音がするから、氷は入れなくなった。

もし息子たちが目をさませば、ふだんはほんの時たま朝まで残るだけの彼女の狂気を見てしまうだろう。けれども彼女に思い出せるかぎり、夜中に起きたキースが灰皿と暖炉をチェックし、明かりを消して戸締まりをする音を聞いたことがあるだけだった。

警察の世話になったのは――記憶はないものの――これがはじめてだった。飲んで運転したのもはじめて、一日以上仕事に穴をあけたのもはじめて、それに……。この先どうなってしまうのか、自分でもわからなかった。

小麦粉。牛乳。エージャックス洗剤。家にはワイン酢しかなかった。飲めばアンタビュースのせいでひどい発作を起こすだろう。リンゴ酢、と彼女はリストに書いた。

ファントム・ペイン

モンタナ州のデューセズ・ワイルド鉱山で、わたしは五歳だった。毎年雪が降る前の何か月かに一度、父とわたしはハンコック爺《じい》が一八九〇年代に切り拓《ひら》いた山道をたどって山を登った。父はコーヒーやコーンミール、ビーフジャーキー、そんなものをいっぱいに詰めこんだダッフルバッグを背負った。わたしは『サタデー・イブニング・ポスト』誌の束を運んだ——途中何度か手伝ってもらいはしたけれど。山のてっぺん、噴火口の形そのままの草地の縁《へり》に、ハンコックの山小屋は建っていた。頭の上もまわりも、見渡すかぎりぜんぶ青空だった。飼い犬の名はブルー。屋根の上に草が生え、それが房のように軒《のき》から垂れ下がったポーチで、父とハンコックはコーヒーを飲みながら話し、煙草の煙に目を細めながら鉱石を見せあった。わたしはブルーや山羊たちと遊び、そうでないときは小屋の内壁に『ポスト』のページを糊貼りした。壁には昔のページがすでに分厚く重ね貼りしてあった。四角の角をきっちりそろえて重ねて貼った雑誌のページが、狭い部屋のぐるりを埋めつくしていた。雪に閉じこめられる長い冬のあいだ、ハンコックは壁を一ページまた一ページと読んでいく。それがたまたま物語の最後のページだったりすれば、その前の話を頭の中でこしらえたり、壁のほかのページとつなげて一つの話にしたりした。壁じゅうぜんぶ読んでしまうと、何日もかけてまた貼りなおし、一から読んでいく。わたしがついて行かなかったその年の春の最初、父は一人で山に登ってハンコックが死んでいるのを見つけた。山羊たちも犬も、ベッドでいっしょに死んでいた。「寒うなったら、山羊を一頭ずつ寝床に引き入れますのさ」とよく言っていた。

「なあルーよ、父さんをあの山の上まで連れてって、置いてきてくれんか」養護施設に入れたばかりのころ、父は何度もわたしにそう言った。当時の父は口を開けばいろんな鉱山の話ばかりだった——アイダホ、アリゾナ、コロラド、ボリビア、チリ。そのころから父の頭はあやしくなりはじめていた。ただ思い出すだけではない、その時代のその場所に、本当にいるつもりになっていた。わたしのことも子供だと思っていて、その場所場所にいたときの歳のつもりでわたしに話しかけた。ナースに向かって「うちのルーは『はたらく動物たち』を全部読めるんだぞ、まだ四歳だってのに」などと言った。「お前、いい子だからあのおばさんが皿を並べるのを手伝ってあげなさい」とも言った。

わたしは毎朝カフェ・コン・レチェをもって父を訪ねた。ひげを剃《そ》り、髪をとかし、悪臭ただよう廊下を行ったり来たり散歩させた。ほかの患者はまだみんな寝床にいて、叫んだり、柵をがたがた揺すったり、ブザーを鳴らしたりしていた。呆《ぼ》けたお婆さんが自分で自分を慰める。散歩がすむと、父を車椅子に座らせてベルトを締める。逃げ出そうとして転ぶのを防ぐためだ。そうしてわたしも同じことをする。聞き流したり調子を合わせるのではなく、父といっしょにその場所に行くのだ。アリゾナ州パタゴニアの高地にあるトレンチ鉱山。わたしは八つで、白癬《はくせん》のチンキで紫まみれだった。日が暮れるとみんなで崖《がけ》まで行って空き缶を捨て、ゴミを燃やした。鹿やレイヨウ、時にはプーマまでがすぐそばまでやってきた。犬たちがいるのにすこしも恐れなかった。頭上では、夕暮れで深紅に染まった岩肌を、ヨタカが一直線に横切っていった。

父が一度だけ愛していると言ってくれたのは、わたしがアメリカの大学に帰る前の日だった。場所はティエラ・デル・フエゴの海岸。南極から吹く風が冷たかった。「お前とはこの大陸をすみずみまでいっしょに旅したなあ……同じ山、同じ海を、上から下まで全部」わたしが生まれたのはアラスカだが、アラスカは覚えていない。だが施設で、父があまりに何度も覚えているはずだと言い張るので、しまいには覚えているふりをするようになった——ゲイブ・カーターや、ノーム岬《みさき》や、キャンプ地に入ってきた熊を。

最初のころ、父は母のことをしきりに訊ねた。いまどこにいる、いつになったら来る。母がそこにいると思いこんで、話しかけたり、何かひと口食べるたびに母さんにも分けてやりなさいとわたしに言った。わたしはいつもごまかした。もうすぐ来るよ、いま荷作りしてるところだから。お父さんが良くなったら、バークレーの大きい家でみんなでいっしょに住もうね。そのたびに父は納得してうなずいたが、ある日ふいに「この大嘘つきめ」と言った。それからまた何もなかったようにべつの話をはじめた。

ある日、父は母をあっさり殺してしまった。わたしが訪ねていくと、父がベッドの上で赤ん坊みたいに丸くなって泣いていた。そしてさも恐ろしい事件を目撃したというように声をふるわせ、支離滅裂な物語を事細かに語りだした。父と母はミシシッピ川の蒸気船に乗っていた。母は甲板下で博打《ばくち》に興じていた。近ごろは肌の黒い連中も船に乗れるようになっていて、フロリダ（父の担当ナースの名）が父たちの財産を一セント残らず巻き上げてしまった。母が最後のファイブカードに虎の子の貯金をぜんぶ賭《か》けてしまったせいだ。片目のジャックの大勝負。「ああなることはわかってたんだ」と父は言った。「あのあばずれ、金歯の口で高笑いしながら札束を数えていやがった。そこのジョンに四千ドルかそこら分け前をやっていた」

「だまれ、この気取り屋」隣のベッドでジョンが言い、聖書の後ろからハーシー・バーを出した。ジョンは甘いものを禁じられている。わたしが前の日に父にあげたハーシーだ。枕の下からは父の眼鏡ものぞいていた。わたしが取り返すと、ジョンは哀れっぽく泣き声をあげた。「脚があ！　脚が痛いんだよう！」ジョンにはもう脚なんてなかった。糖尿病で、両脚とも膝の上で切断していたのだ。

蒸気船で、父はブルース・サッシ（ビスビー鉱山のダイヤモンド採掘者）とバーにいた。すると銃声がして、それからずいぶん経ってから水音が聞こえた。「チップ用の小銭がなかったんだが、一ドル置くのは嫌だったんだ」「まやかしの気取り屋め！　いっつもこうだ！」ジョンが隣のベッドから言った。父とブルース・サッシが大急ぎで右舷に出ていくと、母が水に浮かんで流れていくところだった。航跡が血に染まっていた。

父が母の死を嘆いたのはその一日だけで、続く何週間かはずっと母の葬儀の話だった。何千人と人が来た。お前の息子は誰もスーツを着とらんかったが、お前はしゃんとしてきれいだったぞ。ペルー大使がいた、エド・ティトマンがいた、執事のドミンゴがいた、チャーリー・ブルーム、あのアイダホ州モーランのスウェーデン人の爺さんまでいた。わたしはそのチャーリーから、オートミールには必ず砂糖をかけると聞かされたことがあった。お砂糖がないときはどうするの、わたしはこまっしゃくれてそう訊《たず》ねた。それでもとにかくかけるのさ。

母を勝手に殺したその同じ日、父はわたしのことをわかるのもやめてしまった。以来、父はまるで秘書か小間使いのように、わたしにあれこれ命令するようになった。とうとうある日、娘さんはどこに行ったのと訊いてみた。娘か、あれは出ていったよ。モイニハン家の悪い血だ、あれの母親も叔父もそうだった。わたしはろくでなしのチンピラと示し合わせて、ある日ホームの玄関先から四つ穴のビュイックに乗ってアッシュビー街に逃げたのだそうだ。父の言うその男の風体は黒髪の遊び人ふうで、まさにわたしの好みのタイプだった。

父はそのころから四六時中幻覚を見るようになった。くずかごは言葉を話す犬に、壁に映る木の葉の影は兵隊の行進に、恰幅《かっぷく》のいいナースたちは女装したスパイになった。〝エディ〟と〝リトル・ジョー〟の話をひっきりなしにしたが、父にそんな知り合いがいたとは思えなかった。父たちはナガサキ沖の弾薬船やボリビア上空のヘリコプターを舞台に、夜ごと無鉄砲な冒険活劇を繰り広げた。そんなときの父は、まるで別人のようにあけっぴろげにからからと笑った。

どうかずっとこのままでいてと祈ったが、父はしだいに筋道が通りだし、〝時間・空間の見当識〟がはっきりしはじめた。父はお金の話をした。自分が稼いだ金、失った金、これから稼ぐ金。こんどはわたしのことを株屋か何かだと思うようになったらしく、クリネックスの箱に数字をびっしり書きつけながら、利ざやだの利率だのについて延々しゃべりつづけた。マージンにオプション、国債、株式、公社債、企業買収。財産目当てに妻を殺して自分をこんなところに閉じこめたと言って、娘（わたしだ）のことを手厳しく非難した。この病院で父の面倒を見てくれる黒人ナースはフロリダだけだった。父は彼女たちを盗人呼ばわりし、クロだの売女だのとののしった。溲瓶《しびん》を使って警察を呼ぼうとしたこともあった。フロリダとジョンに全財産を盗まれたからだ。ジョンは知らん顔で聖書を読むか、でなければベッドの上で身もだえしながら「脚があ！神様、どうかこの痛みを止めてくれえ！」と叫んだ。

「しいいっ」フロリダはジョンに言った。「それはただの幻肢痛《ファントム・ペイン》よ」

「あれって本当の痛みなの？」わたしは彼女に訊いた。

フロリダは肩をすくめた。「痛みはぜんぶ本当よ」

父はフロリダにわたしのことを愚痴《ぐち》った。彼女は笑い、わたしにウィンクしながらうなずいてみせた。「ほんと、骨の髄まで腐った娘だわねえ」父はわたしがいかに不肖の娘だったかを、学校のスペリング競争から駄目になった結婚にいたるまで、事細かにわたしたちに語って聞かせた。

「あなた、相当こたえてるんでしょ」フロリダがわたしに言った。「お父さんのシャツにアイロンかけるの、やめちゃったものね——ここに来なくなるのも時間の問題だね」

けれども、わたしはかつてない絆を父とのあいだに感じていた。こんなふうに怒りをむき出しにしたり、偏屈だったり、お金に執着したりする父を見るのは初めてだった。ソローやジェファーソンやトマス・ペインに心酔していたあの父がだ。わたしは幻滅しなかった。父にいだいていた恐れや畏怖が、しだいに消えていった。

もう一つうれしかったのは、父の体に触《さわ》れるようになったことだ。ハグしたり、体を洗ったり、足の爪を切ったり、手を握ったり。父の言うことには、もうあまり耳を貸さなくなった。ただ父を抱き、フロリダや他のナースが歌ったり笑ったりする声や、デイルームのほうから大音量で聞こえてくる『われらが人生の日々』〔昼メロの長寿番組〕の音に聞き入った。父にゼリーを食べさせ、隣でジョンが聖書の『申命記』を声を出して読むのを聞いた。昔から不思議なのだが、字を読むのがやっとのような人たちが、どうしてこうもたくさん聖書を読むのだろう。ひどく難しい本なのに。それと同じで、世界じゅうの無学なお針子たちが袖やジッパーのつけ方をちゃんと理解できるのにも、いつも驚かされる。

父は食事をするのも自分の部屋で、ほかの患者とはいっさい交流しなかった。わたしはときどきした。ひと息ついたり、泣きたくなるのをこらえるために。掲示板には大きな字で〈今日は□曜日〉〈今日のお天気は□〉〈次の食事は□〉〈次の祝日は□〉、と書いてある。二か月ほど、火曜日で雨、昼食とイースターの前、という日が続いたあと、このところずっと四角は空欄のままだ。

エイダというボランティアが毎朝新聞を読みあげる。犯罪や物騒な事件を避けて、つぎつぎページをめくっていく。けっきょくいつもパキスタンのバス事故とか『わんぱくデニス』とか星占いに落ちついた。ガルヴェストン湾のハリケーンとか（わからないといえば、どうしてガルヴェストンの人たちはいいかげんよその土地に移らないのだろう）。わたしはほかの患者たちと会うのが楽しみだった。ほとんどの人が父よりさらに呆けていたが、それでもわたしが行くと喜んで、細い指でわたしにしがみついた。みんながわたしを知っている誰かだと思って、いろいろな名前で呼んだ。

わたしは父に会いに行くのをやめなかった。フロリダの言うように後ろめたさからでもあったが、希望もあった。いつか父がわたしを褒《ほ》めてくれるのではないか、許してくれるのではないか。どうかわたしをわかって、お父さん、愛していると言って。でもどちらも父はしてくれなかった。今のわたしは、ただひげ剃り道具やパジャマやキャンディを届けるためだけに行く。父はもう歩けなくなった。暴れるので、昼も夜も拘束帯をはめられている。

父と本当にいっしょに過ごした最後は、メリット湖のピクニックだった。ぜんぶで患者十人だった。それにエイダ、フロリダ、サム、わたし。サムというのは用務員だ（〝エテ公〟と父は呼んだ）。車椅子をリフトでウィーンと持ち上げてバンに乗せる。全員乗せるのに一時間かかった。戦没将兵記念日《メモリアル・デー》の翌日の、ひどく暑い日だった。出発しないうちから、ほぼ全員がおもらしをした。窓ガラスが蒸気で曇る。年寄りたちはみんなはしゃいで笑い声をあげたが、おびえてもいて、バスやサイレンやバイクとすれちがうたびに首をすくめた。父はシアサッカーのスーツを小ざっぱりと着ていたけれど、しばらくするとパーキンソン病のよだれで胸に青い染みができ、片方の脚が下まで濃い青に変わった。

きっと岸辺の木陰にでも行くのだろうと思っていたら、エイダは車椅子をアヒルの池のほとりに、通りのほうを向いて半円形に並べるようわたしたちに言った。きっとアル中たちはどこかよそに行くだろうとも思っていたが、年寄りたちのすぐ前のベンチから誰も動こうとしなかった。患者の何人かは煙草の匂いを嗅《か》ぎつけて、彼らにせびった。アル中の一人がジョンに一本くれたが、エイダが取りあげて踏み消した。排気ガス。きんきらの大型車や車高の低い改造車やオートバイから流れるラジオの音。ジョギングの人々がわたしたちを迂回しようと速度をゆるめて渋滞し、足踏みで地面が震動する。わたしたちは食べ物をまわし、〝要食べさせ〟の人たちに食べさせた。ポテトサラダにフライドチキン。ビーツのピクルスにクールエイド。フロリダとわたしがベンチにいたアル中四人に皿を持っていくと、エイダは怒った。でも食べ物はあまりに多すぎた。溶けたナポリタン・アイスクリームがだらだら前掛けに垂れた。ルーラとメイは板チョコを手で握りつぶし、膝の上でこね回した。父の食べ方はきれいだった。昔からきちんとした人だった。わたしが指を一本一本ぬぐってあげた。ほっそりときれいな手をしていた。年寄りたちはなぜ自分の服や布団をしきりにまさぐるのだろう。捜衣模床《フラクサレーション》、というのだそうだけれど。

　昼ごはんが済むと、パークレンジャーの制服を着た大柄な女性がアライグマの子を抱いてやって来て、みんなに触らせた。柔《やわ》くて、いい匂いがして、みんな喜んだ、大喜びで抱いたり撫でたりしたが、ルーラがきつく抱きすぎて顔をひっかかれた。「狂犬だ!」父が言った。「脚があ!」ジョンが言った。さっきのアル中がまたジョンに煙草を一本くれた。エイダはバンにトレイを積んでいて気がつかなかった。レンジャーの女性はアル中たちにもアライグマを抱かせた。アライグマはどうやら彼らと顔なじみだったらしく、首に巻きついてすっかり落ちついた。エイダがあと二十分あるから、みんなを池のまわりに連れていったり、鳥の檻《おり》を見せたり、湖を一望できる丘の上まで登っていいと言った。

父は昔から鳥が好きだった。わたしはしょぼくれたミミズクの檻の前に父を据《す》え、昔いっしょに見たいろいろの鳥のことを話しかけた。緑の羽のホシムクドリ。ハコヤナギの幹にとまっていたカンムリキツツキ。アントファガスタの沖を飛ぶグンカンドリ。厳《おごそ》かにつがっていたミチバシリ。父はうつろな目をして黙っていた。二羽のミミズクは眠っているのか剝製《はくせい》なのかわからなかった。わたしは車椅子を押して歩きだした。ほかのみんなは浮かれて、はやし立てたりこちらに手を振ったりした。ジョンも上機嫌だった。フロリダがいつの間にかジョギングの一人と仲良くなっていて、テープレコーダーを貸してもらっていた。ルーラがそれを両手で抱えて歌をうたい、その横でみんなはアヒルに餌《えさ》を投げていた。

車椅子を押して丘を登るのには苦労した。暑くて、車やラジオはうるさくて、ジョギングの足音はどすどすひっきりなしだった。スモッグが垂れこめて、向こう岸も見えなかった。メモリアル・デーのなごりのゴミや残骸。茶色く泡立った湖面に、紙コップが白鳥みたいに優雅に浮かんでいた。丘の上に着くと、わたしは車椅子のストッパーをかけて煙草に火をつけた。父が笑った。悪い笑いだった。

「最悪だよね、父さん」

「ああまったくだ、ルー」

父はストッパーをはずし、車椅子がゆっくり坂を下りはじめた。わたしは最初ただぼんやりそれをながめ、それから煙草を投げ捨て、速度をあげてレンガ道を下りはじめた車椅子をつかまえた。

今を楽しめ《カルペ・ディエム》

ふだんのわたしは歳を取ったことをそんなに気にしない。何かではっと胸を突かれることはある、たとえばスケート選手とか。なんという伸びやかさ、長い脚をなめらかに動かし、髪を後ろになびかせて。焦りでパニックになることもある。BART〔サンフランシスコの高速鉄道〕のドアがそう。電車が停まってからドアが開くまでのあいだがやけに長い。ものすごく長いというわけではないが、わたしには長すぎる。時間がないのだ。

それからコインランドリー。もっともこれは若いころから難儀だった。洗濯機は〈スピード・クイーン〉なのに、時間がかかりすぎる。椅子に座って待っているあいだに、おぼれ死ぬ前みたいに自分の来し方がぜんぶ走馬灯のように回りだす。もちろん車があればホームセンターや郵便局に行って、戻ってきて洗濯物を乾燥機に移せるのだけれど。

係員のいないコインランドリーはなお悪い。いつ行っても、まるで客がわたししかいないみたいだ。でも店じゅうの洗濯機と乾燥機は回っている——ほかのみんなはホームセンターに行っているのだ。

今までいろんなコインランドリーの係員を見てきた。店の中を歩きまわり、小銭に両替してくれたりいつも小銭を切らしていたりするカローンたち〔ギリシャ神話の三途の川の渡し守。小銭と引き換えに死者を冥界に運ぶ〕。今の店は太ったオフィーリア、「ノー・スウェット（どういたしまして）」を「ノー・トウェット」と発音する。ビーフジャーキーで上顎が割れてしまったのだ。胸があんまり大きすぎて、ドアを出入りするときは体を横にして、キッチンテーブルを運ぶみたいに斜めにならないと通れない。モップを持った彼女が通路を通るとみんなが脇にどき、自分のカゴもいっしょにどかす。オフィーリアはチャンネル変え魔だ。わたしたちがみんな腰を据えて『新婚さんクイズ』を観ているのに、やって来て『ライアンズ・ホープ』に変えてしまう。

いちど世間話のつもりで、あたしもホットフラッシュで大変なのよと話したことがあった。いらい彼女の頭の中で、わたしはすっかりそれの人になってしまった——更年期《ザ・チェンジ》。「どう、更年期《ザ・チェンジ》の具合は？」いらっしゃいの代わりに彼女は大声でそう言う。一人で座ってうじうじ考え、そうするあいだにも歳を取っていく身に、これはいっそうつらい。息子たちはもうみんな大人になり、使う洗濯機は五つから一つに減ったが、かかる時間は変わらない。

先週、人生で二百回めぐらいの引っ越しをした。シーツやカーテンやタオルをショッピングカートに山盛り積んでコインランドリーに行った。店はひどく混んでいて、隣り合った洗濯機は一つも空いていなかった。持ってきたものを三つの洗濯機に分けて入れ、オフィーリアのところに行ってお金を両替してもらった。戻ってきてお金を入れ、洗剤を入れ、洗濯機をスタートさせた。ところがスタートさせた三つはべつの人のマシンだった。知らない男の人の、洗濯が終わった。

たばかりのやつ。

わたしは洗濯機の際《きわ》まで詰め寄られた。オフィーリアとその男が並んでわたしを見おろす。わたしもけっこうな大女で、今じゃ〈ビッグ・ママ〉のパンスト愛用者だけれど、この二人の巨体にはかなわなかった。オフィーリアは予備洗いスプレーのボトルを手にしていた。男のほうはカットオフ・ジーンズをはいて、ぱんぱんの太腿は赤い毛に覆われていた。野球帽にはゴリラの絵。みっちり生えた顎ひげは、毛というより赤いふかふかのバンパーみたいだ。野球帽はサイズが小さいわけではなかったけれど、もじゃもじゃの毛に押し上げられて、身長がゆうに二メートルを超えていた。大きな拳《こぶし》をもう一方の赤い手のひらに何度も打ちつけながら、男は言った。

「こんちくしょう。どうしてくれんだよ、え?」オフィーリアは凄《すご》んでいるのではなく、わたしを守ろうとしていて、わたしと男のあいだ、あるいは男と洗濯機のあいだにいつでも割って入る構えだった。この店であたしに解決できないことはない、が彼女の口癖だった。

「ミスター、まあちょっと座って落ちつきなって。いっぺん始まったマシンはもうどうやったって停まんないんだからさ。楽しくテレビでも観て、ペプシでもお飲みよ」

わたしは正しい洗濯機にコインを入れてスタートさせた。させたあと、もう洗剤を買うお金がないことに気がついた。わたしは泣きだした。

「なんでお前が泣くんだよ?　俺の土曜日をどうしてくれるんだ、このあほんだら?　えいもうこんちくしょう」

もしどこかに行きたいんだったら代わりに乾燥機に入れといてあげます、とわたしは申し出た。

「俺の洗濯物に指一本触れるんじゃねえ。近づいたら承知しねえぞ、ええ？」ほかに椅子が空いていなかったので、男はしかたなくわたしの隣に座った。わたしたちは無言で洗濯機を見つめた。どこかに出かけてくれればいいのにと思ったけれど、男はわたしの隣に座ったままだった。大きな右の太腿が、脱水する洗濯機みたいにぶるぶる震えている。小さな赤いランプが六つ、わたしたちに光ってみせた。

「あんた、いつもこんなにドジなのかよ？」男が言った。

「ほんとにごめんなさい。疲れてたのよ。急いでたし」わたしは引きつったように笑いだした。

「言わせてもらうが俺だって急いでんだよ。レッカーの運転手でよ。週六日。一日十二時間。それがどうだ。大事な休みがパアだ」

「何をそんなに急いでいたの？」感じよく言ったつもりだったが、相手はそれを皮肉と取った。

「糞ったれのバカ女。野郎だったら洗濯機にぶち込んでやるとこだ。その空っぽの頭ぁ乾燥機に入れて、黒こげになるまで回してやりてえよ」

「悪かったって言ってるでしょ」

「ああ悪いさ。あんたは女の粗悪なできそこないだよ。俺の洗濯物にあんなことしてくれなくたって、駄目人間でございって顔に書いてあら。くそっ勘弁しろよ。また泣きやがった。えいもうこんちくしょうめが」

オフィーリアが男の前にぬっと立ちはだかった。

「あんた、その人に構うんじゃないよ、いいね？　あたしゃこの人が大変な時期なのを知ってるんだ」

　どうして知っているんだろう。わたしは内心驚いた。この人なんでもお見通しなんだ。黒い巨体の女予言者、それともスフィンクス。いやそうじゃない、きっとあれのことを言ってるんだ。更年期《ザ・チェンジ》。

「よかったら、あなたのぶんの洗濯物もたたませて」とわたしは男に言った。

「あんたは黙って」オフィーリアは言った。「あのさ、そんなに大騒ぎするほどのことかね？　あと百年《シャクネン》もすりゃ、そんなの気にもならなくなるさ」

「百年」男がぼそっと言った。「百年だとよ」

　わたしも内心同じことを思った。百年。わたしたちの洗濯機が体を小刻みに揺すり、脱水の小さな赤いランプがいっせいにともった。

「あなたはまだいいよ、少なくとも汚れは落ちるんだから。あたしなんか洗剤ぜんぶ使い果たしちゃった」

「洗剤ならあたしが買ってあげるよ」

「もう遅いわ。でもありがとう」

「この女のせいでこっちは一日どころか、一週間が台無しだ。冗談《ノー・ソープ》じゃねえ」

　オフィーリアが戻ってきてかがみこみ、ひそひそ言った。

「あたし、ときどき出血すんのよ。もし止まらないようなら掻爬《そうは》をやるってお医者が言うの。あんたはどう、出血する？」

わたしは首を横に振った。

「そのうちくるよ。女の災難には終わりってものがないねえ。死ぬまで災難の連続だ。あたしガスも溜まんのよ。どう、ガスは溜まる？」

「こいつはおつむにガスが溜まってんのさ」男が言った。「俺は自分の車に戻ってビールを飲むよ。いいか、俺のマシンに近づくんじゃねえぞ。あんたのは34、39、43番だからな」

「わかった。32、40、42番ね」こわい顔でにらまれた。

洗濯機が最後の脱水にかかった。もう自分のぶんは家のフェンスに掛けて乾かすしかない。次の給料が入ったら、洗剤もってまた来よう。

「ジャッキー・オナシスは毎日シーツを替えるんだってさ」オフィーリアが言った。「あたしに言わせりゃ、どうかしてるね」

「うん、どうかしてる」わたしも言った。

わたしはさっきの男が自分の洗濯物をカゴに移して乾燥機のところに持っていくまで待ってから、自分のぶんを出した。ほかの客がにやにやしながら見ていたけれど、無視した。ぐっしょり濡れたシーツやタオルをカートに乗せた。重くて押すのがひと苦労なうえに、濡れているので全部は入りきらなかった。ショッキングピンクのカーテンは肩にかけた。店の奥にいたあの男がまた何か言いかけて、横を向いた。

家にたどり着くまで長いことかかった。洗濯ひもは見つかったが、全部を干すのにさらに長いことかかった。霧が出てきた。

コーヒーを淹《い》れて、裏の階段に座った。いい気分だった。焦りはきれいに消えて、心は静かだった。つぎにBARTに乗っても、きっと電車が停まるまで降りることなんか考えもしないだろう。停まったら、閉まる前に降りればいい。

いいと悪い

尼さんたちは躍起《やっき》になってわたしをいい子にしようとした。高校のときはミス・ドーソンだった。サンチャゴ・カレッジ、一九五二年。アメリカの大学に行く予定のわたしを入れた六人の女子生徒は、新入りの教師についてアメリカ史を習うことになった。それがエセル・ドーソン先生だった。アメリカ人の教師は彼女ひとりで、あとはみんなチリ人かヨーロッパ人だった。

わたしたちは六人とも悪い生徒だった。なかでも一番のワルがわたしだった。テストの日なのに誰も勉強してきていないと、わたしがガズデン購入地のことを延々質問しつづけてドーソン先生を攪乱《かくらん》した。いよいよとなったら、彼女が分離政策やアメリカ帝国主義について長広舌をふるうように仕向けた。

わたしたちは彼女を馬鹿にし、鼻にかかったボストンなまりをふざけて真似した。小児麻痺のせいで片方が上げ底になった靴をはいて、縁の細い分厚いメガネをかけていた。前歯が左右に分かれて真ん中に隙間があり、ひどい悪声だった。わざわざ自分をよけいに醜く見せようとするみたいに、色がちぐはぐの男物みたいな服を着、皺《しわ》だらけでスープの染みのついたズボンをはき、不格好な髪形にけばけばしい色のスカーフを巻いた。授業でしゃべっていると顔が真っ赤になり、汗がぷんとにおった。隠しようのない貧乏のせいだけではなかった。トゥルニエ先生《マダム》だって着古した同じ黒のスカートと黒のブラウスを毎日のように着ていたけれど、スカートはバイアス裁ちだったし、黒のブラウスは緑っぽく色あせてくたびれていたものの、上等の絹だった。そのころのわたしたちにとっては、センスと気品こそがすべてだった。

ドーソン先生は、チリの坑夫や港湾労働者のひどい労働環境についての映画やスライドをわたしたちに見せた。それらはぜんぶアメリカのせいなのだった。わたしたちの中にはアメリカ大使の娘がいたし、海軍の偉い人の娘も一人ではなかった。わたしの父は鉱山技師だったが、CIAの仕事をしていた。チリはアメリカなしではやっていけないと、父は心から信じていた。ドーソン先生は若くてまだ柔軟な頭脳を教化しようとしたのだろうけれど、あいにくわたしたちはわがまま放題のアメリカのどら娘だった。どの子もみんな、金持ちでハンサムで有力なアメリカ人のお父さんがいた。この年頃の女の子が父親を思う気持ちは、馬を思う気持ちと似ている。とにかく熱狂的だ。それを彼女は悪者よばわりしたのだ。

発言するのはもっぱらわたしだったので、先生はわたしに的をしぼり、放課後も引き止め、ある日は誘われてバラ園をいっしょに散歩までした。先生がこの学校のエリート主義を非難するようなことを言うので、わたしはいらいらした。

「じゃあなんでここにいるの？　そんなに貧しい人たちが心配なら、その人たちに教えればいいじゃない、わたしたちみたいなブルジョワ人種にかまわずに」

自分がここで働いているのはアメリカ史を教える教師だからだ、と彼女は言った。今はまだスペイン語が話せないが、自由な時間はずっと革命家のグループとともに貧民街でボランティア活動をしている、そうも言った。あなたたちに教えるのだってけっして時間のむだではないわ……もしそのうちの一人でも考えを変えることができたら、苦労は報われるもの。

「もしかしたらあなたがその一人かもしれない」と彼女は言った。わたしたちは石のベンチに座っていた。休み時間が終わりに近づいていた。バラの香りと、彼女のセーターのカビのにおい。

「ねえ、あなた休みの日は何をしているの？」と彼女が訊いた。

うんと軽薄に見せるのに努力はいらなかったが、それでも誇張してしゃべった。美容院、ネイルサロン、ドレスのお仕立て。チャールズホテルでランチ。ポロ、ラグビーかホッケー、昼下がりの舞踏会《テ・ダンサント》、ディナー、朝まで続くパーティ。日曜の朝七時には前の晩の服のままエル・ボスケでミサ。それが済んだらカントリークラブで朝ごはん、ゴルフか水泳、でなければアルガロボで一日じゅう海水浴、冬ならスキー。映画ももちろん、でもたいていは夜どおし踊る。

「あなたはその生活に満足？」彼女が訊いた。

「ええ」

「一か月だけ、あなたの土曜日をわたしにちょうだいと言ったら、どうする？　あなたの知らないサンチャゴを見せてあげたいの」

「どうしてわたしなの？」

「それは、あなたが根っこではいい人だからよ。きっとたくさんのことを学べると思うの」彼女はわたしの両手をとった。「ね、やってみない？」

いい人。でもそれ以前に彼女が言ったひと言に、すでにわたしは心を奪われていた。革命家。

わたしは革命家に会いたかった。悪い人たちだから。

ドーソン先生と土曜日貧民街に行くというと、みんなばかばかしいくらい大騒ぎし、それでわたしはますます乗り気になった。貧しい人たちを助けに行くと聞いて、母はおぞけをふるった。病気やトイレの便座を恐れたのだ。でもチリの貧乏人にはトイレの便座すらないのをわたしは知っていた。友だちはみんな、わたしがよりにもよってドーソン先生と出かけるというので仰天した。あの人はいかれてる、狂信者、レズビアンだ、あんた気は確かなの？

はじめていっしょに出かけた日は悪夢だったけれど、それでも強がりのわたしはやめなかった。

土曜日の朝になると、わたしたちは大鍋何杯ぶんもの食料をトラックに積みこんで、街のゴミ捨て場に向かった。豆、おかゆ、ビスケットにミルク。ブリキ缶を平たくつぶして作ったほったて小屋が見渡すかぎり続く、そのすぐそばの空き地に大きなテーブルを広げる。その集落全体で、水道は三ブロック先の曲がった水道管が一つあるきりだった。ぼろぼろの差しかけ小屋の前で裸火が焚かれ、木っ端や段ボールや靴を燃やして煮炊きをしていた。

最初のうち、見渡すかぎりの山のどこにも人の姿は見えなかった。鼻が曲がるほど臭い、煙のくすぶるゴミの山があるだけ。しばらく土埃や煙を透かして見ているうちに、ゴミ山にびっしり人がいるのが見えてきた。肌は糞便の色、着ているボロは足元のゴミと大差なかった。立っている人はいなかった。みんな濡れネズミみたいに四つんばいで動きまわり、背中の麻袋にいろんなものを放りこみ、瘤《こぶ》のある獣みたいな姿でぐるぐる回り、突進し、鉢合わせして鼻と鼻をくっつけ、するりと別れ、イグアナみたいに山の岩陰に消えた。だが食べ物が並べられると、濡れて煤《すす》まみれの、腐った食べ物とゴミの臭いをさせた女や子供がわらわら近づいてきた。みんな喜々として朝食を受け取るとしゃがみこみ、骨ばった両肘をカマキリみたいにつっぱって、ゴミ山の上で食べた。食べおわると、子供たちがわたしのまわりに集まってきた。這いつくばったり地面に寝ころがったまま、わたしの靴にさわり、ストッキングをそっとなでた。

「みんなあなたが好きみたい」とドーソン先生は言った。「ね、うれしくならない?」

でも、たぶんみんなが好きなのはわたしの靴やストッキングや赤いシャネルのジャケットだった。

ドーソン先生とお仲間たちは帰りのトラックのなかで意気揚々として、声をはずませてしゃべった。わたしは気が滅入り、胸がむかむかした。

「あの人たちに週に一度だけ食べ物をあげて、それで何になるの? ぜんぜん焼け石に水じゃない。週に一度のビスケットなんかであの人たちの暮らしがよくなるわけがない」

たしかに。だが革命がなし遂げられてあらゆるものが平等に分配されるようになるまでは、我々はできることをするしかない。

「自分たちの存在に誰かが気づいてくれていると、あの人たちに知ってもらうことが大事なの。もうすぐすべてが変わるって、いつも彼らに言っているの。希望。そう、大切なのは希望なのよ」とドーソン先生は言った。

　わたしたちは街の南の、ビルの六階のアパートの一室で昼を食べた。向かいの壁が見える窓。電気コンロが一つ、水道なし。使う水は下から階段で運んでくる。テーブルの上にボウルが四つとスプーンが四本並べてあり、真ん中にパンが盛ってある。中は人でいっぱいで、少人数に分かれて話していた。わたしはスペイン語を話せたけれど、彼らの言葉はきつい俗語《カロ》で子音がほとんどなく、何を言っているかよくわからなかった。誰もわたしたちに話しかけようとしなかった。ただ好奇のまなざしか、露骨に蔑《さげす》むような目をこちらに向けるだけだった。革命の話は誰もしていなかった。聞こえてくるのは仕事と、金と、下品な冗談ばかりだった。わたしたちは前の人の使いまわしのボウルとグラスでかわるがわるレンズ豆を食べ、チッチャという生ワインを飲んだ。

「あなたえらいわ、汚れが気にならないのね」ドーソン先生がうれしそうに言った。

「鉱山町で育ったから。汚れには慣れっこよ」でもフィンランドやバスクの坑夫たちのキャビンは小ぎれいだった。花やキャンドルや優しい顔のマリア様。だがここは殺風景で不潔だった。綴《つづ》りのまちがったスローガンが壁に貼られ、共産党のチラシがチューインガムでくっつけてあった。わたしの父と鉱業大臣が写っている新聞の写真は血で塗られていた。

「ひどい！」わたしは言った。ドーソン先生がわたしの手をとって、さすった。「しぃぃっ」彼女は英語で言った。「ここではファーストネームで呼び合いましょ。まちがっても素性を明かしてはだめ。いいことアデル、気をたしかに持ちなさい。成長するためには、お父さんの本当の素顔も知らなければならないの」

「でも父には血なんかついてない」

「いいえ、これが真実なの。そう考える根拠がたくさんある。あなたはそのことを知るべきなのよ」先生はわたしの両手を力をこめて握った。

食事のあと、わたしは先生に連れられてアンデス山脈のふもとの丘にあるエル・ニーニョ・ペルディード（〝迷える羊〟）という孤児院に行った。ツタにおおわれた古い石造りの建物で、フランス人の尼僧たちが切り盛りしていた。百合の花の形の頭巾と青灰色の衣を着た、年寄りのかわいらしい尼さんたち。石の床の上をふわふわ浮かんで暗い部屋から部屋へ動きまわり、花咲きみだれる中庭の小径《こみち》を滑り、木のよろい戸をぱたんと開いて小鳥のような声をはりあげた。狂乱した子供たちが脚に嚙みつくのをはらいのけ、小さな足にまとわりつかせたまま歩きまわる。目の見えない顔を十個並べて端から洗っていく。ダウン症の巨体の子供六人に、背伸びしてスプーンでオートミールを食べさせる。

ここの孤児たちは、みんな何かしら問題があった。正気でなかったり、脚がなかったり、口がきけなかったり、全身やけどに覆われていたり。鼻や耳がない子。梅毒の赤ん坊やダウン症の大きい子。さまざまな病苦の形がかたまりになって部屋部屋を埋め、中庭や美しく荒れ果てた庭園にまであふれ出ていた。

「やるべきことは山ほどあるわ」とドーソン先生は言った。「わたしは赤ちゃんにミルクをあげたりおむつを替えたりするのが好き。あなたは目の見えない子たちに本を読んであげたらどうかしら。みんなとても賢くて、退屈してるようだから」

本はほとんどないに等しかった。スペイン語のラ・フォンテーヌ。子供たちは車座になって、空っぽの目でわたしを見つめた。困ったわたしはゲームを始めた。椅子取りゲームみたいな、手を叩いたり足を踏みならしたりするやつだ。これは受けて、ほかの子たちも寄ってきた。

土曜日のゴミ山はきらいだったが、孤児院行きは楽しかった。そこにいっしょにいるときは、ドーソン先生さえ好きになった。彼女は赤ん坊を湯浴みさせたり、抱っこしてあやしたり、歌をうたったりし、わたしはわたしで大きい子供たち向けにいろんな遊びを発明した。うまくいくのもあれば、失敗もあった。リレー競走は、誰もバトンを放したがらなかったのでだめだった。でも縄跳びは大成功だった。ダウン症の男の子二人が何時間も休みなしで縄を回しつづけ、ほかの子たち、とりわけ目の見えない女の子たちがかわるがわる跳んだ。尼さんたちまで跳んだ、ふわり、ふわり、宙に青く浮かんで。「谷間の農夫」。「ボタンよボタン」。かくれんぼは、誰も戻ってこなくてうまくいかなかった。孤児たちはわたしが行くと喜び、わたしも行くのが楽しかった。いい人だからではなく、ただ遊ぶのが好きだったから。

土曜の夜はドーソン先生といっしょに革命劇や詩の朗読に行った。そこでわたしたちは同時代の南米のすばらしい詩人たちの詩を聴いた。後になってそのときの詩が好きになり、大学で勉強したり教えたりするようになった。でも当時はすこしも耳に入らなかった。周囲の目が気になるのと恐ろしいのとで生きた心地がしなかった。アメリカ人がわたしたち以外だれもいない場所で、語られるのはひたすらアメリカへの敵意だった。おおぜいの人がわたしにアメリカの政治について質問したが、答えられなかったのでドーソン先生に代わってもらい、わたしは通訳をした。でも彼女が分離政策やアナコンダ社について語ることを人々に伝えながら、恥ずかしさに目まいがした。彼女は自分が馬鹿にされていることにまるで気づいていなかった。民衆の苦境について彼女が語る陳腐な共産主義のお題目を、みんなはしんそこ軽蔑していた。わたしのジョセフのヘアカットやマニキュアや高価なふだん着も失笑の的だった。ある小劇団ではわたしが舞台に上げられて、演出家に大声でこうなじられた。「ようアメ公《グリンガ》さん、あんたなんだってこの国にいるんだ!」わたしは何も言えずに座りこみ、野次と笑いがどっと上がった。とうとうドーソン先生に、もう土曜の夜には出かけられないと言った。

マルセロ・エラスリスでのディナーとダンス。かぐわしい庭を眺めながらテラスで飲む小さなカップのマティーニ・コンソメ。十一時に始まる六皿のコースディナー。みんながドーソン先生と出かけたことでわたしを冷やかし、どんな場所に行ったのか聞きたがった。わたしは誰にもそのことを話せなかった、友だちにも、両親にも。誰かが〝ロト〟という言葉を使って冗談を言ったのが今も忘れられない――当時〝がらくた《ロト》〟は、貧しい人たちを意味する言葉だった。わたしは恥ずかしかった。部屋には客と同じくらいたくさんの召使がいることに気づいていたから。

わたしはドーソン先生といっしょにアメリカ大使館前の労働者デモに参加した。一ブロックと行かないうちに、父の知り合いのフランク・ワイズがわたしを列からつまみ出し、クリヨン・ホテルに引きずっていった。

フランクおじさんはかんかんだった。「自分が何をやってるか、わかってるのか?」ドーソン先生には見えていないことを、フランクおじさんは一瞬で見抜いた——わたしが政治のセの字もわかっておらず、デモの意味も理解していないということを。もしこんなことを新聞社に嗅ぎつかれたらお父さんはたいへん困ったことになるんだぞ、とおじさんは言った。わたしはうなずいた。

べつの土曜日の午後には、先生に誘われて街頭で孤児院の募金集めをした。わたしと彼女はべつべつの角に立った。ものの数分のあいだに何十人もの人から怒鳴られ、汚い言葉を投げつけられた。わたしは何のことかわからず、〈エル・ニーニョ・ペルディードに愛の手を〉と書いたプラカードをゆすり、小銭の入ったコップをカラカラ振った。ウォルドーフ・ホテルにコーヒーを飲みに行く途中の友人のティトとペペが前を通りかかった。二人はわたしをかっさらい、無理やりコーヒーを飲みに連れていった。

「こんなこと言語道断だ。物乞いは貧民のすることだ。きみのやってることは彼らへの侮辱だ。女が人前で物をせがむなんて、浅ましくてとても見ていられない。きみの評判に傷がつく。だいいち、きみが金をネコババしないなんて誰が信じるんだ。若い女の子が付き添いもなしに一人で街に立つなんて無茶だ。慈善のダンスパーティや昼食会に行くのはかまわない、でも下層の人々とじかに触れ合うのは悪趣味だし、向こうにとっても恩着せがましいだけだ。それに特殊な性的傾向の持ち主といっしょにいるところを他人に見られたりしたら、きみはもうおしまいだ。ねえ、きみはまだ子供だから何もわかっていないんだ……」

わたしはジャマイカン・コーヒーを飲みながら二人の話を聞いた。そして言った、あなたたちの言いたいことはよくわかったけれど、ドーソン先生をあのまま一人で置いておくわけにいかない。僕らが話をつけよう、と二人は言った。三人で連れ立ってアウマダ通りを歩いていくと、ドーソン先生は通行人に〝イカれたアメリカ女《グリンガ・ロカ》〟だの〝足悪の淫売《プタ・コハ》〟だのと野次られながら、毅然として立っていた。

「サンチャゴで若い女の子にこんなことをさせるのは間違ってます。この子は連れて帰りますから」ティトは短くそう言った。先生は彼を蔑むような目で見、その後何日かして学校の廊下で会うと、男に自分の行動をいちいち指図させてはだめだとわたしに言った。指図なら世の中じゅうの人からされてる気分だ、とわたしは言った。最初の約束よりもう一か月も長く土曜日の活動を続けている、もうやめにしたい、そう言った。

「もとの自分本位な人間に戻ってしまってはだめ。よりよい世界のために戦う以外に、人の生きる道はないのに。あなた、何も学ばなかったの？」

「たっぷり学んだわよ。世の中には変えなきゃいけないことがたくさんあるのはよくわかった。でもそれはあの人たちの問題であって、わたしのじゃない」

「信じられない、あなたがそんなことを言うなんて。わからないの？　そういう態度こそが世界を悪くしているんだってこと」

　先生は泣きながら足を引きずって洗面所に消え、授業に遅れてやってくると、今日は休講にすると言った。わたしたち六人は外に出て、教室にいないのを見つからないように窓から遠く離れて、公園の芝生に寝ころがった。ほかの子たちはわたしをはやし立てた。あんたドーソン先生を振っちゃったのね、あいつぜったいあんたに気があったもの、キスを迫られたりしなかった?
わたしは訳もわからず無性に腹が立った。自分でも意外なことに、わたしは彼女という人が好きになりはじめていた、彼女の愚直で純粋な一生懸命さや、あきらめの悪さが。彼女はまるで子供だった、スプリンクラーで遊んで楽しげに息をはずませる、あの目の見えない女の子たちのようだった。ドーソン先生は男の子たちみたいにわたしの気を引こうとしなかったし、しょっちゅう体に触ってこようともしなかった。ただ彼女はわたしにやりたくないことをさせたがり、わたしはそれをやりたくない自分、世界にはびこる不平等なんかどうでもいいと思ってしまう自分を悪者のように感じた。ほかの子たちは、わたしが先生とのことを話そうとしないのに腹を立て、わたしのことをドーソン先生の愛人と呼んだ。誰にもこのことを話せなかったし、何が正しくて何がまちがっているのか訊く相手もいなかったので、罪悪感だけが残った。

最後にゴミ捨て場に行った日は風が吹いていた。砂がきらきらたなびいて、おかゆの上に降った。ゴミ山から立ちあがる人影は舞い上がる土埃をまとって、銀色の亡霊かダルウィーシュ〔イスラム神秘主義の一派。激しい踊りで法悦状態に入る〕のようだった。だれも靴をはいておらず、足はぬかるんだ丘の上を音もなく動きまわった。同じ場所で働いているのに、彼らは互いに話すことも呼びあうこともせず、わたしたちとも話さなかった。湯気をたてる汚物の山の向こうに街が見え、はるか頭上には白いアンデス山脈があった。人々は食べた。ドーソン先生は何も言わず、吹きすさぶ風のなか、鍋や調理道具を片づけた。

その日の午後は、郊外で開かれる農場労働者の集会にいっしょに参加することになっていた。

わたしたちは道ばたで串焼き肉《チュラスコ》を食べ、それから先生が着替えるので彼女のアパートに寄った。

アパートは汚くてむさ苦しかった。トイレのタンクの上に料理用のコンロが置いてあるのを見て気分が悪くなった。古びた毛織物と汗と髪のにおいにも。先生が目の前で着替えを始めたので、わたしはぎょっとして怖くなった。彼女の裸はいびつで青白かった。彼女はブラなしでノースリーブのサンドレスを着た。

「ドーソン先生。夜とか誰かの家とか海辺ならいいけど、チリの街なかをそんな恰好じゃ歩けないよ」

「かわいそうに。過去の因習に囚われて、他人にああしなさいこう考えなさいと命令されて、ずっとそうやってがんじがらめで生きていくのね。わたしは誰かの目を楽しませるために装うわけじゃない。今日はとても暑いから、この恰好が快適なのよ」

「でも……わたしはちっとも快適じゃない。みんなから下品なことを言われるに決まってる。ここはチリなの、アメリカとはちがうの」

「けっこうなことじゃない、あなたもたまには快適じゃない目にあわなくちゃ」

わたしたちは混んだバスをいくつも乗り継いで集会の開かれる農園《フンド》に向かった。炎天下で待ち、バスの中でもずっと立っていた。降りるとユーカリ並木の美しい田舎道を歩き、ときどき足をとめて、そばを流れる小川で涼んだ。

着いたころには演説はぜんぶ終わってしまっていた。舞台は空っぽで、〈人民の土地を奪還せよ〉と書いた横断幕がマイクの後ろで傾いていた。背広を着た主催者らしき男の人が何人かいたが、あとはみんな農園労働者だった。ギターの音がして、人だかりができていた。輪の中心では一組の男女がおざなりにクエーカを踊っていて、お互いのまわりを回りながらゆるゆるハンカチを振っていた。人々は大きな桶《おけ》からワインを注いだり、串焼きの肉と豆の列に並んだりしていた。ドーソン先生は、食べ物を取ってくるから席を見つけておいて、とわたしに言った。

わたしは家族連れがひしめく長いテーブルの端になんとか割りこんだ。誰も政治の話はしていなくて、みんなタダのバーベキュー目当てでやってきた田舎の人たちらしかった。誰もがおそろしく酔っぱらっていた。列に並んだドーソン先生が、しきりに何かまくし立てているのが見えた。彼女もワインを飲んでいて、ほかの人たちに理解できるようにと身振り手振り、大きな声で話していた。

「最高じゃない？」食べ物を山盛りにした大きな皿を二つ運んできて、先生は言った。「ね、みんなに自己紹介しましょうよ。もっと人民と対話しなくちゃ。そうしなければ成長も奉仕もないわ」

わたしたちのことをよその星から来たとでも思ったらしく、隣に座っていた二人の農夫がげたげたと大きな笑い声をたてた。心配したとおり、二人は先生のむき出しの肩や透けた乳首に目を丸くして、この女はいったい何なんだと考えているようだった。先生はスペイン語をしゃべれないだけでなく、ほぼ盲目に近いのだとわたしは気がついた。分厚いレンズの奥で目を細めてにこにこ笑っていたが、彼らがわたしたちを笑っているのも、どこの馬の骨ともつかないわたしたちに敵意を抱いているのも、まるで見えていなかった。あんたたち、なんでここにいる？　彼女は、自分は共産党に属しているのだと言おうとしたが、〝党《パルティード》〟のかわりに何度も〝お祭り《フィエスタ》〟に乾杯、と言ってしまったため、男たちもそのたびに〝祭りに《ラ・フィエスタ》！〟と乾杯し返した。

「ねえ、もう帰ろう」わたしは言ったが、彼女は口をだらしなく開き、酔っぱらった目でわたしを見返すだけだった。わたしの隣にいた男が口先だけでわたしを口説いてきたが、それより心配なのはドーソン先生の隣にいる酔っぱらいの大男のほうだった。男は片手で彼女の肩をなでまわしながら、片手でリブにかぶりついていた。彼女が笑ってとりあわないと、とうとう男は彼女の肩をつかんでキスをしはじめ、彼女は悲鳴をあげた。

ドーソン先生は地面に倒れて激しく泣きじゃくっていた。人がおおぜい駆けつけてきたが、すぐに「なんだ、ただの酔っぱらいのグリンガか」と言って散っていった。隣に座っていた男たちは知らん顔を決めこんでいた。先生が立ちあがって道に向かって走りだした。わたしもあとを追った。彼女は小川まで行くと、口や胸を洗いはじめた。泥まみれなうえにずぶ濡れだった。彼女は川っぷちに座って、洟を垂らして泣いた。わたしはハンカチを差し出した。

「ふん、お嬢様！　アイロンのきいた麻のハンカチなんか！」先生は言った。

「そうよ」わたしは言った。彼女にほとほと愛想がつきて、もう帰ることしか頭になかった。彼女が泣きながら道をよろよろ歩きだし、通りに出ると、車に向かって手を振りだした。わたしは木立に彼女を引きずっていった。

「ドーソン先生。この国でヒッチハイクなんて無茶。みんな何のことだかわからないよ……女二人でヒッチハイクなんて、ろくなことにならないに決まってる。お願いだから言うこと聞いて!」

　けれどもすでに農夫の運転するぽんこつトラックが停まって、土埃のなかエンジンをがたがた鳴らしていた。わたしはお金を払うから街の近くまで連れていって、と頼んだ。すると農夫は、二十ペソくれれば街の中心まで行って、おまけに先生の家の近くでおろしてやろうと言った。わたしたちはトラックの荷台に上がった。

　風に吹かれて、彼女はわたしに抱きついた。濡れた服とぺっとりした腕毛が肌に触れた。

「お願い、浮ついた暮らしに戻らないで! 行かないで! わたしを一人にしないで!」彼女の家の近くに着くまで、先生は何度もそう繰り返した。

「さよなら」とわたしは言った。「今までありがとう」何かそんなような凡庸なことを言った。

彼女は目をしばたたいてわたしの乗ったタクシーを見つめ、ずっと道端にたたずんでいたが、やがてタクシーが角を曲がって見えなくなった。

　メイドたちが門によりかかって近所の国境警備兵《カラビネロ》とおしゃべりしていたので、家には誰もいないのかと思った。だが父がいた。ゴルフ着に着替えに戻っていたのだ。

「早かったな。どこに行っていたんだい?」父が訊いた。

「ピクニック。歴史の先生といっしょに」

「ほう。どんな人なんだ?」

「そうね。共産党員よ」

　思わずそう言ってしまった。さんざんな一日だった。ドーソン先生にはもううんざりしていた。だがそれで終わりだった。父に言った、たった三つの単語《シーズ・ア・コミュニスト》で。その週のうちに彼女はクビになり、二度とわたしたちの前に姿をあらわさなかった。

だれも何が起こったか知らなかった。ほかの子たちは彼女がいなくなって喜んだ。授業はみんな自習になった――おかげでわたしたちはアメリカの大学に入ってから、アメリカ史を自分ででっち上げなければならなくなってしまったけれど。わたしには話す相手がいなかった。ごめんなさいと言う相手が。

どうにもならない

深くて暗い魂の夜の底、酒屋もバーも閉まっている。彼女はマットレスの下に手を入れた。ウォッカの一パイント瓶は空だった。ベッドから出て、立ち上がる。体がひどく震えて、床にへたりこんだ。過呼吸が始まった。このまま酒を飲まなければ、譫妄《せんもう》が始まるか、でなければ心臓発作だ。

こういうときの裏技、呼吸をゆっくりにして心拍数を落とす。ボトルを手に入れるまで、とにかく気を落ちつけること。まずは糖分。砂糖入りの紅茶だ、デトックス施設ではそれが出る。でも震えがひどすぎて立てない。床に横になり、ヨガみたいにゆっくり深呼吸する。考えちゃだめ。今の自分のありさまについて考えるな、考えたら死んでしまう、恥の発作で。呼吸がゆっくりになってきた。本棚の本のタイトルを読みはじめた。集中して、声に出して読め。エドワード・アビー、チヌア・アチェベ、シャーウッド・アンダーソン、ジェーン・オースティン、ポール・オースター。飛ばさずに、ゆっくり、一つずつ。壁の本をみんな読んでしまうと少し楽になった。そろそろと立ち上がる。震えがひどくて両足がなかなか動かない。壁に手をついて、やっとキッチンまで行く。バニラエッセンスはない。かわりにレモンエキス。喉《のど》がチリチリ焼けて吐きそうになり、口をぎゅっと閉じて押しもどす。紅茶を淹れて、ハチミツを山ほど入れ、真っ暗ななか、少しずつ飲んだ。あと二時間、六時になればオークランドのアップタウン酒屋がウォッカを売ってくれる。ここバークレーでは七時までだめだ。ああ、でもお金があっただろうか。部屋まで這って戻り、机の上のバッグを調べた。息子のニコラスが財布も車のキーも持っていってしまったらしい。子供部屋に探しにいきたいけど、息子たちが目を覚ましてしまう。

机の上の小銭を入れてある瓶に全部で一ドル三十セントあった。クローゼットの中のバッグとコートのポケット、それにキッチンの引き出しを漁《あさ》ってやっと四ドルかき集めた。あの糞ったれインド人、この時間はウォッカ半パイントをそんな値段で売りつけるのだ。ここいらのアル中はみんなあそこにつぎ込んでいた。ただし買うのは甘いワインだ、そのほうが早く効く。

歩くには遠い距離だ。彼女の足だと四十五分はかかるだろう。帰りは走らないと、子供たちが起きる時間に間に合わない。やれるだろうか？　部屋から部屋へ移動するのもやっとだっていうのに。どうかパトカーが通りませんように。こんな時、犬がいれば散歩に見せかけられるのに。そうだ、彼女は思わず笑った。こんどお隣に犬を貸してくださいって聞いてみよう。ケッサクだ。もう近所の人は誰も彼女と口をきいてくれない。

歩道のひび割れを数えながらだとうまく歩けた。いち、に、さん。横向きの山登りみたいに、植え込みや木の幹につかまりながら歩いた。通りを渡るのは恐怖だった。幅が広いし、信号が赤、赤、黄色、黄色とちかちかする。ときどき新聞のトラックや空《から》のタクシーが思い出したように通った。パトカーが一台、ライトをつけずに速いスピードで通った。こっちには気がつかなかった。冷たい汗が背中をつたい、まだ暗い朝に、歯の鳴る音がカチカチ響いた。

シャタック通りのアップタウン酒屋に着くころには、息が切れ、失神寸前だった。店はまだ閉まっていた。黒人の男が七人、若い一人のほかはみんな年寄りだったが、外の歩道に並んでいた。ウィンドウの奥では、インド人の店主が知らん顔でコーヒーを飲んでいた。通りでは二人の男がヴィックスの風邪用シロップを回し飲みしていた。青い死。これなら二十四時間いつでも買える。

みんながチャンプと呼んでいる年寄りが彼女に笑いかけた。「ようママさん、ひどく悪いのかい？　髪の毛が痛むかい？」彼女はうなずいた。本当にそう感じるのだ、髪が、目玉が、骨が痛い。「ほれ」とチャンプが言った。「これでも食いな」チャンプは食べていたソルトクラッカーを二枚彼女によこした。「無理にでも何か腹に入れにゃ」。「なあチャンプ、俺にもそれ、ちょっとくれよ」若い男の子が言った。

みんなが彼女を一番先にしてくれた。彼女はウォッカをと言い、カウンターの上にコインをあけた。

「四ドルあるはず」彼女は言った。

店主はニヤニヤ笑った。「数えてくれないかね」

馬鹿みたいに震える手で彼女がコインを数えるのを見て、若い子が「なんだ、意地悪しやがって」と言った。彼女はボトルをバッグにしまうと、よろよろ出口に向かった。外に出ると電柱にしがみついた。通りを渡るのが怖かった。

チャンプはナイト・トレインをラッパ飲みしていた。

「おしとやかなレディは、通りじゃ酒が飲めないのか？」彼女は首を振った。「瓶を下に落としたくないの」

「そらよ」とチャンプは言った。「口、開けな。ちょっと入れなきゃ、家までもたんだろう」そう言って彼女の口にワインを注ぎこんだ。酒が体をかけめぐり、じんわりあたためた。「ありがとう」彼女は言った。

彼女は急いで通りを渡り、家までの道をよたよた小走りに走った。九十、九十一、ひび割れを数えながら。玄関に着いたとき、あたりはまだ真っ暗だった。

息が苦しかった。電気をつけずに、コップにクランベリー・ジュースを注ぎ、ウォッカをボトル三分の一入れた。食卓に座ってちびちびそれを飲むと、アルコールの優しさが体のすみずみまでしみわたった。彼女は泣いていた、死なずに済んだのがしみじみありがたかった。コップにもう三分の一とジュースを注ぎ足して、ひと口飲んでは、合間にテーブルに頭をつけた。

二杯めを飲み終わるとだいぶ気分がましになったので、洗濯室に行って山ほどの洗濯物を洗濯機に入れた。それからボトルを持ってバスルームに入り、シャワーを浴び、髪をとかし、清潔な服を着た。あと十分ある。バスルームの鍵がかかっているのを確かめてトイレの蓋に座り、残りのウォッカを飲み干した。最後のこれで、気分がよくなるのを通りこして、少し酔った。

洗濯物を洗濯機から乾燥機に移した。冷凍の濃縮オレンジジュースをミキサーにかけていると、ジョエルが目をこすりこすりキッチンに入ってきた。「靴下もシャツもないよ」

「おはよう、ハニー。シリアル食べなさい。ごはん食べてシャワーしてるあいだに乾くから」彼女はジョエルにオレンジジジュースを注いでやり、戸口のところに黙って立っているニコラスにも注いだ。

「どうやって手に入れたんだよ、酒」ニコラスは彼女を押しのけて入ってきて、自分でシリアルを皿にあけた。十三歳。彼女より背が高かった。

「お財布と車のキー、返してくれない？」と彼女は言った。

「財布は返す。キーは母さんが治ったら返す」

「もう治ったの。明日から仕事に戻るから」

「もう病院行かないとやめらんないよ、母さんは」

「大丈夫だから。心配しないで。きょう一日で治すから」彼女は乾燥機のところまで行って中の服を見た。

「シャツは乾いてる」とジョエルに言った。「靴下はあと十分かかりそう」

「時間ないよ。濡れたままはくからいい」

息子たちは教科書を持ち、リュックを背負い、彼女に行ってきますのキスをして、玄関から出ていった。彼女は窓のところに立って、バス停まで歩いていく二人を見た。バスが来て二人を乗せ、テレグラフ通りを走り去るまで待った。それから家を出て角の酒屋に向かった。もう今なら開いている。

エルパソの電気自動車

ミセス・スノーデンは電気自動車の中で祖母とわたしを待っていた。ふつうの自動車をうんとのっぽに、寸詰まりにしたような形で、漫画で壁に激突した車みたいだった。背中の毛を逆立てた車。メイミーが前に乗り、わたしは後ろの席に乗った。

後部座席は、黒板を爪でひっかくおぞましさだった。窓は黄色の埃でおおわれていた。内壁とシートは白カビと埃だらけのベルベット。モグラみたいな茶色の。そのころのわたしはひどく爪を噛む癖があって、赤むけの指先が、すりむけた肘が、膝が、カビと埃まみれのベルベットに触れる感触は……拷問だった。歯が痛む、髪が痛い。つぶれた猫の死骸にうっかり触ったみたいに、ぞくりと胴ぶるいが出た。中腰になって両手を上にのばし、汚い窓の上のほうについている金色の彫物飾りの植木鉢につかまった。つかまる用のストラップは朽《く》ちてよれよれになって、植木鉢の下から古いカツラのように垂れ下がっていた。そうやって空中高くぶら下がってゆらゆら揺られていると、ほかの車の後部座席の買い物袋や、灰皿をいたずらする赤ん坊や、ティッシュの箱がよく見えた。

車はごくかすかなうなるような音しか立てないので、まるで動いている気がしなかった。いや、じっさい動いていないも同然だった。スノーデンさんは絶対に時速二十キロ以上出さなかった。出せなかったのかもしれない。あんまりゆっくりなので、外の景色が今まで見たこともない感じに見えた。自分だけ時が停まっているような、眠っている人を一晩じゅう眺めているような。歩道を歩いていた人がカフェに入りかけて、やっぱりやめてそのまま角まで行き、また回れ右してカフェに入り、膝にナプキンを広げて料理を待つ顔になる、それだけのあいだにこっちはまだブロックの端までたどり着いてもいなかった。

頭を低く下げて、ぶら下がっている腕に対してブランコの座面みたいになるようにする。そうして目だけ上げると、小っちゃなメイミーとスノーデンさんは麦わら帽子しか見えなくなり、ダッシュボードに麦わら帽子が二つ並べて置いてあるみたいになる。わたしは何度もこれをやっては、たがが外れたように笑った。メイミーは何も気づいていないみたいに笑顔をこちらに向けた。ダウンタウンはまだ遠く、プラザさえ見えていなかった。

メイミーとスノーデンさんは、死んだり病気になったり夫を亡くしたりした知り合いの話をした。何を言っても、締めくくりは聖書の引用だった。

「まあ、あの人は考えが足りなさすぎだったわよ、あんな……」

「まったくだわ。されど彼を仇のごとくせず、兄弟として訓戒せよ」

「テサロニケの三章!」メイミーが言った。一種のゲームみたいなものだった。

ついに植木鉢にぶら下がるのも限界になった。そこでこんどは床に寝ころがった。カビだらけのゴム。土埃。メイミーが笑顔を作ってふり向いた。神よ！　スノーデンさんが道の脇に車を停めた。わたしが車から落ちたと思ったのだ。それからさらに時が過ぎ、何時間も過ぎ、わたしはトイレに行きたくなった。きれいなトイレはぜんぶ道の反対側、つまり左側にあった。スノーデンさんは左折ができなかった。わたしたちは右折と一方通行で十ブロックも行ったあげく、やっとトイレにたどり着いた。わたしはすでにおしっこを洩《も》らしてしまっていたけれど、そのことは言わずに、テキサコの給水機で冷たい冷たい水を飲んだ。そこからまた道の右側に戻るにはワイオミング通りの上の立体交差まで行かなければならず、さらに長い時間がかかった。

　空港は乾いていて、砂利の上を車がのろのろ出たり入ったりしていた。フェンスにひっかかった回転草。アスファルト、金属、塵《ちり》の粒子がダンスしながら飛行機の翼や窓に反射して、ぼうっとおぼろに光っている。まわりの車の中では、誰もが汁気の多いものを食べていた。スイカ、ザクロ、色の変わったバナナ。ビールが瓶の口から天井に噴きあがり、泡が横の窓を滝になって伝い落ちる。わたしはオレンジにしゃぶりつきたかった。お腹すいたよう、哀れっぽく言ってみた。

　スノーデンさんは抜かりなかった。手袋をはめた手が、粉っぽいティッシュに包んだフィグ・ニュートン〔中にイチジクのジャムをはさんだクッキー〕を差し出した。クッキーは口の中で水中花みたいに、破れた枕みたいにふくれた。わたしはむせて泣きだした。メイミーは笑顔を作って匂い袋のぷんとにおうハンカチを差し出し、嘆かわしげに首を振っているスノーデンさんに小声で言った。

「あの子にかまわないで……気を引きたいだけなんだから」

「主、その愛する者を懲《こ》らしめん」

「ヨハネ？」

「ヘブル十一章」

飛行機がいくつか着陸し、一つが飛び立った。さ、じゃあそろそろ帰りましょ。スノーデンさんは夜はライトやなにかのせいでよく目が見えなかったので、帰りはさらにゆっくり走り、路上駐車している車を大きくよけて通った。日曜ドライバーたちがクラクションを鳴らしまくった。わたしはシートの上に立ちあがり、ベルベットに触らないように後ろのウィンドウに両手をついて、すぐ後ろから空港までずっと渋滞してつながったヘッドライトのネックレスを見た。

「警察だ！」わたしは叫んだ。赤いランプとサイレン。スノーデンさんはウィンカーを出してゆっくり脇に寄り、先に行かせようとしたが、パトカーはわたしたちの横に来て停まった。スノーデンさんが話を聞くためにうぃーん、と窓を半分下げた。

「奥さん、ここの信号は時速六十キロに設定されてるんです。それに道路の真ん中を走られちゃ困るんだ」

「六十キロなんて速すぎますよ」

「スピード出せないんなら、キップを切りますよ」

「みんな、あたしを抜かして先に行けばいいじゃないの」

「そんなことができるわけないでしょうが！」

「あ、そ！」

スノーデンさんは警官の顔の前でうぃーんと電動窓を上げた。警官は真っ赤になって窓をどんどん叩いた。後ろでいっせいにクラクションが鳴り、すぐ後ろの車の人たちがげらげら笑った。警官は憤然と窓を離れてパトカーに戻り、荒っぽくエンジンをかけて車を猛スピードで発進させ、サイレンとともに赤信号に突っこみ、オールズモビルのベージュのお尻に追突し、はずみでピックアップトラックの正面に激突した。ガラスの飛び散る音。スノーデンさんは、うぃーんと窓を下げた。そうして大破したトラックの後ろを用心深く通りすぎた。

「みずから立てりと思う者は倒れぬように心せよ」

「コリント！」メイミーが言った。

セックス・アピール

ベラ・リンはわたしの従姉で、西テキサスで一番くらいの美人だった。エルパソ高校でバトントワラーをつとめ、一九四六年と四七年にはミス・サンボウルに選ばれた。その後ベラ・リンは映画スターをめざしてハリウッドに行った。それは結局うまくいかなかった。旅のそもそもの始めにブラジャーでケチがついた。詰め物は入っていなくて、かわりに風船みたいに膨らませるタイプだった。左右に一つずつの風船。

タイラー伯父さん、タイニー伯母さんとわたしとで見送りをした。双発のDC－6の中だった。みんな飛行機の中に入るのははじめてだった。ベラは緊張でおかしくなりそう、と言ったけれど、全然そんなふうには見えなかった。ピンク色のアンゴラのセーターを着て、ただただきれいだった。おっぱいがものすごく大きかった。

わたしたち三人は彼女の乗った飛行機に手を振り、それがカリフォルニアとハリウッドのほうに飛んでいって、ついに見えなくなるまでずっと見送った。たぶんちょうどそのころ、飛行機がある高度に達し、機内の気圧が下がったせいで、ベラ・リンのブラジャーが破裂した。文字どおり爆発したのだ。さいわい、エルパソまではその話は伝わらなかった。わたしだって本人から聞いたのは二十年後だ。でも彼女がスターになれなかったのは、たぶんそのせいではなかったのだろう。

エルパソの地元新聞にはベラの写真がしょっちゅう載った。一週間ぶっつづけで載ったこともあった——彼女がリッキー・エヴァーズと付き合っていたときのことだ。当時リッキー・エヴァーズは有名な映画女優と離婚したてだった。お父さんは億万長者のホテル王で、エルパソのホテル・デル・ノルテの最上階に住んでいた。

そのリッキー・エヴァーズがゴルフの全米オープンでこの町にやって来ていて、ベラ・リンは何がなんでも彼女と付き合ってやると意気ごんでいた。彼女はデル・ノルテにディナーの予約を入れた。あなたも来なさい、と彼女はわたしに言った。もう十一歳なんだから、そろそろセックス・アピールについてお勉強しなきゃね。

たしかにわたしはセックス・アピールが何かなんて全然知らなかった。セックスそのものについては、なんだか怒ることと関係あるみたいだと思っていた。猫はそれの最中ずっと怒っているみたいだったし、映画スターもみんな怒っているみたいに見えた。ベティ・デイヴィスやバーバラ・スタンウィックなんか、獰猛《どうもう》そのものだった。ベラとそのお仲間たちも、いつもコート・カフェにたむろして、ポンパドールに結った髪でけだるげに座って、不機嫌な竜みたいに鼻から煙を吐いていた。

ベラ・リンたちはみんな全米オープンのことで大興奮していた。「金の鉱脈よ！　裏庭に石油が湧いたみたいなもんよ!」
親友のウィルマもいっしょにホテル・デル・ノルテに来たがったが、ベラ・リンはにべもなく断った。セックス・アピールの鉄則はね、と彼女はわたしに言った、とにかく一人で動くこと。相手の子が美人とかブスとかの問題じゃない。ただ作戦がややこしくなるし、まどろっこしいのよ。

わたしは見たこともないような素敵なドレスを着た。パフスリーブでスカートがペチコートでふくらんだ、ラベンダー色のドッテッドスイス。タイニー伯母さんが髪をフレンチブレードに編んでくれた。口紅はまだ早かったけれど、かわりにメルチオレート〔殺菌・消毒薬。赤い色の液体〕を唇に塗った。すぐに洗いなさいとタイニー伯母さんに言われた。あげくにほっぺたまでつねられた。ベラ・リンは肩の大きな茶色いクレープの獰猛なドレスに黒々した獰猛な化粧をして、黒のハイヒールをはいていた。わたしたちはずいぶん早くホテルに着いた。彼女は黒いサングラスをかけてロビーの背もたれの高い椅子に座った。脚を組む。黒いシルクのストッキング。後ろのシームが曲がってるよとわたしが言うと、このシームがちょっとだけ曲がってるところがセックス・アピールなのよと彼女は言った。ソーダでも買ってらっしゃいと二十五セント玉を渡されたが、わたしはソーダを買わずに階段を何度も上がったり下りたりした。赤いベルベットの絨毯《じゅうたん》敷きの、美しくカーブした幅広の階段で、カーブした手すりがついていた。それをいちばん上まで駆けあがり、シャンデリアの下で女王様みたいにほほえむ。それから今度はマホガニーの手すりに軽く手を添えて、しずしずと優雅に下りていく。そしてまた上まで駆けあがる。何度も何度もやっているうちに、そろそろごはんが待ち遠しくなってきた。エヴァーズがまだ現れないので食事の時間を後ろにずらした、とベラ・リンが言った。わたしはアーモンド・ハーシーを買って、何個か離れた椅子に座った。椅子を蹴《け》らないでよと彼女が小声で言った。ポール・モールを吸っていたが、彼女はそれを「ペル・メル」と発音した。

噂のエヴァーズと億万長者のお父さんは、入ってきた瞬間にすぐにわかった。男の人を何人か引き連れて、食堂のほうに行った。ほかの人たちはステットソンをかぶってブーツをはいていたけれど、エヴァーズだけはピンストライプのスーツで、帽子はなしだった。でもどっちみちベラ・リンの顔つきを見れば、それが目当ての一行なのは一目瞭然だった。シガレットホルダーを手にして、取って食いそうな顔をしていた。彼女はサングラスをはずし、わたしを連れて食堂に入った。連れが急用で来られなくなったの、とベラ・リンは給仕頭に言った。だから今日は二人で食事するわ。

わたしはチキンステーキにしたかったけれど、彼女がそんな野暮ったいものはダメと言って、プライムリブを二人ぶん注文した。自分にはマンハッタン、わたしはシャーリー・テンプル。でもまだ十八歳だったので、けっきょく彼女もシャーリー・テンプルになった。運転免許証をなくしちゃったみたい、と彼女はウェイターに言った。ああ、困ったわ。

例の男の人たちはテーブルにバーボンの瓶を置いて、リッキー・エヴァーズ以外はみんな葉巻をくわえていた。

「ねえ、どうやって知り合いになるの?」わたしは彼女に訊いた。

「言ったでしょ、そこがセックス・アピールの見せどころ。ちょっとでも目が合えば、すぐにこっちに飛んで来させて、このプライムリブもおごらせてみせるわよ」

「でもまだ一度もこっち見てないよ」

「いいえ見てた、でも見てないふりしてるの……それがあっちのセックス・アピールってわけ。でも見ててごらん、もう一度こっち見るから。そしたらあたしはこの世でうんと見下げ果てた、みすぼらしい犬でも見るような目で見返してやるの」

すると本当にリッキー・エヴァーズはベラ・リンのことを見て、彼女は言ったとおりの目で彼を見た——なんであんな人をこの店に入れたわけ?　二秒後には彼は空いた椅子の後ろに立っていた。

「ご一緒してもいいかな?」

「そうねえ。連れが急用で来られなくなってしまったから、ちょっとだけなら構わなくってよ」

「きみたち何を飲んでるの?」と彼が言った。

「シャーリー・テンプル」とわたしは答えたが、彼女はマンハッタンだと言った。彼はウェイターを呼んで、わたしにシャーリー・テンプル、自分とこちらのレディにはマンハッタンを、と言った。ウェイターは彼女の免許証のことは言わなかった。
「わたしはベラ・リン、この子は従妹のリトル・ルー。あなた、何とおっしゃったかしら」本当はいやっていうほど知ってるくせに、彼女はそう言った。

彼が自分の名前を言うと、彼女は言った。「うちの父とあなたのお父さん、ゴルフ仲間だわ」
「明日のゴルフ・オープンには来る？」と彼が訊いた。
「うーん、どうしようかな。人ごみが苦手なの。でもこっちのリトル・ルーがどうしても行きたいって聞かなくて」

それで結局わたしを悲しませないために、三人でゴルフのトーナメントに行こうと話が決まった。わたしはゴルフなんてこれっぽっちも行きたくなかったけれど、どっちみち次の日には、わたしが行きたがってたかどうかなんて二人にはどうでもよくなっていた。

二人はマンハッタンを飲み、それからわたしたちはシュリンプカクテル、それにローストビーフを食べた。デザートのベイクト・アラスカ〔アイスクリームをメレンゲなどで覆い、焼き色をつけたもの〕にわたしはびっくり仰天した。

二人は食事のあとフアレスのナイトクラブに繰り出すことになったが、問題はわたしをどうやって家に送り届けるかで、ミントのリキュールを飲みながら、二人はそれについて話し合った。ベラ・リンはタクシーに乗せると言ったが、彼はメキシコの国境を越える前にわたしだけ降ろすからと譲らなかった。

ベラ・リンは化粧室に行った。わたしは行かなかった。こういうときには必ず化粧室に行って状況を分析するものだということを、まだ知らなかったから。

彼女がいなくなると、リッキー・エヴァーズは金色のライターを床に落とし、それを拾うときにわたしの脚にさわり、膝の内側をなでた。

わたしはベイクト・アラスカを一口食べて、これどうやって作るんだろう、と言った。するとライターを拾った彼が、顎にベイクト・アラスカがついているよと教えてくれた。大きなリネンのナプキンでわたしの顎をふくとき、腕がわたしの胸にちょっと触れた。わたしは恥ずかしかった。まだトレーニング・ブラさえしていなかったのだ。

ベラ・リンが化粧室から悠然と戻ってきた。ちょっと曲がったシームをひらめかせ、男が全員自分を見ていることに気づいてもいない素振りで。食事の最中も、店じゅうの目がずっとベラ・リンとリッキー・エヴァーズに釘付けだった。エヴァーズがライターを落としたときにわたしにしたことを、メキシコ人のボーイはたぶん見ていたと思う。

黒い大きなリンカーンに、わたしはエヴァーズとベラ・リンにはさまれて座った。彼がボタンを押すと、窓がひとりでに上がったり下がったりした。後ろの窓まで。シガレットライターもあって、彼はそれを押しこむときにわたしの脚に触れ、それで彼女の〝ペル・メル〟に火を点けるときにまたわたしの胸に腕で触れた。

車が家の前に着いた。

「リトル・ルー、おやすみのキスはないのかい?」と彼が言った。ベラ・リンがホホホと笑った。「あらやだ、花の十六歳にはまだほど遠いわ」彼女が車の外に出たすきに、彼はわたしの首筋を噛んだ。

ショールと〈タブー〉のアトマイザーを取りに、彼女もわたしといっしょに家に入った。

「ほらね、あたしの言ったとおりでしょ、セックス・アピール。ちょろいもんよ!」わたしは家に入り、タイラー伯父さんとタイニー伯母さんといっしょに『秘密の扉』をラジオで聴いた。二人とも、ベラ・リンがあの世界一きれいな映画女優の夫だった人とデートに出かけたというので有頂天だった。

「しかし、いったいどんな手を使ったのかなあ」タイラー伯父さんが不思議そうに言った。

「何言ってんのあんた。うちの娘はミシシッピの西側で一番の別嬪《べっぴん》なんですからね!」

「ちがうよ、セックス・アピールだよ」わたしは言った。

二人が目をひんむいた。

「ルー、二度とそんなこと言うんじゃありません!」タイニー伯母さんがおっかない声で言った。そういう伯母さんは、まるでミルドレッド・ピアースみたいに見えた。

ティーンエイジ・パンク

一九六〇年代、ベンのところによくジェシーが遊びに来た。二人ともまだうんと若かった。長髪、ストロボライト、大麻にアシッド。ジェシーはすでに学校をドロップアウトしていた。保護観察官もすでについていた。ニューメキシコにローリング・ストーンズがやって来た。ドアーズも。ジミ・ヘンドリックスが死んだとき、それからジャニス・ジョプリンが死んだとき、ベンとジェシーは泣いた。あれもまた天気のおかしな年だった。雪が降った。水道管が凍った。あの年は誰もかれもが泣いていた。

わたしたちは川沿いの古い農家に住んでいた。わたしはマーティと離婚したばかりで、教師になって一年めだった。生まれてはじめてついた仕事だった。家をひとりで維持するのは骨が折れた。雨漏《あまも》りはする、ポンプは焼けつく。でも大きい、美しい家だった。

ベンとジェシーは大音量で音楽をかけ、猫のおしっこみたいなにおいのスミレのお香を焚いた。ほかの息子たち、キースとネイサンはジェシーを毛嫌いしていた――なんだよあのヤクでいかれたヒッピー――でも末っ子のジョエルだけはジェシーの大ファンだった。彼のブーツやギターや空気銃。裏庭でビールの空き缶で射撃の練習。パン。

三月で、まだ冬の寒さだった。次の日の明け方、ツルが用水路に飛来することになっていた。わたしはそれを新しい小児科医から聞いて知った。いい先生だった、独身だったし、でもわたしは前のバース先生がなつかしかった。ベンがまだ赤んぼのころ、先生に電話をかけておむつは何枚まとめて洗えばいいですかと訊いた。一枚ずつ、と先生は言った。

息子たちは誰も行きたがらなかった。わたしはふるえながら服を着た。松のチップで火をおこし、コーヒーを魔法瓶に詰めた。パンケーキの生地をこしらえ、犬と猫とヤギのロージーに餌をやった。あのころ馬はいただろうか？　もしいたなら、餌をやり忘れた。真っ暗ななかを白く霜のおりた道を歩いていると、横に鉄条網のフェンスがあるあたりでジェシーが後ろから追いついてきた。

「おれもツル、見たい」

わたしは彼に懐中電灯を持たせ、たしか魔法瓶も持たせた。ジェシーは道以外のあらゆるところをでたらめに照らしてまわり、わたしはずっと小言をいいつづけた。ちょっと。やめなさい。

「でも見えてんだろ。ちゃんとまっすぐ歩いてんじゃん。勝手知ったる道だよ」

たしかにそうだった。まぶしい光が弧を描いて冬の白いハコヤナギの枝の鳥の巣を照らし、ガスさんの畑のカボチャを照らし、ブラーミン牛の恐竜めいたシルエットを照らした。牛たちのビー玉の目が開いて一瞬きらめき、すぐにまた閉じた。

わたしたちは丸木橋を渡って暗くゆるやかな灌漑《かんがい》用水路を越え、水路の開けた場所に来ると腹這いになって、ゲリラ兵のように息をひそめた。わかってる、わたしは何でもロマンチックに言いすぎだ。でも霧のなか、凍えながらずいぶん長い時間そうしていたのは本当だ。霧じゃない。たぶん水路から立ちのぼる水蒸気か、もしかしたらわたしたちの吐く息だったのかもしれない。

ずいぶん経って、ツルはほんとうにやって来た。空がブルーグレーに変わるころ、何百羽もの大群がスローモーションで舞い降り、折れそうに細い脚で立った。岸辺で水を浴び、羽づくろいした。ふいに目の前がクレジットのあとの映画のように黒と白とグレーになり、激しくもみあった。

ツルたちが水を飲んでいる場所の下流は水の流れが砕かれて、無数の細かな銀色の吹き流しになった。やがてツルたちはカードをシャッフルする音とともに、白の一団となって、あわただしく飛び立っていった。

わたしたちは寝ころんだまま、空が明るくなってカラスたちが来るまでコーヒーを飲んだ。カラスはがさつにガアガア鳴いて、ツルの優美さを蹴散らした。黒のかたまりが流れをジグザグに縫《ぬ》い、ハコヤナギの枝をトランポリンみたいに揺らした。太陽が肌に感じられた。

帰り道は明るかったのに、ジェシーは懐中電灯を点けたままにした。ねえ、それ消してくれない？　言うことをきかないので、取り返した。わたしたちはトラクターの轍《わだち》の上を、彼の歩幅でのしのし歩いた。

「くそっ」彼が言った。「すっげえびびった」

「まったくね。恐ろしきこと、旗を立てたる軍勢のごとし。これ聖書の引用よ」

「はいはいそうですか、先生」もうこんな生意気な口をきく。

ステップ

西オークランド・デトックスは元は倉庫だった。中は暗くて、地下駐車場のように音が響く。個室と厨房、それに事務室がみんな中央の大きな部屋につながっている。大部屋の真ん中にはビリヤード台が一つ、それにテレビ・ピットがある。〝ピット〟と呼ぶのは、カウンセラーが上から中をのぞけるように、壁が百五十センチほどの高さしかないからだ。

患者のほぼ全員がブルーのパジャマを着て、ピットで『ビーバーちゃん』を観ていた。ボボが、飲むかい、というようにカルロッタに紅茶のカップを上げてみせた。ほかの男たちは、カルロッタが操車場をかけずりまわって電車の下にもぐりこもうとしたといってげらげら笑った。LA発のそのアムトラックは動いていなかったのだ。カルロッタも笑った。みんながパジャマ姿で走りまわるから。自分のしたことに平気なわけではない。何も覚えていなかった。覚えていないから、自分のしたこととは思えなかった。

カウンセラーのミルトンがピットの上から顔をのぞかせた。

「試合、何時からだ?」

「あと二時間だよ」ベニテスとシュガー・レイ・レナードのウェルター級のタイトルマッチがあるのだ。

「そりゃシュガー・レイの圧勝だろうよ」ミルトンがカルロッタのほうを見てにやっと笑うと、ほかの連中はがやがや意見やジョークを言った。カルロッタはほとんどの男たちと、べつの場所で顔見知りだった。ヘイワードやリッチモンドやサンフランシスコのデトックス。ボボとはハイランドの精神病院でも一度いっしょだった。

やがて二十人全員がピットにやってきて、保育園児のお昼寝タイムよろしく手に手に枕や毛布を抱えて肩寄せ合った。ヘンリー・ムーアの絵の、防空壕にひしめく人々みたいだ。テレビにオーソン・ウェルズが出てきて言った、「私たちは時の満たないワインは売りません」。ボボが笑って言った。「ようよう！　時なら満ちてるぜ！」

「姐ちゃん、足ゆすんなよ。気が散るだろ」

ドレッドヘアの男がカルロッタの横に来て、太腿の内側に手を置いた。ボボが男の手首をつかんだ。「どけな。へし折られてえか」サム爺さんが毛布にくるまってやって来た。暖房がないから、凍える寒さだった。

「彼女の足の上に座ってやれよ。そうすりゃ震えも止まるだろ」

『一ダースなら安くなる』がラストに差しかかっていた。クリフトン・ウェッブが死んでマーナ・ロイが大学に行った。ウィリーが言った、ヨーロッパは良かった、あっちじゃ白人が醜かったからな。カルロッタには最初なんのことかわからなかったが、じきに気づいた。独りぼっちの酔っぱらいは、テレビの中の人間しか知らないのだ。カルロッタも夜中の三時にコマーシャルで切り裂きジャックと会うのが楽しみだった。中古のダットサンの値段をばっさばっさと切り刻む切り裂きジャック。出血大サービス！

テレビがデトックスのなかで唯一の明かりだった。まるでピットそのものが煙たちこめるボクシング・リングで、その中にさらにカラーのリングがあるみたいだった。アナウンスの声が甲高く響いた。今宵《こよい》の賞金はなんと百万ドルであります！　男たちはみんな、ありもしない金をシュガー・レイのほうに賭けていた。ボボから聞いた話では、この中の何人かは本当はアル中ですらなくて、今夜の試合を観るためにふりをしてここに入ってきているのだそうだ。

カルロッタはベニテス応援だった。あんた色男が好きなんだな、ママ？　たしかにベニテスはいい男だった。細身で、口髭《くちひげ》が小粋だった。体重百四十四ポンド、初のタイトルをとったのはたったの十七のときだった。シュガー・レイ・レナードは体重はほとんど変わらないのに、じっとしているだけで何まわりも大きく見えた。二人がリングの真ん中で出会った。静かだった。テレビの観客も、ピットの患者たちも、二人のボクサーが向かい合い、相手の目をにらみつけ、ぐるぐるとしなやかに回るのを息をのんで観ていた。

第三ラウンド、レナードの速いフックにベニテスがダウンした。ベニテスはすぐに立ち上がって子供みたいに笑った。照れ隠しだ。今のは本当に倒れたんじゃないよ、というように。そのときからピットはみんな彼を応援しはじめた。

誰も身動きしなかった、コマーシャルのあいだも動かなかった。サムは試合のあいだじゅう煙草を巻いてはみんなに回していた。ミルトンがピットの際にあらわれたのは、ちょうどベニテスが額に一撃をくらったときだった。それが試合中に彼についた唯一の傷だった。ミルトンはみんなの目が、汗が、血にたぎっているのを見た。

「ははあ……あんたらみんな負け犬に肩入れしてるな」

「黙れ！　まだ八ラウンドだ」

「ああ頼むよベイビー、どうか倒れないでくれ」

誰もベニテスに勝ってほしいとは願っていなかった。ただリングに立っていてほしかった。そしてベニテスは踏みとどまった、戦いつづけた。第九ラウンドでジャブに押されて後退し、左のフックでロープに追い詰められ、右の一発でマウスピースを飛ばされても。十ラウンド、十一ラウンド、十二ラウンド、十三ラウンド、十四ラウンド。彼は踏みとどまった。ピットはみんな無言だった。サムはいつの間にか眠っていた。

最終ラウンドのゴングが鳴った。アリーナはしんと静まりかえり、シュガー・レイがつぶやくのまではっきり聞こえた――「なんてこった、まだ立ってやがる」

だがベニテスの右膝がマットに触れた。ほんの一瞬のことだった、カトリックの信者がちょっと跪《ひざまず》いてから退席するように。けれどもそのわずかな恭順のしぐさが戦いの終わりを告げていた。ベニテスは負けた。カルロッタはささやくように言った。

「お願い神さま、どうかあたしを助けて」

バラ色の人生《ラ・ヴィ・アン・ローズ》

少女ふたりは〈プコン グラン・ホテル〉と書かれたタオルの上にうつ伏せに寝そべっている。砂は黒く細かく、湖の水は緑色。湖をふちどる松林はさらにいちだん濃く、目もあやな緑だ。湖や森やホテルやプコンの村や、それらすべてを見おろして、ビジャリカ火山が白くそびえている。火口から煙の柱が立ちのぼり、青く澄んだ空に溶けこむ。浜辺の青い小屋。ゲルダのキャップみたいな赤い髪、黄色いビーチボール、木立の中をゆるく駆けていくカウボーイ《ウアッソ》たちの赤い肩掛け。

ときおりゲルダかクレアの日に焼けた片脚が持ちあがり、砂や蝿《はえ》をものうげに払う。この年頃の娘に特有の馬鹿げたくすくす笑いで、若い二つの体が小刻みにふるえる。

「そのときのコンチの顔ったら！ それで何を言うかと思えば、『だといいわね』だって。よくもまあ！」

ゲルダの笑い声は短く吠えるようなドイツ風の笑いだ。クレアの笑いは甲高いさざめきのよう。

「でもあの子、自分がどんなに馬鹿かも絶対にわかってないよ」

クレアが起き上がって顔にオイルを塗る。青い目が浜辺を見まわす。だめ《ナダ》。あのハンサムな二人組、もう二度と現れない。

「ほら、例の人よ……〝アンナ・カレーニナ〟女史」

松の木陰、赤と白のキャンバスの椅子の上。

寂しげなロシア女が、パナマ帽をかぶって白い絹のパラソルをさしている。

ゲルダがうめく。「ああ、ほんとにきれい。あの鼻。夏なのにグレーのネル着て。なのにとっても不幸そう。きっと好きな人がいるのね」

「あたしもあんな髪形にしようかな」

「あんたがやると頭にお碗をかぶってるみたいになっちゃうよ。彼女、雰囲気があるのよね」

「ここで素敵なのは彼女だけよ。あとはアルゼンチン人もアメリカ人も、みんな野暮まるだし。ここってチリ人が一人もいないよね、従業員にも。村の人はみんなドイツ語しゃべってたし」

「あたし、毎朝目をさますと、自分がドイツかスイスにいるちっちゃい子供なんだって思ってみるの。で、メイドたちが廊下でひそひそ話したりキッチンで歌ったりするのを聞くの」

「ここの人はアメリカ人以外、誰も笑わないのね。子供たちまでバケツかかえて暗い顔しちゃって」

「いつも笑ってるのなんてアメリカ人だけよ。あんたもいくらスペイン語しゃべったって、その馬鹿みたいなにたにた笑いですぐばれちゃう。あんたのお父さんもいつも大声で笑ってるよね。

銅相場の底値が崩れたぞ、はっはっは！」

「あんたのお父さんだってよく笑うじゃない」

「何かおかしなことがあったときだけよ。ほら見てうちのパパ、あそこの浮き台まで、朝からもう百往復ぐらいしてる」

ゲルダとクレアは、どこに行くにもどちらかの父親といっしょだった。ミスター・トンプソンに連れられて映画館や競馬場へ。ヘル・フォン・デッサウに連れられてオーケストラやゴルフへ。それにひきかえ二人のチリ人の友人たちは、いつも母親やおばや祖母や姉妹といっしょだった。

ゲルダの母親はドイツで戦争中に死んだ。継母は医者で、ほとんど家にいない。クレアの母親は酒飲みで、ベッドの中か療養所に入っているかのどちらかだ。放課後、二人はどちらかの家でお茶を飲み、本を読んだり勉強したりする。二人の友情は誰もいない家で、本とともに始まった。ヘル・フォン・デッサウが体を拭いている。全身濡れて、息が荒い。冷たい灰色の瞳。子供のころ、クレアは戦争映画を観るたび後ろめたい気持ちになった。彼女はナチが好きだった……彼らの外套《がいとう》、車、冷たい灰色の瞳。

「よし《ヤー》。二人ともそこまでだ。そろそろ泳げ。クロールと飛び込みをお父さんに見せてくれ」

「優しいふりをしてるの？」水際に向かって歩きながら、クレアが言う。

「彼女がいないときは優しいの」

二人は冷たい湖水を力強いストロークで掻き、うんと沖まで出る。「ゲルダレイン！」と声がして、振り向くとゲルダの父親が手を振っている。二人は浮き台まで泳ぎつき、温かな木の上に寝ころがる。頭上で白い火山が火花と煙を空高く噴きあげている。遠くの湖面のボートから上がる歓声。湖畔の泥道を踏むひづめの音。ほかには何も聞こえない。ちゃぷ、ちゃぷ、揺れる浮き台に水が打ちつける。

広々と天井の高い食堂で、白いカーテンが湖からの風に丸くふくらむ。壺に活けた椰子《やし》の葉がひらひらそよぐ。燕尾服を着た給仕がコンソメをよそい、べつの給仕が白目《ピューター》の鉢に卵を一個ずつ割り入れる。二人いっしょに鱒《ます》の身を骨からはずし、デザートに火をつける。

背中の曲がった白髪の紳士が、うるわしのアンナ・カレーニナと差し向かいに座る。

「あの人が旦那さん？」

「あれがヴロンスキー伯爵〔アンナ・カレーニナの恋人。若い将校〕じゃないことを祈るわ」

「お前たち、なんだってあの二人がロシア人だなんて思ったんだ？　ドイツ語を話しているのを聞いたぞ」

「ほんとなの、パピ？　なんて言ってた？」

「女性のほうが『朝食にプルーンなんか食べなければよかった』と言っていたよ」

ゲルダとクレアはボートを借りて島へ向けて漕ぎだす。湖はどこまでも広い。二人は交代で漕ぎ、最初は笑いながら一つところをぐるぐる回っているが、やがて滑らかに進みだす。オールが水をはねあげ、水に入る。入江にボートを引き上げると、二人は突き出た岩から緑色の水に飛びこむ。水は魚と苔《こけ》の味がする。長いこと泳いだあと大の字になり、野生のクローバーに顔をうずめて日向《ひなた》ぼっこをする。二人の若い体の下で、地面がゆっくりと、うねるように揺れ動く。体のはるか下のほうのどこかで大地が震動する気配に、二人はラベンダーの茎《くき》にしがみつく。目の高さで地面が緑色の波のようにさざめく。急に暗くなったのは、もしかして火山の噴煙のせい？硫黄の臭いが怖いほどに濃い。地震が止む。一瞬あたりが静まったかと思うと、鳥たちが一斉に狂ったように鳴きさわぐ。湖のまわりじゅうで牛がモウモウ鳴き、馬がいななく。犬たちは吠えに吠える。頭上の木々の枝で鳥たちが高く低く鳴きかわす。大きな波が寄せてきて、岩に打ちつける。少女たちは無言だ。いま自分たちが感じている、この恐怖とはちがう何かのことを、どちらも言葉にできない。ゲルダがいつもの吠えるような声で笑う。

「あたしたち何マイルも泳いだのよ、パピ。ほら見て、ボートを漕いだから手がマメだらけ！パピも揺れを感じた？」

父親は地震のときゴルフの最中で、ちょうどグリーン上にいた。ゴルファーにとっては悪夢だよ……打ったと思った球が、ホールを離れてこちらに戻ってくるだなんてね！

例の若者たちはロビーにいて、フロント係と話をしている。ああ、本当にハンサム。たくましくて日に焼けて、白い歯がまぶしい。歳は二十代半ばごろ、目を引く派手な服を着ている。クレアのお目当ての黒髪のほうは顎が割れている。下を向くとブロンズ色の秀でた頬骨に睫毛《まつげ》が触れる。しずまれ、わたしの心臓！　クレアは笑ってしまう。ヘル・フォン・デッサウは、あの男たちは歳が上すぎるし品がない、まず最低の部類だな、と言う。たぶん農民だろう。彼は娘たちを引き連れて彼らの目の前を通り、夕食まで部屋で本を読んでいなさいと命じる。

食堂は浮き足立っている。地震があったせいで客たちは互いにうなずきあい、給仕に話しかけ、客どうしおしゃべりする。楽団が入っている、みんなひどく年寄りだ。バイオリンがタンゴやワルツを奏でる。「フレネシ」、「ラ・メール」。

例の若者たちが、椰子の鉢植えとワイン色のベルベットの照明にはさまれて戸口に立つ。

「パピ、あの人たち農民じゃないわ、見て！」

二人はチリ空軍の士官候補生が着るパウダーブルーの軍服に麗々しく身を包んでいる。淡い空色に金モールの縁飾り。立ち襟に肩章、金色のボタン。拍車のついたブーツをはき、床まで届くウールのマントに剣を下げている。軽く曲げた腕に軍帽と手袋を抱えている。

「軍人か！　いよいよもって最悪だ！」ヘル・フォン・デッサウは笑う。顔をそむけ、笑いすぎた涙をぬぐう。

「この真夏にマント？　飛行機に拍車や剣が必要か？　いやはやまったく、笑わせてくれるよ！」

クレアとゲルダはうっとりと彼らを見つめる。士官候補生たちもかすかな笑みを浮かべ、二人を熱く見つめかえす。彼らは楽団のすぐ前の小さなテーブルに着き、大きなスニフターでブランデーを飲む。金髪のほうは鼈甲《べっこう》のシガレットホルダーを歯にくわえている。

「パピ。でもほら、あの人の瞳のブルー、マントの色とぴったり合ってるじゃない」

「ああ。チリ空軍のブルーだ。チリ空軍は飛行機一つ持っていないがね！」

さすがに暑すぎたらしい。二人はテラスに通じるドアのそばのテーブルに移動し、マントを椅子の背にかける。

娘たちはもう少しここにいて音楽を聴いていたい、みんなの踊るタンゴを見ていたいとせがむ。踊り手たちは汗でカールした前髪を額に張りつかせ、催眠術にかかったように目と目を絡みつかせている。バイオリンの音色に夢遊病者の足取りで回転し、体を傾ける。

件《くだん》の若者、ロベルトとアンドレスがブーツの踵《かかと》をカチンと鳴らす。二人はゲルダの父親に自己紹介し、若いレディたちをダンスにお誘いしてもいいかと訊ねる。ヘル・フォン・デッサウは断ろうとするが、士官候補生をなかなか微笑ましいと感じて、では一曲だけ、それが済んだら娘たちは寝る時間だ、と言う。

楽団が「バラ色の人生《ラ・ヴィ・アン・ローズ》」を延々と奏でるなか、若い男女は磨きこまれたフロアの上をくるくると踊る。空色の制服と白いシフォンのドレスが暗い鏡に映る。人々は美しい踊り手たちをながめて微笑む。カーテンが帆のようにふくらむ。アンドレスは打ち解けた語調でクレアに話しかける。ロベルトが娘たちに、ヘル・フォン・デッサウが寝たあとまたここに戻ってくるように誘う。ダンスは終わる。

日々が過ぎる。男たちはロベルトの農園《フンド》で働いているので、夜にならないとホテルに来ない。ゲルダとクレアは泳ぎ、火山に登る。熱い太陽、冷たい雪。ヘル・フォン・デッサウといっしょにゴルフをし、クロッケーをする。二人だけの島にボートで行く。ヘル・フォン・デッサウといっしょに乗馬をする。胸を張って、と彼は言う。頭を上げて、そうクレアに言う。彼が彼女の喉をじっと手で押さえる。クレアはごくりと唾を飲む。娘たちは女性客たちとテラスでカナスタ〔トランプのラミーの一種〕をする。アルゼンチン人の女の人がトランプで二人を占う。くわえ煙草で、煙に目を細めてカードをにらむ。ゲルダは新しい道を見つけ、謎めいた見知らぬ男性と出会う。クレアも新しい道を見つけ、二つの心《ハートの2》を手に入れる。神々のキス。

毎晩二人は「バラ色の人生」の調べに乗ってロベルトとアンドレスと踊り、ついにある夜、ヘル・フォン・デッサウが眠ったあと階下に舞い戻る。食堂にはハネムーンの夫婦が一組、あとはアメリカ人が何人か残っているだけだ。ロベルトとアンドレスが立ち上がり、お辞儀をする。楽団の老人たちは驚いて目をむくが、それでも「さらば友よ《アディオス・ムチャーチョス》」を演奏する。哀切な、脈打つようなタンゴ。カップルたちは踊りながら夢みるようにテラスに通じるドアを抜け、階段づたいに濡れた砂に降りていく。ブーツが砂の上で新雪を踏むようにキシキシ鳴る。四人はボートに乗りこむ。星あかりの下、手をつないでバイオリンの音色を聴く。ホテルの灯と白い火山が湖面で銀色に砕ける。風が出る。空気が涼しい。いや、寒いほどだ。ボートはいつの間にかともづなが解けている。オールはない。ボートは風に流され風のように、みるみる暗い湖を沖へ出ていく。どうしよう！　ゲルダが青ざめる。少女たちは今がチャンスとばかりにキスされる。あの人舌をぜんぶ入れてきた、とあとでゲルダは言う。クレアは額をごつんと打つ。キスが彼女の唇の端に逸《そ》れ、鼻の先をかすめたところで、少女たちは水銀のように素早く暗い水に飛びこむ。

靴はどこかにいってしまった。ずぶ濡れの冷えきった体でふるえながらホテルまでたどり着くが、玄関は鉄の門扉が閉ざされている。ここで待とう、とクレアが言う。待つって、朝まで？　気は確か？　ゲルダが鉄の門を揺さぶると、だいぶ経ってからホテルの中に明かりが点く。ゲルダレイン！　彼女の父親がバルコニーから叫んだと思ったら、あっと言う間に目の前の門の向こう側に現れる。バスローブ姿で鍵束を下げた管理人《マヨルドーモ》もいっしょだ。

ホテルの部屋で、娘たちは毛布にくるまる。ヘル・フォン・デッサウは顔面蒼白だ。何かされたか？　ゲルダは首を振る。ううん。みんなでダンスして、それからボートに乗って、そしたらボートの綱が外れちゃって、それで……。キスはされたのか？　ゲルダは返事をしない。答えるんだ。キスをされたのか？　ゲルダは黙ってうなずく。父親は彼女の頬を打つ。あばずれめ、と父親は言う。

夜が明ける前にメイドがやって来て、二人の荷物をまとめる。一行は他の客たちが起き出す前にホテルを後にし、テムコの鉄道駅で長いこと待つ。ヘル・フォン・デッサウがゲルダとクレアと向かい合って座る。二人は一冊の本をいっしょに開いて、静かに読書している。『秋のソナタ《ソナタ・デ・オトーノ》』。城館の遠い一角で、女は男の腕に抱かれて死ぬ。男は女を元の寝床に戻すために、亡骸《なきがら》を抱えて廊下を延々と歩く。彼女の長い黒髪が石にからみつく。ロウソクもない。

「お前はもう夏休みのあいだ誰とも会ってはならない。ことにクレアは絶対にだめだ」

やっとヘル・フォン・デッサウが煙草を吸うために外に出ていき、つかのま訪れたその至福の時間に二人の友は笑いあう。抑えきれない、さざめくような笑い。父親が戻るころには、二人はまた静かに本を読んでいる。

マカダム

まだ濡れているときはキャビアそっくりで、踏むとガラスのかけらみたいな、だれかが氷をかじってるみたいな音がする。

わたしもよくレモネードを飲みおわったあとの氷をガリガリかじる。ポーチのスイングチェアでお祖母《ばあ》ちゃんとふたり揺られながら。わたしたちは鎖につながれた囚人たちがアプソン通りを舗装《ほそう》するのをポーチから眺めていた。親方がマカダムを地面に流すと、囚人たちはどすどすと重いリズミカルな足音をたててそれを踏みかためた。鎖が鳴る。マカダムはおおぜいの人が拍手するみたいな音をたてた。

わたしたちは三人とも、その単語をよく口にした。お母さんはいま住んでるこのゴミためみたいなところが大嫌いで、それでもやっと道路が舗装されたから。お祖母ちゃんはとにかくきれい好きで、これできっと埃が舞わなくなるだろうから。精錬所から吹いてくるテキサスの赤土に灰色の粉塵《ふんじん》の混ざった土埃は家のなかにまで入りこみ、みがいた廊下の床や、お祖母ちゃんのマホガニーのテーブルのうえに降りつもった。

わたしもよく声に出して、マカダム、とこっそり言ってみた。なんだかお友だちの名前みたいな気がしたから。

喪の仕事

わたしは家が好きだ。家はいろいろなことを語りかけてくる。掃除婦の仕事が苦にならない理由のひとつもそれだ。本を読むのに似ているのだ。

いまはセントラル不動産のアーリーンのところで働いている。たいていは空き家の掃除だが、空き家にも物語が、なにがしかの手がかりがある。食器戸棚の奥に突っこまれた恋文、乾燥機の裏のウイスキーの空瓶、買い物メモ――〈洗剤と緑色のリングイネ、それからクアーズの六パックをお願い。ゆうべのこと、言いすぎでした。〉

ここ最近は、住人が死んだ家の片付けをしている。家を掃除し、引き取るものとグッドウィルに寄付するものを遺族がより分ける手伝いをする。アーリーンはよく、ユダヤ人向け老人ホームに回してもらえる服や本はないかと訊いてくる。彼女の母親のセイディがそこに入っているのだ。気の滅入る仕事だ。あるときは親戚みんなが何でもかんでもほしがり、よれよれの古いサスペンダーだとかコーヒーマグとか、ちっぽけなものをめぐっていがみ合う。かと思えば、その家にまつわるものを誰も何ひとつ欲しがらず、わたしが全部まとめて捨てることもある。どちらにしても悲しいのは、あっという間にすべてが済んでしまうことだ。だって考えてもみて。仮にあなたが死んだとして、あなたの持ち物をぜんぶ片づけるのに、わたしならものの二時間とかからないのだ。

先週、うんと年寄りの黒人の郵便屋の家を片づけた。その人を知っていたアーリーンによれば、糖尿病で寝たきりで、最後は心臓発作だったそうだ。頑固で気むずかしい老人で、教会の長老だった。十年前に奥さんに先立たれて独り身だった。娘はアーリーンと友だちで、政治活動に熱心で、いまはLAの学校の教育委員をしている。「黒人の教育と住居問題でずいぶん尽力した人でね。そりゃもうタフな女よ」人からいつもそう言われてきたアーリーンが言うのだから、きっとまちがいないのだろう。息子のほうはアーリーンの顧客で、これもまた相当なものらしい。シアトルで地区検察官をしていて、オークランドのあちこちのスラムに不動産を所有している。

「悪徳大家と言ったら言いすぎなんだろうけど……ねえ」

息子と娘が家に到着するのは午《ひる》ちかくだったが、アーリーンから聞いた話と家にあったいろいろな手がかりから、わたしはすでに二人のことをかなり知っていた。足を踏み入れると、家の中は静かだった。住む人のいない家、誰かが死んだばかりの家は、いつもこんな風にがらんと静かだ。家は西オークランドの荒《すさ》んだ地区にあった。そこだけがさっぱりと小ぎれいな家で、ポーチにスイングチェアがあり、よく手入れされた庭には古いバラとアゼリアの木があって、小さな農家《ファームハウス》のようだった。近所の家はほとんどが窓に板が打ちつけられ、スプレーで落書きされていた。崩れかかったポーチの階段に年寄りのアル中たちがたむろして、こちらを見ていた。通りの角や車の中には薬《ヤク》の売人の若者がいた。
家の中も外とは別世界で、レースのカーテンがかかり、オークの家具はどれも磨きこまれていた。家のいちばん奥の広いサンルームが老人の居場所だったらしく、医療用のベッドと車椅子が置いてあった。窓台にはシダとセントポーリアの鉢がみっしり置かれ、窓ガラスのすぐそばに鳥の餌やり器が四つ五つ吊るしてあった。真新しい大型のテレビ、ビデオデッキ、CDプレイヤー——たぶん子供たちから贈られたものだろう。マントルピースの上には結婚式の写真。彼はタキシードを着て髪をぴったりなでつけ、細い口髭を生やしている。新婦は若くきれいで、どちらもかしこまった顔つきをしている。べつの一枚では彼女は歳をとって髪が白く、でも笑って、目がほほえんでいる。二人の子供の、これもおごそかな卒業写真。どちらも見目よく、ふてぶてしいほどの自信にあふれている。息子の結婚式の写真。花嫁はブロンドの美人で白いサテンを着ている。その同じ二人が、一歳くらいの女の赤ん坊を抱いている写真。娘が代議士のロン・デラムズといっしょに写っている写真。ベッド脇のテーブルの〈ごめんね、仕事が詰まっていてクリスマスにはそちらに帰れません……〉と始まるカードは、きっと二人のどちらかからだろう。老人の聖書が詩篇の第一〇四を開いて置いてあった。〈主が地を見られると、地は震い、山に触れられると、煙をいだす。〉
二人が来る前に、二階の寝室と浴室を掃除した。大して数はなかったが、クローゼットやリネン戸棚に残っていたものを一つのベッドの上にまとめて積んだ。階段を掃除して、掃除機のスイッチを切ったところで彼らがやってきた。息子は愛想よくわたしと握手した。娘のほうはちょっと会釈しただけで二階に上がっていった。二人とも葬儀のあとまっすぐここに来たのだろう。息子は細い金の縞が入った黒の三つ揃《みぞろ》えを着ていた。娘はグレーのカシミアのツーピースにグレーのスエードの上着だった。二人とも長身で、目を引くほどの美男美女だった。娘は黒い髪をまとめてシニヨンに結っていた。彼女はにこりともしなかった。彼は終始にこやかだった。

二人が部屋を一つずつ見てまわるあいだ、わたしは後ろに立っていた。息子は彫刻飾りのある楕円の鏡をもらうと言った。ほかに二人が欲しいものはなかった。わたしはユダヤ人向けの老人ホームに寄付してもいいものはあるかと訊いた。娘が黒い瞳でわたしを見おろした。

「わたしたちがユダヤ人に見えるとでも?」

息子がすぐに、自分たちが引き取らなかったものはあとで全部ローズ・オブ・シャロン・バプティスト教会の人たちが取りにくるのだと説明した。ベッドと車椅子も医療器具の会社が引き取る。彼はいますぐわたしに金を払おうと言って、銀のクリップにはさんだ分厚い札の中から二十ドル札を四枚引き抜いた。掃除が済んだら家の鍵をかけて、鍵はアーリーンに預けてほしい、そうも言った。

わたしがキッチンを掃除しているあいだ、二人はサンルームにいた。息子が両親の結婚式と自分の写真を取った。娘は母親の写真を欲しいと言った。息子も欲しがったが、いいよ、ゆずるよ、と言った。彼が聖書を取り、彼女は自分とロン・デラムズの写真を取った。彼がテレビとビデオデッキとCDプレイヤーを運び出して自分のベンツのトランクに積むのを、わたしと彼女とで手伝った。

「いま見ると、このあたりは本当にひどいとこだな」と彼が言った。彼女は何も言わなかった。たぶん見てもいなかったのだろう。家の中に戻ると、彼女はサンルームに座って部屋の中を見まわした。

「パパが鳥を見たり鉢植えの世話をしたりしてるとこなんて、想像つかない」と彼女が言った。

「変な話だけどさ。おれ、パパのこと何も知らなかったような気がしてるよ」

「とにかく勉強しろの一辺倒だった」

「そういや姉さん、算数でC取ったっていってムチでぶたれたことがあったよな」

「ちがう」と彼女は言った。「CじゃなくてBよ。Bプラスだった。どんなに頑張ったって、パパは満足してくれなかった」

「うん、そうだよな。でも……もっとしょっちゅう会いに来ればよかった。前にここに来たのがいつだったかと考えたら、つらい気持ちになるよ。そりゃあ電話はちょくちょくかけてたけど……」

彼女はそれを途中でさえぎって、自分を責めるのはやめなさいと言った。それから二人は、どちらかの家に父親を引き取るなんてとても無理だったことや、とにかく仕事が忙しすぎたというようなことを言い合った。そうやってなんとか互いの気を楽にしようとして、それでもひどく後ろめたく感じているようだった。

わたしのでしゃばり口。どうしていつも黙っていられないんだろう。わたしは言ったのだ、「とっても素敵なサンルームですね。お父さまはきっとここで幸せだったと思いますよ」

「うん、そうだよね」息子は言ってわたしにほほえんだが、娘はきつい目でわたしを見た。

「父が幸せだったかどうかなんて、あなたの知ったことじゃない」

「すみません」あんたのその意地悪な口をひっぱたいてやれなくってソーリー《ソーリー》だ。「何か飲みたいな」息子が言った。「でも、もう何も残っちゃいないだろうね」

わたしはブランデーとミントのリキュール、それにシェリーが入った戸棚を彼に見せた。お二人にキッチンのほうに移っていただいたら、その間に戸棚の中をさらって、箱詰めする前にお見せしますけれどとわたしは言った。二人はキッチンの食卓に移動した。彼がそれぞれのグラスにブランデーをなみなみ注いだ。彼らが酒を飲みながらクールを吸うあいだ、わたしは戸棚の中にあったものを全部出した。二人が欲しいものはなかったので、すぐに箱に詰めた。

「でもパントリーのほうに、いくつかいいものがありましたよ」わたしは自分でもそういうものが好きだったので、すぐに目がいった。旧《ふる》いアイロン――黒い鋳鉄製で、飾り彫りの木の把手《とって》がついている。

「もらった！」二人が同時に言った。「お母さまは、これで本当にアイロンを？」わたしは息子に訊いた。「いや、よくこれでハムとチーズのトーストサンドを作ってたよ。それからコーンド・ビーフをのすのにも使ってたな」

「前から不思議だったんですよ、いったいどうやって……」わたしはまた調子に乗ってしゃべりかけて、彼女が例の目つきをしたので黙った。

使い古されて、表面がすべすべになった古い麺棒。

「もらった！」二人とも言った。彼女は声を立ててすこし笑った。酒とキッチンの暑さでまとめ髪がゆるみ、ほつれた巻き毛が顔のまわりに垂れて、つやつや光っていた。口紅が落ちて、卒業写真の中の少女にそっくりに見えた。彼は上着とベストを脱ぎ、ネクタイをはずしてシャツの袖をまくった。わたしが彼の引きしまった体つきを見ているのに気づいて、彼女がまたあのナイフの目つきをした。

そこにウェスタン・メディカル・サプライの人たちがベッドと車椅子を引き取りにやって来た。わたしは彼らをサンルームに通し、裏口のドアを開けた。戻ってくると、息子がそれぞれにブランデーを注ぎ足していた。

「なあ、そろそろ許してくれよ」彼が言った。「週末に僕らのとこに泊まって、デビーと仲良くしてほしい。それにラテーニャにはまだ会ったことないだろ？　すごく可愛いんだ。姉さんによく似てる。ねえ、頼むよ」

彼女は無言だった。だが死が彼女に作用しているのがわたしにはわかった。死には癒《いや》しの力がある。死は人に許すことを教え、独りぼっちで死ぬのはいやだと気づかせる。

彼女はうなずいた。「行くわ」

「ああ、よかった！」彼が彼女の手に自分の手を重ねたが、彼女はその手をさっと引っこめ、こわばった鉤爪《かぎづめ》のようにテーブルの端をつかんだ。

ひゃあ、なんて冷たい女なの、とわたしは言った。声に出さずに。声に出してはこう言った、「これはきっとお二人とも気に入りますよ」。コンロの上に置いて使うような、どっしりした古い鋳鉄製のワッフル・メイカー。わたしの祖母のメイミーがこういうのを持っていた。あんなワッフルはほかになかった。外側は茶色くかりっとして、中はふわふわで。わたしはワッフル・メイカーを二人のちょうど真ん中に置いた。

彼女がにやっとした。「これはあたしのね！」彼が笑った。「荷物の重量オーバーで大枚はたくはめになるぜ」

「かまわない。覚えてる？　あたしたちが病気になると、ママはいつもワッフルを焼いてくれた。本物のメープルシロップをかけて」

「バレンタインデーにはハートの形に焼いてくれてさ」

「ぜんぜんハートに見えなかったけれどね」

「うん、でも僕らいつも『すごいや、ほんとにハートの形だ！』って言ったよな」

「イチゴとホイップクリームも添えてあった」

ほかにもいくつか、ロースト用のパンや、箱に入った蓋つきのジャーなどを出してみたが、どれも二人には要らないものだった。わたしはいちばん上の棚にあった最後の一箱をテーブルに置いた。

エプロンだった。昔ふうの、前掛けスタイルのものがいくつも。手作りで、鳥や花の刺繍《ししゅう》がしてあった。布巾《ふきん》、やはり刺繍がある。どれも小麦粉袋や古着のギンガム地で作ってあった。くたくたになって色もあせ、バニラとクローブの匂いがした。「これ、わたしが四年生の始業式に着てったワンピース！」

姉はエプロンと布巾を一つひとつ広げてテーブルに並べていった。ああ、ああ、そう言いつづけていた。涙が頬をつたっていた。彼女はエプロンと布巾をぜんぶかき集めて、胸に抱きしめた。

「ママ！」彼女は言った。「ああ、あたしのママ！」

息子も泣いていて、彼女のほうに立っていった。彼は姉を抱きしめ、姉もこんどは腕の中でゆらゆら揺られるに任せていた。わたしはそっとキッチンを出て、裏口から外に出た。

階段のところに座っていると、トラックが家の前に来て停まり、バプティスト教会の人が三人降りてきた。わたしは彼らを表玄関から二階に案内し、持っていってもらうものを指示した。一人の人が二階のものをやるのを手伝い、それからガレージの中にあったもの、道具類や熊手、芝刈機や手押し車などをいっさいがっさい積みこむのを助けた。

「さてと、これで全部だ」一人が言った。トラックがバックしていき、中からみんなが手を振った。わたしは中に戻った。家の中はしんとしていた。息子と娘はもういなくなっていた。わたしは床を掃き、空っぽの家のドアに鍵をかけ、出ていった。

苦しみ《ドロレス》の殿堂

〈天上の安らぎ《ヘヴンリー・レスト》〉でも〈静かの谷《シリーン・ヴァレー》〉でもない。チャプルテペック公園にある墓地の名前は〈苦しみの殿堂《パンテオン・ド・ドロレス》〉という。ここメキシコではそれから逃れることはできない。死。血。苦。

痛みはいたるところにある。レスリングの試合、アステカの寺院、古い修道院の釘つきの責め具、どの教会にもあるキリストの血まみれの茨《いばら》の冠。そこにもってきて、今はクッキーやチョコレートまでが髑髏《どくろ》の形だ。「死者の日」が近いのだ。

母がカリフォルニアで死んだのも、死者の日だった。妹のサリーはそのときもここ、メキシコシティに住んでいた。サリーは子供たちといっしょに母のために〝オフレンダ〟を作った。オフレンダ作りは楽しい。死者に捧げる祭壇。これをできるかぎりきれいにこしらえる。色鮮やかになだれをうつマリーゴールドや赤紫のベルベット、脳みたいな形の花や小さな紫色の千日紅《センピテルナ》。死は美しく華やかであるべし、というのがこちらの考え方だ。なまめかしく血を流すキリスト。闘牛の優雅さ、死と隣り合わせの極限の美。霊廟や墓石の趣向を凝らした彫刻。オフレンダには故人の喜びそうなものをありったけ並べる。煙草、家族の写真、マンゴー、宝くじ、テキーラ、ローマの絵はがき。剣にロウソクにコーヒー。友だちの名前を書いた髑髏。お菓子でできた、食べられる骸骨。

　母のオフレンダに、妹の子供たちはクー・クラックス・クランの人形をたくさん並べた。母はこの子たちをメキシコ人の子だといって毛嫌いした。母のオフレンダには、ほかにハーシーのチョコレート、ジャック・ダニエル、推理小説、それにこれでもかというほどの一ドル札。睡眠薬、ピストル、ナイフ、これらは母がしょっちゅう自殺未遂をやらかしていたから。ただ首吊りの縄はなかった……母が、首吊りはコツ《ハング》がわからない、と言ったから。

　わたしは今メキシコにいる。今年もわたしたちは素敵なオフレンダを作った。ガンでもうすぐ死ぬ妹のサリーのために。

　わたしたちは花を山ほど飾った。オレンジ、マゼンタ、紫。白いお供えのキャンドルもたくさん。聖人や天使の像。ミニチュアのギターにパリみやげのペーパーウェイト。カンクン、ポルトガル、チリ。サリーがこれまで行ったあらゆる場所。何十もの髑髏には、彼女の子供たち、彼女を愛したすべての人たちの名前や写真……。アイダホ時代の父の写真は赤ん坊のサリーを抱っこしている。妹の生徒だった子供たちの書いた詩。


　ママ、そのオフレンダにあなたはいなかった。わざと外したわけじゃないの。それどころか、ここ何か月かは二人でしょっちゅうママの楽しかった思い出ばかり話していたくらい。

今までずっと、わたしたちは顔を合わせるたびに、あなたがどんなにイカれてて冷たかったか、夢中でこき下ろしあったものだった。でもこの何か月は……もしかしたら人は死が近づくと、大切だったこと、美しかったことを数えあげたくなるものなのかもね。わたしたちはあなたのジョークや物の見方、何ひとつ見逃さないあの目のことをよく思い出す。それをわたしたちはあなたから受け継いだ。見ることを。

でも聞く耳はなかった。わたしたちが何か言おうとしても、聞くのはせいぜい五分だけ、それで「もうたくさん」となる。

母がどうしてあれほどメキシコ人を嫌ったのか、いまだにわからない。テキサスの親兄弟から総出で刷りこまれた偏見を差し引いても、ちょっと度が過ぎた。汚い、嘘つき、泥棒だ。母はにおいを嫌った、いいにおいも悪いにおいも嫌った、でもメキシコはにおう、スモッグの雲の上でも。玉ねぎとカーネーション。コリアンダー、おしっこ、シナモン、焦げたゴム、ラム、チュベローズ。メキシコでは男たちがにおう。国じゅうがセックスと石鹸のにおいだ。ママ、それがあなたを震えあがらせた、あなたと、かのD.H.ロレンスも。セックスも死もぎらぎら息づくこの国で、二つはたやすくごっちゃになる。たったの二ブロックの散歩が、エロスの香りと死の危険に満ちている。

もっとも昨今では、大気汚染のせいで誰も外になんか出ないけれど。

わたしは昔、夫と子供たちと長いことメキシコで暮らした。とても幸せな年月だった。ただ、住んだのはいつも海辺や山奥の村だった。村にはあたたかな人情と懐の深さがあった。もう何十年も前のことだけれど。

いまのメキシコシティは……破滅的、自暴自棄、汚穢《おわい》。瘴気《しょうき》たちのぼる沼だ。ああ、でもたおやかな美しさもある。そんな一瞬の美や優しさや色彩に出会うたびに、息をのむ。

半月ほど前、わたしは感謝祭で一週間ほどアメリカに戻った。礼節や正義や、とにかくそんなもののある国に帰ったつもりだった。ところがどうだろう。ブッシュ大統領にクラレンス・トーマス、中絶反対、エイズ、デューク〔デービッド・デューク。KKKの元最高幹部で共和党の大統領予備選候補になった〕、コカイン、ホームレス。そしてどっちを向いても、MTVもマンガも広告も雑誌も——戦争とセクシズムと暴力ばかり。メキシコではせいぜい工事の足場から落ちてきたセメント缶が頭を直撃するぐらいで、機関銃もない、ねらい撃ちもされない。

言いたいことはこうだ。今わたしは期限を決めずにここにいるけれど、その先は？　いったいどこに行けばいい？

ママ、あなたはどこにいても、誰にでも、何にでも、醜さと悪を見いだした。狂っていたの、それとも見えすぎていた？　どちらにしても、あなたみたいになるのは耐えられない。わたしはいま恐れている……だんだん美しいものや正しいものを感じられなくなっていくようで。

今のわたしはまるであなただ。辛辣《しんらつ》で、毒舌で。ゴミためみたいな町ね。あなたは人を嫌うのと同じ激しさで場所を嫌った。今までに住んだすべての鉱山町も、アメリカも、エルパソも、故郷も、チリも、ペルーも。

コーダレーン山地のアイダホ州モーラン。この鉱山町をあなたはどこよりも憎んだ、なぜなら

「町」とも呼べない小さな町だったから。「小さな町のクリシェよ」教室一つだけの学校、ソーダファウンテン、郵便局、刑務所が一つずつ。売春宿が一つ、教会も一つ。雑貨屋の片隅の貸本コーナーが図書館がわり。ゼイン・グレイにアガサ・クリスティ。公民館の集会で話し合われるのは停電と空襲のこと。

町からの帰り道、あなたは無知で野暮なフィンランド人どもを家に着くまでこき下ろしつづけた。途中の店で『サタデー・イブニング・ポスト』と大きなハーシーチョコ一枚買うと、そこから採鉱場までは上りの山道だ。二人で父と手をつないで、いっしょに上っていった。戦争が始まったばかりで、町はすっかり明かりが消えて真っ暗だったけれど、星と雪の明るさで夜道がくっきり見えた。家に着くと、パパはあなたが寝つくまで枕元で物語を読み聞かせた。すばらしい物語だとあなたは涙を流した。悲しいからではなく美しいから、そして世界じゅうの何もかもが醜く安っぽいから。

月曜日はあなたがブリッジをやる日で、わたしは友だちのケントシュリーヴとライラックのやぶの下を掘って過ごした。ほかの三人のおばさんたちはみんなだぼっとした部屋着を着て、靴下にスリッパばきのこともあった。アイダホの冬はひどく寒かった。髪をピンカールしてターバンを巻いて、頭をセットしていることも多かった――でも何に備えて？　アメリカではこの習慣はいまだに根強い。いたるところ、ピンクのカーラーを頭につけた女だらけだ。これはある種の信念、あるいはファッションによる自己主張だ。もしかしたら今よりももっといいことがこの先に起こるかもしれない、という。

あなたはいつも着るものに気を配っていた。ガーターベルト。シーム入りのストッキング。ピーチ色のサテンのスリップは、田舎者どもに見せつけるためにわざと少しのぞかせる。肩パッドの入ったシフォンのワンピースに、小さなダイヤを散りばめたブローチ。そしてあのコート。五歳のわたしから見ても、古ぼけたみすぼらしいコートだった。えび茶色で、ポケットは汚れて生地が伸び、袖口がほつれて糸が出ていた。十年前に兄さんのタイラーが結婚祝いにくれたものだった。襟が毛皮でできていた。かつてはシルバーだったのが、いまや動物園のシロクマのおしっこにまみれたお尻みたいに黄ばんでしまって、なんとも哀れに古びた毛皮だった。モーランの町じゅうの人があなたの服を笑ってると、ケントシュリーヴがわたしに教えた。「おあいにくさま、ママはあの人たちの服のこともっと笑ってるから」

あなたはいつも安物のハイヒールをぐらぐらさせ、こてできっちり波うたせたボブのまわりに襟を立てて、坂道をのぼった。手袋をはめた手で手すりを握りしめ、がたつく木の歩道を歩いて採鉱場を過ぎ、工場を過ぎた。居間に入ると靴を脱ぎすて、石炭ストーブに火を入れた。

暗い部屋で煙草を吸いながら、あなたは孤独と退屈ですすり泣いた。わたしのママ、ボヴァリー夫人。あなたはよく戯曲を読んでいた。本当は女優になりたかった。ノエル・カワード。『ガス燈』。ラント夫妻の出るものは何でも大好きで、セリフをそらで覚えて、皿を洗いながら声に出して言ってみた。「**まあ！**　尾《つ》けてくる足音、てっきりあなただと思ったわコンラッド……ちがうな。**まあ！**　尾けてくる足音、**てっきり**あなただと思ったわコンラッド……」

パパはいつも真っ黒に汚れて、ごつい坑夫の長靴にランプのついたヘルメットをかぶって帰ってきた。パパがシャワーを浴びるると、あなたはアイスペールとソーダマシンを使って小さなテーブルでカクテルをこしらえた。(この炭酸のボトルがいつも苦労の種だった。パパがたまにスポケーンに行ったときに、忘れずにカートリッジを買ってこないといけなかった。なのにうちに来るお客には大不評だった。「いや、あんな騒々しい水はご免こうむるね。普通の水でお願いするよ」)でもお芝居ではみんなこれを使っていた。映画の『影なき男』でだって。

『ミルドレッド・ピアース』ではジョーン・クロフォードにシェリーという名前の娘がいて、娘と同棲している悪い男が自分のお酒を炭酸で割りながら、クロフォードに何を飲むかと訊ねる。「シェリーをいただいていくわ。あたしの家にね」そう彼女は言う。

「しびれるセリフねえ!」映画館をあとにしながら、あなたはわたしにそう言った。「あんたの名前もシェリーに変えようかしら、そしたらあれを言えるもの」

「〝ゴールド・ビア(冷たいビール)〟でもいいんじゃない?」とわたしは言った。人生初の気のきいた一言だった。すくなくとも、生まれて初めてあなたを笑わせたのがあのときだった。

もう一度は、配達ボーイのアールが箱いっぱいの食料品を届けにきたとき。わたしはあなたが中身をしまうのを手伝った。そのころ住んでいたのは、あなたの言葉どおりの〝タール紙貼りのほったて小屋〟で、キッチンの床が奥に向かって傾き、朽ちたリノリウムは波うち、床板もたわんでいた。わたしはトマトスープの缶を三つ出して戸棚に入れようとして、落としてしまった。缶は床を転がって壁にごつんと当たった。怒られるかぶたれるかする、そう思ってあなたを見あげたら、あなたは笑っていた。そして戸棚から缶をもっと出してきて、床を転がした。

「そら、競争よ！」あなたは言った。「あたしのコーン缶対あんたの豆！」

二人で床に座って、げらげら笑いながら缶を転がしたりぶっつけたりしているところに、父が帰ってきた。

「今すぐやめ！　缶を片づけなさい！」部屋じゅうが缶だらけだった。（戦時中だったので、あなたは缶詰を買いだめしていた。父に言わせると、それはやってはいけないことだった。）わたしたちはくすくす笑いながら、小声で話しながら、あなたが床の缶をわたしに手渡すのに合わせて『主をたたえよ、砲弾を運べ』を歌いながら、長いことかかって缶を戸棚に戻した。あれはあなたとのいちばん幸せな思い出だった。わたしたちが缶を片づけ終えたころに父が戸口のところに来て、「部屋に入っていなさい」と言うので、わたしは自分の部屋に上がった。でも父はあれをあなたにも言っていたのだ！　ほどなくわたしも、父があなたに部屋に行けと言うときはあなたがお酒を飲んでいたときだと気がついた。

それ以降、覚えているかぎりほとんどいつも、あなたは自分の部屋にいた。モンタナのディアロッジでも。ケンタッキーのマリオンでも。アリゾナのパタゴニア。チリのサンチャゴ。ペルーのリマ。

サリーとわたしはいまメキシコの彼女の寝室にいる。ここ五か月ほどは、ほとんどずっとここにこもりきりだ。たまに病院に行って、レントゲンを撮ったり、検査を受けたり、肺の水を抜いてもらったりする。二度ほどはカフェ・パリでいっしょにお茶を飲み、一度はサリーの友だちのエリザベスの家にも朝食をたべに行った。けれどもサリーはひどく疲れてしまう。今では抗ガン剤の点滴も、自分の寝室で受けている。

わたしたちは話し、読み、わたしが彼女に本を読み、見舞客がやってくる。午後には少しだけ鉢植えに日が当たる。ほんの三十分ほどだ。二月はとても日当たりがいいのと妹は言う。もっとも、どの窓も空のほうは向いていなくて、光は直接ではなく、お隣の壁の照り返しが入ってくるだけだ。夕方、日が沈むとわたしはカーテンを閉める。

サリーと子供たちは二十五年ずっとここに住んでいる。サリーは母とすこしも似ていない、それどころか呆れるくらい正反対だ。サリーはどこにでも、誰にでも美と良さを見つける。この寝室と、棚いっぱいの土産物を愛している。居間に座ってサリーは言う、「ここ、あたしのお気に入りの場所なの。シダと鏡があって」。こんなふうにも言う、「ここ、あたしのお気に入りの場所なの。お面と、オレンジの籠《かご》があるから」

それにひきかえわたしは、この家のどこにいても息苦しさでどうにかなりそうだ。

サリーは改宗者特有の熱心さでメキシコを愛している。夫も、子供も、家も、サリーのまわりの何もかもがメキシカンだ。ただ一人、サリーをのぞいては。サリー自身はとてもアメリカンだ。古き良き、健全なアメリカ人。わたしのほうがよっぽどメキシコ的だ。わたしは生まれつき性質が暗い。死や暴力とも近しい。部屋に日が射しこむあの一瞬に、わたしはろくに気づきもしない。

父が戦争に行ったとき、サリーはまだ赤ん坊だった。わたしたちは汽車でアイダホからテキサスまで行き、戦争のあいだ《フォー・ザ・デュレーション》祖父母のところで暮らすことになった。〝デュロ〟＝スペイン語の〝苦難〟。

ママがあんなふうになってしまったのは、一つには子供のころはとても豊かで贅沢《ぜいたく》な暮らしをしていたせいだった。両親ともテキサスの名家の出だった。祖父は裕福な歯科医で、一家は召使のおおぜいいる立派なお屋敷に住んでいた。ママにはばあやがついていて、そのばあやと三人の兄からたっぷり甘やかされた。ところが、どかん！　ある日ママはウェスタン・ユニオンのメッセンジャーボーイの自転車にはねられて、一年ちかく入院した。その一年のあいだに何もかもが悪くなった。大恐慌、祖父のギャンブル、そして飲酒。ママが病院から出てきてみると、世界は一変していた。精錬所の脇のボロ家には、車も、召使も、ママだけの部屋ももうなかった。祖母のメイミーは祖父の歯科医院でナースとして働いていて、もうマージャンもブリッジもやらなかった。すべてが重く、暗かった。そしてきっと恐ろしくもあっただろう、もし祖父がわたしやサリーにしたのと同じことをママにもしていたなら。ママはそのことを一切口にしなかったが、きっとそうだったにちがいない。祖父をあんなにも憎んでいたし、人に触れられるのは、握手するのでさえ嫌がった……。

日が昇るころ、列車はエルパソに近づいた。鬱蒼《うっそう》とした松の森から出てきた目には、何もさえぎるもののない広々とした大地は驚きだった。まるで蓋が開いて、目の前に世界が現れたようだった。何マイルもはてしなく広がる光、青い青い空。わたしはラウンジ車両が開くのを待ちかね、両側の窓から窓へと走りまわって、はじめて目にする大地の姿に有頂天になった。

「ただの砂漠よ」とママは言った。「誰もいない。空っぽ。不毛の地。そしてもうじき、あたしがむかし〝家〟と呼んでた地獄に到着よ」

わたしはサリーに頼まれて、アモーレス通りのこの家を片づけるのを手伝った。写真や服や書類を整理し、シャワーカーテンのレールと窓ガラスを修理した。ただ玄関のドアだけはどうにもならなかった。この家のドアはぜんぶ把手が取れていて、クローゼットはドライバーを使わないと入れず、浴室のドアはかごで押さえておかないと閉まらなかった。わたしは職人さんに電話をしてドアノブをつけてと頼んだ。そして来てくれたのはいいけれど、日曜の夜のこちらの食事どきにやって来て、十時ごろまで家にいた。おまけにドアノブをつけてくれたものの、ネジを締めるということをしていないので、どのドアも開けようとするとノブがすぽっと取れてしまい、クローゼットは二度と開かなくなった。そのうえネジがぽろぽろ落ちて、いくつもなくなってしまった。次の日に電話をすると、数日後の朝、夜じゅう苦しんだサリーがやっと眠ったところにやって来た。三人があまり大きな音を立てるので、わたしは言った、もう結構、妹が病気なの、ひどく悪いの、そんな大きな音を立てられてはたまらないから、わるいけど出直してきて。そうしてサリーの部屋に戻ったが、しばらくすると、ふうふう、はあはあ、それからどすんという鈍い音が聞こえた。彼らはドアをぜんぶ蝶番《ちょうつがい》からはずして屋根の上に運び、そこで音を立てずに修理しようとしていたのだ。

わたしはサリーが死んでしまうことに怒っているんだろうか。それでこの国に八つ当たりしているんだろうか。こんどはトイレが壊れた。もうフロアごと外に持っていってもらうしかない。

月が恋しい。独りの時間が恋しい。

メキシコでは、そばに誰もいないということがない。本を読みたくて自分の部屋に行こうとすれば、独りぼっちなのに気づいた誰かがいっしょについてくる。サリーもけっして独りにならない。夜はいつも、眠るまでわたしがそばについている。

死には手引き書がない。どうすればいいのか、何が起こるのか、誰も教えてくれない。

わたしたちが小さかったころ、メイミーがサリーの世話を一手に引き受けた。夜、ママは自分の部屋で食事をし、酒を飲み、推理小説を読んだ。祖父も自分の部屋で食事をし、酒を飲み、ラジオを聴いた。でもママは夜はたいてい出かけていて、アリス・ポメロイやパーカー家の娘たちとブリッジをしたりフアレスに行ったりした。昼間は赤十字社のボランティアでボーモントの病院に行き、目の見えない兵隊に本を読んでやり、手足をなくした兵隊とブリッジをした。

母がグロテスクなものに魅《ひ》かれるところは祖父とそっくりで、病院から帰ってくるとすぐにアリスに電話をして、兵隊たちの傷や、戦場の体験談、手や足をなくして国に帰ったら女房に捨てられた身の上話を教えた。

ときどき母はアリスと連れ立って、彼女の結婚相手を見つけに米軍慰問協会のダンスパーティに出かけた。けっきょくアリスに結婚相手は見つからず、ポピュラー・ドライグッズ百貨店で死ぬまで裁縫をほどく仕事を続けた。

その同じ「ポピュラー」のランプ売場に、バイロン・マーケルがいた。ランプ売場の主任だった。バイロンはもう何十年もずっとママに死ぬほど恋していた。二人は高校の演劇部でいっしょで、どのお芝居でも主役を張っていた。ママも相当小柄だったけれど、彼が五フィート二しかなかったせいで、ラブシーンはいつも座ってやった。それさえなければ、いずれ有名な俳優になっていただろう。

バイロンは母をいろんなお芝居に誘った。『ゆりかごの唄』。『ガラスの動物園』。たまに家にもやって来て、夜、ポーチのスイングチェアに並んで座った。そうして若いころにいっしょに演じたお芝居のセリフを言い合ったりした。当時わたしはポーチの下に古毛布とクッキー缶に入れたクラッカーを持ちこんで自分の巣を作っていて、いつもそこにいた。『まじめが肝心』。『ウィンポール通りのバレット家』。

バイロンは〝ティートタラー（禁酒主義者）〟だった。わたしはそれをお茶しか飲まない人という意味だと思った。じっさい母がマンハッタンを飲むあいだ、彼はずっとお茶で通していた。彼が何十年たってもずっときみに死ぬほど恋している、と母に言ったのも、そうしているときだった。僕がテッド（父のことだ）にロウソクを掲げることはできないのはわかっている、そう彼は言った。これも変てこな言いまわしだった。口癖のように言う「まあ、ホーまでの長い道のりさ」もわからなかった。いちど母がメキシコ人のことを悪く言うと、彼は「連中はこっちが一インチ譲っても一インチしか取らないような奴らさ」と言った。困るのは、彼が何を言うにも張りのある深いテノール声で言うものだから、言葉の一つひとつがものすごく深遠なことのように頭の中にこだますることだった。ティートタラー、ティートタラー……。

ある晩彼が帰ったあと、母がわたしといっしょに寝ている寝室に戻ってきた。母は泣きながらさらにお酒を飲み、日記になぐり書きをはじめた。文字どおり、なぐりつけるような書き方だった。

「ママ、だいじょうぶ?」しばらくしてわたしが言うと、ぴしゃりと平手打ちされた。

「〝オーケイ〟なんて言葉を使っちゃだめって言ってるでしょ!」それから怒ってごめんね、と言った。

「本当にこのアプソン通りが嫌でたまらないの。あんたのパパは手紙に自分の船のことしか書いてこないし、舟《ボート》じゃない、船《シップ》と言えと、そればっかり。おまけにたった一度のロマンスの相手がランプ売場のちんちくりんだなんて!」

いま思い出すと可笑《おか》しいけれど、そのときは母が胸が破れるみたいに泣いて泣いて、すこしも可笑しくなかった。そっと肩に触れると、母はびくっと身を引いた。触られるのが嫌なのだ。だからわたしは窓の網戸から射しこむ街灯の光のなか、ただ母を見ていた。泣いている母を。ママはまったくの独りぼっちだった、ちょうどいま、同じように泣く妹のサリーがまったくの独りぼっちなように。

ソー・ロング

マックスの〝ハロー〟を聞くのが好きだ。

まだ恋人になりたてでお互い不倫どうしだったころ、よく彼に電話をした。呼出し音が鳴り、彼の秘書が出て、マックスをお願いと言う。やあ、ハロー、と彼が言う。マックス？　わたしは電話ボックスの中でふわっと失神しそうになる。

彼とはもうずっと昔に離婚した。いまは体を悪くして、酸素吸入に車椅子だ。わたしがオークランドにいたころは、日に五度も六度も電話してきた。不眠症なのだ。夜中の三時にかけてきて、もう朝じゃないのかいと言ったこともあった。わたしは怒ってすぐに切ったり、電話に出なかったりした。

話すのは、もっぱらわたしたちの子供や、孫や、彼の猫のことだった。わたしは爪を磨いたり、縫い物をしたり、アスレチックスの試合を観ながら話した。彼は話が面白くて、ゴシップをたくさん知っていた。

いまのわたしはメキシコシティに住んで一年近くなる。妹のサリーの病気が悪いのだ。わたしは妹の家と子供たちの面倒を見、妹に食事を運び、注射を打ち、お風呂に入れる。面白い本をたくさん読んで聞かせる。二人で何時間も話し、泣き、笑い、ニュースに怒り、帰りの遅い彼女の息子をいっしょに心配する。

最近のわたしたちの近しさは、ちょっと気味がわるいほどだ。一日じゅういっしょにいる暮らしが長いからだろうか。同じように見たり、聞いたり、聞く前から相手の言うことがわかったり……。

わたしはアパートからほとんど一歩も出ない。どの窓も見晴らしが悪く、見えるのは向かいのアパートの壁やほかの家の窓だけだ。サリーのベッドからは空が見えるけれど、わたしはカーテンを開け閉めするときぐらいしか拝めない。ここではサリーとも、子供たちとも、ほかの誰ともスペイン語で話す。

でも、実をいえばサリーとはもうほとんど話さない。肺をいためるから。わたしが本を読んだり歌をうたったり、でなければ暗闇のなか二人並んで寝て、同じリズムで息をする。

なんだか自分が消えてしまったみたいに感じる。先週、ソノーラの市場に行った。浅黒いインディアンたちに囲まれてわたしひとり背が高く、みんながナワトル語をしゃべっていた。わたしは消えただけでなく、透明人間でもあった。ここに来てからずっと、自分が存在していないような気分だった。

もちろんここでだって自分はあるし、新しい家族が、新しい猫が、新しいジョークがある。でも英語を話す自分のことを、わたしは忘れかけている。

マックスから電話がかかってくると、だからうれしい。カリフォルニアからしょっちゅうかけてくるのだ。ハロー、と彼は言う。そうしてパーシー・ヒースを聴いたとか、サン・クエンティン刑務所の死刑には反対だとかいう話をする。わたしたちの息子のキースがイースターにエッグ・ベネディクトを作ってくれたこと。ネイサンの嫁のリンダに、そんなにしょっちゅう電話をかけてこないでくれと言われたこと。孫のニッコが、ぼく寝たくないのに眠っちゃうの、と言ったこと。

彼は交通渋滞や天気予報のことを言い、エルザ・クレンシュのファッション番組についてこと細かに語る。サリーの具合はどうかと訊ねる。

アルバカーキで、まだ二人とも若かったころ、わたしは知り合いになる前から彼がサキソフォンを演奏したり、フォート・サムターのレースでポルシェに乗る姿を見ていた。街で彼を知らない人はいなかった。ハンサムで、金持ちで、変わり者だった。いちど空港で、彼が父親に別れのあいさつをするのを見た。目にいっぱいに涙をうかべて父親にさよならのキスをしていた。父親にさよならのキスをする男と恋をしたい、とわたしは思った。

死が近づくと、人はおのずと自分の一生をふりかえり、あれこれ意味づけしたり悔やんだりする。わたしもここ何か月か、妹に付き合ってそれをしてきた。わたしたちは長い時間をかけて怒りや憎しみを手放した。いまでは後悔や自責のリストさえ短くなった。残ったのは、わたしたちがまだ失わずに持っているもののリストだ。友だち。いろいろな場所。恋人とダンソンを踊りたかったとサリーは言う。ベラクルスの教区教会《パロキア》や、椰子の木や、月明かりのランタンや、踊り手たちのぴかぴかの靴のあいだをうろつく犬や猫を見たいと言う。アリゾナの教室一つきりの小学校や、アンデスでスキーしたときの空を、二人で思い出す。

サリーはもう、自分が死んだあと子供たちがどうなるのかと心配するのをやめた。わたしもここを去ればまた自分の心配事を始めるだろうけれど、いまはただその日その日のリズムと形にゆったり身をまかせるだけだ。痛みと嘔吐に明け暮れる日があるかと思えば、べつの日にはすべてが穏やかで、遠くでマリンバが鳴り、焼き芋《カモテ》売りの笛が夜空に響く……。

わたしも自分のアルコール依存を悔いるのをやめた。カリフォルニアを発つすこし前に、いちばん下の息子のジョエルが家に朝食をたべにやって来た。わたしが何度も金をくすね、あんたなんか俺の母親じゃないと言われた、同じ息子だ。わたしはチーズブリンツを焼いた。二人でコーヒーを飲みながら新聞を読み、リッキー・ヘンダーソンやジョージ・ブッシュについてぽつぽつ話しあった。そしてジョエルは仕事に出かけていった。わたしにキスをして、じゃあね《ソー・ロング》母さん、と言った。じゃあね《ソー・ロング》、わたしも言った。

息子と朝食をたべ、玄関先まで見送るなんて、世界じゅうの母親がやっていることだ。その人たちに、戸口に立って手を振るわたしがどれだけ感謝したかわかるだろうか。死刑執行を免れた気分だった。

わたしは十九で最初の夫と離婚した。次に結婚したのはジュード、物静かで乾いたユーモアのセンスの持ち主だった。

彼はいい人だった。幼い息子を二人かかえたわたしに救いの手を差し伸べてくれた。そのときの新郎の付添人がマックスだった。家の裏庭での結婚式が済むと、ジュードはアル・モンテのバーでピアノを弾く仕事に出かけていった。もう一人の立会人のわたしの親友のシャーリーは、口もきかずに帰ってしまった。わたしが捨て鉢な気持ちからジュードと結婚したと思っていて、この結婚にひどく腹を立てていたのだ。

マックスは帰らなかった。子供たちが寝ついたあと、二人でウェディングケーキを食べながらシャンパンを飲んだ。彼がスペインの話をし、わたしはチリの話をした。彼はハーヴァード大でジュードやクリーリィといっしょだったころの話をした。ビバップの黎明期にサックスを吹いていたこと。チャーリー・パーカー、バド・パウエル、ディジー・ガレスピー。ビバップ時代、マックスはヘロイン中毒だった。当時のわたしはその言葉を知らなかった。ヘロインと聞いて、何やら素敵なものを連想した――ジェーン・エア、ベッキー・シャープ、テス。

ジュードの仕事は夜だった。午後おそくに起きてきて、練習をするか、マックスと何時間もデュオをやり、それからみんなで晩ごはんを食べる。そのあとジュードが仕事に出かける。残ったマックスが皿洗いや子供を寝かしつけるのを手伝ってくれた。

ジュードの仕事をじゃまするわけにはいかなかった。怪しい人が家のまわりをうろついているとき、子供が病気になったとき、タイヤがパンクしたとき、わたしが電話をするのはマックスだった。ハロー、彼はいつも言った。

まあそんなわけで、一年後にわたしたちは関係をもった。がむしゃらで熱烈で、なりふりかまわぬ情事だった。ジュードはいっさい何も言わなかった。わたしは家を出て子供たちと暮らしはじめた。ジュードが訪ねてきて、車に乗れと言う。ニューヨークでジャズをやるんだ、いっしょに行こう、そしてもう一度やり直そう。

マックスの名前はお互い一度も出さなかった。二人でニューヨークで必死に働いた。ジュードは練習し、ジャムに参加し、ブロンクスの結婚式で弾き、ジャージーのストリップ小屋で弾き、やっとユニオンに加入した。わたしは子供服を縫い、ブルーミングデールズに置いてもらうまでになった。わたしたちは幸せだった。あのころのニューヨークは夢のようだった。アレン・ギンズバーグやエド・ドーンがＹＭＣＡで朗読をした。大吹雪のなか、ＭoＭＡにマーク・ロスコの展覧会を観にいった。天窓の雪ごしに射しこむ濃密な光のなかで、絵が生き物のように息づいていた。ビル・エヴァンスやスコット・ラファロを生で聴いた。ジョン・コルトレーンのソプラノ・サックス。オーネット・コールマンのファイブ・スポットでの初演奏。

ジュードが眠っている昼間、わたしは子供たちと地下鉄に乗ってニューヨークじゅうをめぐり、毎日ちがう駅で降りた。何度も何度もフェリーに乗った。ジュードがグロッシンガー・リゾートにピアノを弾きにいっているあいだ、セントラルパークでキャンプをした。あのころのニューヨークはそれほどいいところだった……あるいはわたしがそれほど能天気だった、というか。わたしたちの住まいはグリニッチ通りのワシントンマーケットの近く、フルトン通りの角にあった。

ジュードは息子たちのために真っ赤なおもちゃ箱を作り、ロフトの天井のパイプからぶらんこを吊り下げた。子供たちには優しく、きびしかった。夜、彼が仕事から戻ると、わたしたちは愛し合った。ありとあらゆる怒りと悲しみと優しさが、互いの体を電気みたいにかけめぐった。けっして口に出されることのない、それら。

夜、ジュードが仕事に出かけ、ベンとキースに歌をうたって寝かしつけると、わたしは縫い物をした。シンフォニー・シドのラジオ番組に電話をかけてチャーリー・パーカーやキング・プレジャーをリクエストし、しまいにそんなにしょっちゅうかけてもらっちゃ困るとシドに言われた。夏はうだるような暑さで、三人で屋上で寝た。冬は寒く、夕方五時以降と土日は暖房が切れるので、子供たちは耳あてと手袋をはめて寝た。枕元で歌をうたうと、口から白い息が出た。

いまメキシコで、わたしはサリーにキング・プレジャーの歌をうたう。「リトル・レッド・トップ」。「パーカーズ・ムード」。「サムタイムズ・アイム・ハッピー」。

もうそれしかできることがないというのは、ひどく恐ろしいことだ。

ニューヨークで夜中に電話が鳴れば、それはマックスだった。

ハロー、彼は言った。

いまハワイでレースに出てる。いまはウィスコンシンでレース中だ。テレビ観ながらきみのことを考えてた。ニューメキシコではアイリスが咲いているよ。八月の大雨で涸れ谷《アロヨ》が洪水だ。ハコヤナギの葉が黄色く色づいたよ。

マックスは音楽を聴きにちょくちょくニューヨークにやって来たが、一度も会いはしなかった。彼が電話をかけてきてニューヨークについて夢中で語り、わたしも彼にニューヨークについて夢中で語った。結婚してくれ、と彼は言った。生きる理由を僕におくれ。話をして、とわたしは言った。電話を切らないで。

凍てつく寒さのある晩、スノースーツを着こんだベンとキースと、三人で一つベッドに寝ていた。鎧戸《よろいど》が風でばたばた鳴った。ハーマン・メルヴィルくらい古い鎧戸だ。日曜日で、通りに車はなかった。帆布屋が荷車を馬に牽《ひ》かせて下の通りを行く。クロップ、クロップ。みぞれが窓ガラスで冷たく悲鳴をあげ、マックスが電話をかけてきた。ハロー、と彼は言った。いますぐそこの角の電話ボックスなんだ。

彼はバラの花束とブランデーのボトルとアカプルコ行きの切符を四枚もってやって来た。わたしは子供たちを起こし、家を出た。

さっき後悔はないと言ったけれど、あれは嘘だ。でもあの時はこれっぽっちも後悔しなかった。あんなふうに出てきたのはまちがいだったが、どのみちわたしの人生はまちがってばかりだった。

プラザホテルは温かかった。暑いほどだった。ベンとキースはテキサス流の洗礼式を受けるみたいに神妙な顔つきで、湯気をたてる浴槽に漬かった。そして清潔な真っ白のシーツで眠った。

わたしと彼は続き部屋で愛し合い、朝まで話した。

イリノイ上空を飛びながら、わたしたちはシャンパンを飲んだ。子供たちが眠る横で、窓の下にたなびく雲を見ながらキスをした。地上に降りると、アカプルコの空はサンゴ色とピンクの筋に染まっていた。

四人は泳ぎ、ロブスターを食べ、また泳いだ。朝、木の鎧戸ごしに射しこむ太陽がマックスとベンとキースの上に縞《しま》もようを作った。わたしはベッドの上に起きあがり、三人を満ち足りた気持ちでながめた。

マックスは子供たちを一人ずつベッドに運んで寝かしつけ、以前に父親にしたように優しくキスをした。そして自分も子供たちと同じくらい深く眠った。わたしたちのしていることのせいで疲れているのだろうとわたしは思った。自分の妻を捨て、一家をまるごと引き受けて。

マックスは二人に泳ぎとシュノーケリングを教えた。それからいろいろな話をした。わたしにもいろいろな話をした。本当にいろいろだった、人生のことや、知ってる誰かれのことや。わたしたちも先を争って彼にいろいろなことを話した。四人でカレタ・ビーチの細かな砂に寝そべり、あたたかな日を浴びた。キースとベンがわたしを砂に埋めた。マックスの指がわたしの唇をなぞる。砂まみれの閉じたまぶたごしに、太陽がいくつもの色に爆《は》ぜた。欲望が燃える。

日が落ちると、みんなで波止場の公園に行って三輪車を借りた。マックスとふたり手をつなぎ、子供たちが公園じゅうをでたらめに漕ぎまわってピンク色のブーゲンビリアや紅いカンナをかすめて走るのを眺めた。その向こうの港では、船に荷を積んでいるのが見えた。

ある日の夕方、わたしの両親が何かしゃべりながらタラップを渡って「スタヴァンガーフィヨルド号」というノルウェーの汽船に乗りこむのが見えた。そういえば妹が手紙で、二人がタコマからヴァルパライソまで旅行をすると書いていた。そのころわたしはジュードと結婚したせいで、両親から口をきいてもらえなくなっていた。大声で呼びかけたかったけれど、できなかった。ハイ、ママ！　ハイ、パパ！　すごい奇遇ね？　こちらマックスよ。

それでも二人がすぐそこにいるということがうれしかった。港を離れていく船の手すりに寄りかかる二人の姿が見えた。父は日に焼けて、つばの垂れた白い帽子をかぶっていた。母は煙草を吸っていた。ベンとキースはますますスピードをあげてセメントのコースをぐるぐる走りながら互いに叫びあい、わたしたちに向かって叫んだ……ねえ、ほら見て！

今日、グアダラハラで大きなガス爆発があって、家が吹き飛び、何百人も人が死んだ。マックスが心配して電話をかけてきた。わたしは、いまメキシコでは誰もかれもが「おい……なんだかガス臭くないか？」と言い合っているのが笑い話になっていることを話した。

アカプルコではホテルの滞在客と友だちになった。ドンとマリア、それに六歳の娘のルルデス。夜になると子供たちはテラスで塗り絵をして、そのまま寝入った。

わたしたちは夜おそく、月が高く白く輝くころまでテラスに出ていた。ドンとマックスは灯油ランプの明かりでチェスをした。蛾《が》がかすめて飛ぶ。わたしとマリアは大きなハンモックに互いちがいに寝て、服やなにかの他愛のない話や、お互いの子供のことや愛のことを静かに語りあった。ドンとマリアはまだ結婚半年めだった。マリアは彼と出会うまで独りぼっちだった。わたしは、朝日を開ける前にもうマックスの名前を呼んでいるという話をした。彼女のそれまでの人生は毎日毎日退屈なレコードの繰り返しのようだったが、あっと言う間にレコードがひっくりかえされて音楽が始まった。マックスがそれを聞いて、わたしに向かってほほえみかけた。ほらね、愛する人《アモール》、僕らはいまB面なんだ。

友だちはほかにもいた。ダイバーのラウルと奥さんのソレダ。ある週末、わたしたち六人でホテルのテラスでハマグリを茹《ゆ》でた。子供たちはお昼寝させた。ところがテラスでやっていることが気になって、かわるがわる起きてきた。寝てなさい！　一人が喉がかわいたと起きてきて、もう一人が眠れないと言いに来た。寝てなさい。キースが起きてきて、キリンがいるよ！　と言った。いいから寝てなさい、もうちょっとしたら起こしてあげるから。ベンが起きてきて、虎と象がいると言った。もういいかげんにしなさい。ところが下の通りに、本当にいた。サーカスのパレードだった。わたしたちは子供たちを二人とも起こした。団員の一人がマックスを映画スターと勘ちがいして、ただでチケットをくれた。その晩みんなでサーカスに行った。夢のようだったが、子供たちは空中ブランコの途中で眠ってしまった。

今日はカリフォルニアで地震があった。電話でマックスは僕のせいじゃないよと言い、猫が帰ってこないんだと言った。

その夜、愛し合うわたしたちの上には沈みかけのおぼろ月がかかっていた。終わると木製のファンの下、汗まみれで並んで横たわった。マックスの手がわたしの湿った髪の上にあった。ありがとう、わたしはささやいた、たぶん神に向かって……。

朝、目が覚めると体にはいつも彼の腕が巻きつき、唇がうなじに押しあてられ、腿の上に手があった。

ある日、夜明けまえに目を覚ますと、隣にマックスがいなかった。部屋は静まりかえっていた。きっと泳ぎに行ったんだ、とわたしは思った。浴室に行った。マックスがトイレに腰かけ、黒ずんだスプーンで何かをあぶっていた。洗面台には注射器があった。

「ハロー」と彼は言った。

「それ、何なの？」

「ヘロインだよ」


それで一つの物語が終わった、あるいは始まったように聞こえるかもしれない。だがそれもその後につづく長い年月のひとコマに過ぎなかった。むせかえるような極彩色の幸福の日々があり、暗褐色の不安の日々があった。

わたしたちのあいだにはさらに二人の息子、ネイサンとジョエルが生まれた。ビーチクラフト・ボナンザ〔単発の軽飛行機〕でメキシコとアメリカじゅうを旅した。オアハカに住み、その後メキシコの海沿いの村に居を定めた。わたしたちは何年もずっと幸せだった。だがやがて彼がヘロインを愛しすぎるようになり、苦悩と孤独が始まった。

デトックスじゃないんだ——マックスは電話でそう言う——僕たちを本当に治してくれるのは

、リトックス〔薬物中毒者が長い禁欲の果てにふたたび薬物に手を出すこと〕さ。〝ただノーと言おう〔ナンシー・レーガンが主導した反ドラッグ・キャンペーンのスローガン〕〟だって？　そんなのノーサンキューだね。これは冗談だ。彼はもう何十年も前から薬と手を切っている。

　何か月ものあいだ、わたしとサリーは自分たちの人生について、結婚生活について、子供たちについて、懸命に考えて理解しようとした。彼女はわたしとちがって酒もタバコもやらなかった。

　サリーの前夫は政治家だ。車にボディガードを二人乗せ、さらに護衛の車を二台引き連れて、毎日のように顔を出す。わたしとマックス同様、サリーと前夫も深い絆で結ばれている。だとしたら、結婚とはいったい何なのだろう。いくら考えてもわからない。そしていま、死もわたしにはわからないものになった。

　サリーの死だけではない。ロドニー・キングとあの暴動いらい、わたしの祖国も死にかけている。世界のいたるところに怒りと絶望がある。

　さいきん、サリーとわたしはトンチ絵で会話をする。声を出すとサリーの肺に悪いから。トンチ絵は言葉や文字のかわりに絵を使う。たとえばｖｉｏｌｅｎｃｅ（暴力）ならば、ヴィオラと蟻《アント》の絵。ｓｕｃｋｓ（最低）は、ストローで何かを吸《サック》っている人の絵。サリーの部屋で、わたしたちはお絵描きしながら声もなく笑う。愛はもうわたしにとっては謎ではなくなった。マックスが電話をかけてきてハローと言う。妹がもうすぐ死ぬの、とわたしは言う。きみは大丈夫？　と彼が言う。

ママ

「ママはなんでもお見通しだった」と妹のサリーが言った。「あれは魔女よ。死んじゃった今でも、見られてるかもと思うと怖いもの」

「あたしだって。何かヘマなことをやったときには、そりゃびくびくする。でも我ながら哀れなのは、いいことをしたときに見ててほしいって思うこと。『ほらママ、見てよ』って。死んだ人たちがみんなすぐそこにいて、生きてる人間のこと見て大笑いしてたらどうしよう？　やだ今の、ママの言いぐさにそっくりだ。似てきちゃったらどうしよう」

母は変なことを考える人だった。人間の膝が逆向きに曲がったら、椅子ってどんな形になるかしら。もしイエス・キリストが電気椅子にかけられてたら？　そしたらみんな、十字架のかわりに椅子を鎖で首から下げて歩きまわるんでしょうね。

「あたしママに言われたことがある、『とにかくこれ以上人間を増やすのだけはやめてちょうだい』って」とサリーは言った。「それに、もしあんたが馬鹿でどうしても結婚するっていうなら、せめて金持ちであんたにぞっこんな男になさいって。『まちがっても愛情で結婚してはだめ。男を愛したりしたら、その人といつもいっしょにいたくなる。喜ばせたり、あれこれしてあげたくなる。そして「どこに行ってたの？」とか「いま何を考えてるの？」とか「あたしのこと愛してる？」とか訊くようになる。しまいに男はあんたを殴りだす。でなきゃタバコを買いに行くと言って、それきり戻ってこない』」

「ママは〝愛〟って言葉が大嫌いだった。ふつうの人が〝淫売〟って言うみたいにその言葉を言ってたわ」

「子供も大嫌いだった。うちの子たちがまだ小っちゃかったころ、四人とも連れてママと空港で会ったことがあるの。そしたらあの人『こっちに来させないで！』だって。ドーベルマンの群れかなんかみたいに」

「ママがあたしのこと勘当したのは、メキシコ人と結婚したからなのかな、それとも彼がカトリックだったから？」

「あの人、みんながこんなにばかすか子供を産むのはカトリック教会のせいだって信じてた。愛があれば幸せになるっていうのはローマ法王が流したデマなんだって」

「愛は人を不幸にする」と母は言っていた。「愛のせいで人は枕を濡らして泣きながら寝たり、涙で電話ボックスのガラスを曇らせたり、泣き声につられて犬が遠吠えしたり、タバコをたてつづけに二箱吸ったりするのよ」

「パパもママを不幸にしたの？」わたしは母に訊いた。

「パパ？　あの人は誰ひとり不幸にできなかったわ」

だが、わたしは母ゆずりのアドバイスで自分の息子を離婚から救ったことがある。息子の嫁のココがある日わあわあ泣きながら電話をかけてきた。ケンにしばらく家を出ると言われた。自分の時間が欲しいからって。ココは息子にぞっこんで、大変な取り乱しようだった。考えるより先に、わたしは母の声でアドバイスをしていた。本当に、鼻から抜けるテキサスなまりや皮肉な口調までそっくりだった。「そ、あの馬鹿にちょっと思い知らせておやんなさい」絶対に帰ってきてと言ってはだめ、とわたしはココに言った。「電話もしない。謎めいたカードつきの花束を自分あてに送る。あいつの灰色のヨウムに〝あら、ジョー！〟って覚えこませなさい」それからハンサムで洒落《しゃれ》た男をたくさんストックしておく。そして自分の家に来させること、何ならお金を払ったっていい。いっしょにシェ・パニーズでランチする。ケンが着替えを取りに来たり鳥に会いに来たりするたびに、ちがう男が家に居合わせるように仕向ける。ココはしょっちゅうわたしに電話をかけてきた。ええ、言われたこと全部やってるわ。でもあの人まだ帰ってこないの——。でももう前みたいに悲しい声ではなくなっていた。

ついにある日、ケンがわたしに電話をかけてきた。「母さん、聞いてくれよ。ココのやつ、ひどいふしだら女なんだ。こないだCDを取りにアパートに寄ったんだよ。そしたら男がいた。紫色のつるっとしたサイクリング服着て、きっと汗くさい奴さ、そいつが人のベッドに寝そべって、人のテレビでオプラを観ながら人の鳥にエサをやってやがった」

それで？　ケンとココは末永く幸せに暮らしましたとさ。ついこのあいだも二人の家に遊びに行ったら、電話が鳴った。ココが出て、しばらくおしゃべりしたり笑ったりしていた。電話を切ると、ケンが「誰から?」と言った。ココはにっこり笑って言った。「うん、ちょっと知り合い。ジムで知り合ったの、彼」

「ママはあたしの大好きだった映画を台無しにした」わたしはサリーに言った。「『聖処女』。そのころあたしは聖ジョセフ校に通ってて、修道女か、できることなら聖人になりたいと思ってた。あんたがまだ三つかそこらのころよ。『聖処女』は三回も観た。三度めのとき、やっとママもいっしょに観てくれることになった。あの人、最初から最後まで笑いどおしだった。あのきれいな女の人のことを、こんなのがマリア様なわけがないって言って。『だってあれドロシー・ラムーアじゃないの、ああ馬鹿馬鹿しい』それからは何週間も処女懐胎を冗談の種にした。『ちょっとコーヒーをいれてくれない? 起き上がれなくって。処女懐胎だもんだから』友だちのアリス・ポメロイに電話してこう言ったりした、『もしもし? あたし、罰当たり懐胎』あるいは『ハイ、こちらインスタント懐胎よ』

「ユーモアのセンスは一流だった。それはたしか。物乞いに五セント玉渡して『ねえあなた。あなたの将来の夢は何?』って訊いたり。タクシーの運転手が無愛想だと『今日はずいぶんと内省にふけっていらっしゃるのね』と言ったり。

「でも、そのユーモアだって怖かった。自殺未遂をやらかすたびにあたしあてに遺書を書くんだけれど、それがいつも冗談まじりだった。いちど手首を切ったときは、遺書の署名が〈ブラディ・メアリー〉だった。薬を大量に服《の》んだときは、〝首を吊ろうと思ったけれどコツ《ハング》がわからなかったので〟って書いてあった。でも最後のだけはふざけてなかった。〝あなたはきっとわたしのこと許さないでしょうね〟、そう書いてあった。〝わたしも自分の人生を自分で台無しにしたあなたのことが許せない〟」

「ママ、あたしには一度も遺書を書いてくれなかったな」

「ちょっと嘘でしょ、サリー。あんた、あたしが自殺の遺書もらったのがうらやましいの？」

「そうね。うん。うらやましい」

父が死んだとき、サリーはメキシコシティから飛行機でカリフォルニアに駆けつけた。母のところに行き、ドアをノックした。母は窓の中からサリーを見て、でも中に入れなかった。もうずっと昔にサリーを勘当していた。

「パパにひとめ会いたいの」サリーは窓ごしに叫んだ。「あたしガンで、もう長くないのよ。お願い、入れて！」でも母は無言でブラインドをおろし、どんなにドアを叩こうが出てこなかった。

サリーはそのときの話や、ほかのもっとつらい思い出を何度も蒸し返しては泣いた。やがて病状がいよいよ悪くなり、死が迫ってきた。サリーはもう子供たちのことを心配しなくなった。晴々とした顔つきで、おっとりと朗らかになった。それでもときおり激しい怒りが妹をとらえて離そうとせず、せっかくの穏やかな心をかき乱した。

だからわたしは毎晩、おとぎ話を聞かせるようにサリーにお話をしてあげた。

わたしは母の愉快な話をして聞かせた。あるとき母が〈グラニー・グース〉のポテトチップスの袋を開けようとしたけれど、どうやっても開けられなかった。「ほんと、人生ってままならないわ」そう言って袋を肩ごしに放り投げた。

それから母が兄のフォルトゥナトゥスと三十年間口をきかなかった話。ある日とうとう兄が仲直りのために母をトップ・オブ・ザ・マークのランチに誘った。「ふん、あの気取り屋の考えそうなことだ！」母は言った。けれどもママは目に物見せた。兄がぜひにと勧めるので頼んだ〝キジのガラスドーム仕立て〟が運ばれてくると、ウェイターに向かってこう言ったのだ。「ねえ、ケチャップ持ってきてくださる？」

いちばんよくサリーに話したのは、昔の母のことだ。お酒を飲むようになる前、わたしたちを傷つけるようになる前の母がどんなだったか。昔むかしの物語。

「ママはジュノー行きの船の手すりにもたれて立ってる。結婚相手のエドのもとに行くところなの。新しい人生の始まり。一九三〇年のことよ。大恐慌ともお祖父ちゃんとも、もうおさらば。惨《みじ》めな貧乏暮らしも、傷も、みんなテキサスに置いてきた。からりと晴れた空の下、船は滑るように陸に近づいていく。紺碧の海と、緑の松に縁どられたまっさらで手つかずの国をママは見る。氷山やカモメも見える。

「なんといっても忘れがたいのは、とにかくママがとても小柄だったということ。たったの五フィート四。あたしたちに大きく見えていただけなのね。十九歳の若さだった。肌が浅黒くて、やせて、とてもきれいだった。船のデッキで向かい風を受けて、ママの体がゆらゆら揺れる。小さな細い体。寒いのとわくわくするのとで、ママはぶるっと震える。手にはタバコ。細い顎と漆黒の髪に、毛皮の襟をぎゅっと合わせて。

「そのコートはガイラー伯父さんとジョン叔父さんが結婚のお祝いにくれたものだった。六年たってもまだ着ていて、だからあたしも知っているの。ヤニくさい、ぼそぼそになった毛皮によく顔をうずめたっけ。ただしママが着てないときだけ。あの人は触られるのをとても嫌がった。あんまり近寄ると、パンチをよけるみたいにさっと片手を上げた。

「船のデッキで、彼女は自分がひとまわりきれいに、大人になったような気がする。航海のあいだにいろんな人と仲良くなった。ママは話が面白くてチャーミングだった。船長さんにも言い寄られた。彼がジンをどんどん注ぐのでママは頭がくらくらして、彼に『きみはつれない人だね、小麦色の美しい人！』と囁《ささや》かれてころころ笑った。

「船がジュノーの港に入ると、ママの青い瞳に涙が浮かんだ。ううん、あたしだってママが泣くとこは一度も見たことがない。これはいわば、『風と共に去りぬ』のスカーレットの涙。ママは自分に誓ったの。もう誰にも、二度と、あたしを傷つけさせるものかって。

「エドは堅実で優しくて、まちがいなくいい人だった。彼にはじめてアプソン通りの自分の家まで送ってもらったときは、とても恥ずかしかった。家はみすぼらしいし、ジョン叔父さんとお祖父ちゃんは酔っぱらってた。もう二度とエドに誘ってもらえないかもしれないと思った。でもエドは彼女を抱きしめて、『僕がきみを守ってあげる』と言った。

「アラスカは夢見たとおりの素晴らしい場所だった。二人は雪上飛行機で原野を飛んで、凍った湖に着陸した。しんと静まりかえったなかスキーをし、エルクや、ホッキョクグマや、オオカミを見た。夏には森でキャンプをして鮭釣りをした。グリズリーや、シロカモシカにも出会った！知り合いがたくさんできた。彼女は劇団に入り、『陽気な幽霊』の霊媒師の役をやった。役者の打ち上げやポトラックパーティ。そのうちにエドが劇団はもうやめろと言った。彼女が酔っぱらって品のないふるまいをするからだ。それからあたしが生まれた。エドが仕事で何か月かノーム岬に行くことになり、彼女は生まれたばかりの赤ん坊と二人きりで取り残された。彼が戻ってみると、彼女は酔っぱらって、あたしを抱っこしたまま、よろよろ歩きまわっていた。『あの人、あんたをあたしのおっぱいから引ったくったわ』とママはあたしに言った。パパはあたしの世話を一人でぜんぶ引き受け、ミルクを哺乳瓶で飲ませた。仕事に出かけるときはエスキモーの女の人にあたしの面倒を見させた。お前は弱くて悪い、モイニハン家の人間はみんなそうだ、そうママに言った。それからはママに対して過保護になり、運転もさせない、お金も持たせなかった。ママにできることは、歩いて図書館まで行って、戯曲や推理小説やゼイン・グレイの冒険小説を読むことぐらいしかなくなった。

「戦争が始まってあんたが生まれると、あたしたちはテキサスに住むことになった。パパは中尉になって、弾薬船に乗って日本に行った。ママは故郷の家を毛嫌いしていた。ほとんどずっと出かけていて、どんどん酒量が増えていった。メイミーはあんたの面倒を見るためにお祖父ちゃんの歯科医院をやめた。メイミーはベビーベッドを自分の部屋に移し、あんたを遊ばせ、歌をうたい、抱っこして寝かしつけた。誰もあんたのそばに近づけなかった。あたしでさえ。

「あたしは毎日地獄だった。ママといても、お祖父ちゃんといても。それかーーほとんどいつもそうだったけれどーー独りのときも。学校であたしは問題児で、一つの学校からは逃げ出し、ほかの二つは退学になった。半年間だれとも口をきかなかったこともある。ママはあたしを〝悪い種子〟だと言った。ママは憤懣《ふんまん》をぜんぶあたしにぶつけた。ママもお祖父ちゃんも、たぶん自分のしたことをこれっぽっちも覚えていないんだと気づいたのは大人になってからよ。記憶喪失は神様が酔っぱらいに与えた恵みね。自分のしたことを覚えてたら、恥で死んでしまうもの。

「パパが戦争から戻ってくるとあたしたちはアリゾナに移り住んで、二人はとっても幸せに暮らした。庭にバラを植えて、あんたにサムっていう名前の犬を買ってあげて、ママはお酒をやめた。でも、ママはもう子供たちとどう接していいかわからなくなっていた。あたしたちのほうはママに嫌われてるって思っていたけど、本当はただ怖かったのね。ママは、あたしたちが自分を見捨てた、あたしたちが自分を憎んでるって思ってた。だからあたしたちを馬鹿にしたり皮肉ったりして自分を守った。傷つけられる前に、先にあたしたちを傷つけた。

「チリに移り住んで、ママにとっては夢がかなうはずだった。美しいものや上等なものが大好きで、つねづね〝上流の人たち〟とお近づきになりたいと願っていたから。パパはとても地位の高い仕事についていた。あたしたちはお金持ちになって、使用人のいっぱいいる素敵なお家に住んで、上流の人たちとのディナーやパーティがしょっちゅうあった。ママは最初のうちいくつか顔を出したけれど、すっかり怖じ気づいてしまった。髪形がまちがってる、服がまちがってる。まがいものの高いアンティークの家具や悪趣味な絵を買いこんだ。使用人たちもママにとっては恐怖だった。信じられる友だちは数えるほどしかいなかった。皮肉なことにイエズス会の神父さんたちとよくポーカーをしたけれど、たいていは自分の部屋に閉じこもっていた。パパもママを家から出さなかった。

「『あの人は最初はわたしの守り主だったけれど、あとから看守みたいになった』とママは言っていた。パパはママによかれと思って、年を追うごとにお酒の量を制限したり、ママを人に会わせないようにしたり、なのにただの一度も病院に連れていこうとはしなかった。あたしたちはママに近づけなかった、誰も近づけなかった。とつぜん怒り狂い、ひどい言葉を吐き、支離滅裂だった。子供のあたしたちがどれだけやってもママは満足しなかった。むしろあたしたちがうまくいって、成長して何かをなしとげるのをママは憎んだ。あたしたちは若くて、きれいで、未来があるから。ねえサリー、わかるでしょ？　ママにとってそれがどんなにつらいことだったか」

「そうね。本当にそうだった。気の毒な、かわいそうなママ。でもね、いまやあたしがママそっくり。生きて働いているみんなのことが憎くなるんだもの。ときどき姉さんにも腹が立つ、だって姉さんは死なないから。ひどいよね」

「ううん。だってそれをこうして言えるじゃない。あたしだって、死ぬのが自分じゃなくてほっとしてるってあんたに言うことができる。でもママには心を打ち明けられる相手が一人もいなかった。あの日、港に入っていく船の上では、そうじゃないって信じてた。エドがいつもそばについていてくれると信じてた。やっと自分の家に帰れるんだと思っていたのよ」

「ねえ、もういちどママの話をして。船の上。目に涙を浮かべるところ」

「いいわ。ママがタバコを海に捨てる。陸地に近い波は静かで、ジュッという音が聞こえる。船ががたんとふるえてエンジンが停まる。急に静まりかえって、ブイの音とカモメの声と悲しげに長くひっぱる船のホイッスルが響くなか、船は静かに停泊位置に入っていって、ドックのタイヤに柔らかくぶつかる。ママは毛皮の襟をなでつけ、髪をととのえる。そして笑顔を浮かべて出迎えの人のなかに夫の姿を探す。生まれてから一度も味わったことがないほど、いまママは幸せなの」

サリーが静かに泣いている。「かわいそうに《ポブレシータ》、かわいそうに《ポブレシータ》」そう言っている。「もう一度だけママと話せたら。すごく愛してるって、ママに伝えられたら」

わたしは……わたしにそんな優しさはない。

沈黙

わたしはもともとは無口な子供だった。山奥の鉱山町でばかり暮らし、しょっちゅう引っ越しするので友だちができる暇がなかった。一本の木とか、古い廃工場のひと部屋とかを自分で見つけて、そこで黙って座っていた。

母はたいてい本を読んでいるか寝ているかだったので、口をきくのはもっぱら父とだった。父が外から帰ってきたとたん、あるいは父に連れられて山に登ったり暗い鉱坑に降りていくあいだじゅう、わたしは息つくひまもなくしゃべりつづけた。

そのうちに父は外国に行ってしまい、わたしたちはテキサスのエルパソに移った。学校はヴィラス校の三年に入った。わたしは国語はよくできたが、足し算もろくに知らなかった。曲がった背骨にごつい矯正具をはめていた。背は高かったが、中身はまるで子供だった。森で野生のヤギに育てられた子供みたいに、わたしはこの町で完全に変わり種だった。しょっちゅうびちゃびちゃおもらしし、登校を拒否し、校長先生とも話そうとしなかった。

母の高校時代の先生の紹介で、わたしはラドフォード校という高級な女子校に奨学生として入れられることになった。学校は街の反対側にあって、バスを二つ乗り継いで行った。わたしはいま言ったさまざまな難点に加えて、服装も浮浪児みたいに汚かった。住んでいたのは貧民街で、とりわけ髪に関して容認しがたい問題があった。

　この学校のことはあまり人に話したことがない。わたしはどんな悲惨なことでも、笑い話にしてしまえるのなら平気で話す。でもここは少しも笑えなかった。いちど、休み時間に水撒《みずま》き用のホースから直接水を飲んだら、先生にホースをひったくられて、野蛮人と言われた。

　でも図書室があった。生徒は毎日一時間図書室に行き、好きな本をどの本でも自由に見て、座って読んだり、図書カードをめくったりすることになっていた。残り時間が十五分になると司書さんが知らせてくれて、そのあいだに本を借りる。司書さんは、冗談ではなく、本当に穏やか《ソフトスポークン》だった。単に声が静かなだけでなく、優しかった。「ここは伝記の棚よ」と言ったあと、伝記とはどういうものか説明してくれたりした。

「辞書や辞典はここ。もし何か知りたいことがあったら、わたしに訊いてね。いっしょに本で答えを見つけましょう」

　わたしはその言葉が本当にうれしく、彼女を信じた。

　ところがある日、ミス・ブリックの財布が机の中から盗まれた。盗《と》ったのはわたしにちがいないと彼女が言った。わたしは校長のルシンダ・ド・レフトウィッチ・テンプリン先生の部屋に送られた。あなたが他のお嬢さんがたのように良いお家の出ではないことは知っていますよ、とルシンダ・ドは言った。つらい思いをすることもあるでしょうね、よくわかります。でも本当はこう言っていたのだ、「で、財布はどこなの？」

わたしは帰った。ロッカーの中のバス賃や弁当を取りにも戻らなかった。街の端から端まで、夕方までかかっててくてく歩いた。ポーチのところで、母がムチを手に待ちかまえていた。わたしが財布を盗んだあげく逃亡したと学校から連絡がいったのだ。本当に盗んだのかどうか、母は訊きもしなかった。「よくもわたしに恥をかかせたね、この盗っ人！」びしっ。「この恩知らずの、ろくでなし！」びしっ。次の日ルシンダ・ドが電話をしてきて、財布を盗んだのは用務員だったと母に言ったが、母はわたしに謝りもしなかった。電話を切ったあと「クソ女」と言っただけだった。

そんなわけで、わたしは聖ジョセフ校に通うことになった。ここは良かった。とはいえここでもわたしはほかの子たちから嫌われた。今までの理由のほかに、さらにいくつかのもっと悪い理由で嫌われたが、そのうちの一つはシスター・セシリアが授業でしょっちゅうわたしを当てて、わたしばかりが星や聖人のカードをもらったことで、わたしはえこひいき！　えこひいき！　と言われてとうとう手を挙げるのをやめてしまった。

ジョン叔父さんがナコドチェスに行ってしまい、わたしは母と祖父のいる家に取り残された。ジョン叔父はいつもわたしといっしょにごはんを食べてくれ、でなければわたしが食べる横でお酒を飲んだ。わたしがジョン叔父の家具修理の仕事を手伝うあいだずっとわたしに話しかけ、映画に連れていってくれたり、ぬるぬるする義眼を手の上に載せてくれたりした。ジョン叔父がいなくなるのは恐怖だった。祖父とメイミー（祖母）は一日じゅう祖父の歯科医院に行っていて、帰ってくるとメイミーはすぐさまわたしの妹を安全な台所や自分の部屋にかくまった。母は赤十字のボランティアで陸軍病院に行くか、ブリッジをやりに行くかでいつも留守だった。祖父はエルクスか、どこか怪しげな場所に行っていた。ジョン叔父のいない家はがらんとして不気味で、祖父と母のどちらかがお酒を飲んでいるときは隠れていなければならなかった。家は地獄、学校も地獄だった。

わたしはしゃべらないことに決めた。とにかく口をきかなくなったのだ。それがあまりに長く続くので、シスター・セシリアはクロークルームでわたしといっしょに祈りを捧げようとした。彼女に悪気はなく、ただわたしを気づかって、祈りながら体に触れたのだと思う。でもわたしはぎょっとして彼女を突き飛ばし、彼女は倒れ、わたしは退学になった。

ホープと知り合ったのはそのころだ。

学校はもうすぐ夏休みで、わたしは家にいて、秋からはまたヴィラス校に出戻ることになっていた。いまだに誰とも口をきいていなかった。母に頭からアイスティーをピッチャーでぶっかけられようが、思い切りつねり上げられて腕じゅうに北斗七星や小びしゃく座や竪琴座の星座ができようが、口を開かなかった。

わたしは階段の上のコンクリートで独りでジャックスをやりながら、お隣のシリア人の女の子がこっちにおいでよと言ってくれればいいなと思っていた。その子は自分の家のコンクリートのポーチで遊んでいた。小柄で痩《や》せっぽちで、でも年取って見えた。大人っぽいとかそういうのではなく、お婆さん子供みたいな感じだった。つやつやした黒髪を長く伸ばして、前髪が目の上にかぶさっていたから、物を見るときは頭をうしろにのけぞらせるようにした。なんだかヒヒの赤ちゃんみたいな感じの子だった。いい意味で。小さな顔に、大きな黒い目。ハダドさんちの六人の子供はみんながりがりのやせっぽちだったけれど、大人はみんな二、三百ポンドありそうな巨体だった。

こっちがチェリーバスケットをやっていると同じものをやるから、向こうも気がついているのはわかっていた。シューティングスターのときもそう、ただし向こうは十二個でやって一つもジャックスを落とさなかった。何週間か、向こうとこっちでボールとジャックスがぽんぽん、かしゃん、ぽんぽん、かしゃんと小気味よく響きあったあげく、ついに彼女がフェンスのところまでやって来た。たぶんわたしの母がしじゅうどなっているのを聞いていたのだろう、彼女はこう言った。

「まだ口きかないの？」

わたしはこっくりうなずいた。

「そ。でもあたしと話すのはノーカウントね」

わたしはフェンスを飛び越えた。その夜わたしはお友だちができたのがうれしくて、ベッドに入るときに大声で「おやすみ！」と言った。

その日わたしたちは何時間もジャックスをやり、それからホープが〝マンブルティ・ペグ〟のやり方を教えてくれた。ジャックナイフを使った危険な遊びだ。ナイフを空中三回転させて芝生に刺す。それからもっと怖いのは、地面に片手を広げて置いて、指のあいだをナイフで刺すやつ。もっと速くもっと速くもっと速く血。言葉はほとんど交わさなかったと思う。その夏いっぱい、わたしたちはろくに口をきかなかった。覚えているのは、ただ彼女の最初と最後の言葉だけだ。

その後の人生で、ホープほどの友だちは二度とできなかった。たった一人の、本当の友だった。わたしはだんだんとハダド家の子みたいになっていった。もしもあの経験がなかったら、たぶんわたしは今ごろ神経症とアル中と情緒不安定だけでは済まなかっただろう。完全に壊れた人間になっていただろう。

六人の子供とお父さんは英語をしゃべった。お母さんとお祖母さん、それに五人か六人いるおばさんたちはみんなアラビア語しか話さなかった。今にして思うと、あれはある種の新人教育だったように思う。わたしはほかの子たちの監督のもと、本気の走り方をおぼえ、フェンスをよじ登るのではなくジャンプすることをおぼえた。ナイフとコマとビー玉に熟達した。罰当たりな言葉とジェスチャーを英語でおぼえ、スペイン語でおぼえ、アラビア語でおぼえた。お祖母さんを手伝って皿を洗い、草花に水をやり、裏庭の砂を掃き、籐のじゅうたん叩きで敷物の埃をはたき、おばさんたちといっしょに地下室の卓球台でパン生地をこねた。けだるく暑い昼下がりには裏庭にたらいを出して、ホープとホープの姉さんのシャハラといっしょに血のついた月経帯を洗った。それはすこしも不快ではなく、むしろ素敵に謎めいた秘密の儀式のようだった。朝はほかの女の子たちといっしょに一列に並び、耳を掃除して髪を編んでもらい、焼きたてほかほかのパンの上にケッペをのっけてもらった。おばさんたちはわたしを「ヒアダディナ！」と叱りつけた。自分の家の子みたいにキスし、ひっぱたいた。お父さんがホープとわたしをソファに座らせ、「ハダド美麗家具店」のトラックの荷台にのっけて街じゅうを走りまわった。

わたしは盗みをおぼえた。年寄りで目の見えないグカさんちの庭からザクロやイチジクを盗み、クレス美容店で〈ブルーワルツ〉香水と〈タンジー〉口紅を盗み、サンシャイン雑貨店でリコリスやソーダ水を盗んだ。当時はまだ店が配達をしていた時代で、ある日サンシャイン雑貨店の小僧がうちとお隣に食料品の配達に来ていたところに、ホープとわたしがバナナのアイスキャンデーをかじりながら帰ってきた。どちらの母親も家の外に出ていた。

「それ、うちの店で盗んだアイスキャンデーだ！」小僧は言った。

わたしの母はわたしをひっぱたいた、ばしん、ばしん。「家に入んなさい、この嘘つきの盗人のワルガキ！」ところがホープのお母さんは言った、「でたらめ言うんじゃないよ、ヒアダディ、い、い、い、トラジャマ！　うちの子たちを悪く言ったら承知しないんだから！　もうあんたんとこでは二度と買わないよ！」

そして本当にそのとおりにした。ホープがアイスキャンデーを盗んだのをわかっていながら、バスに乗ってわざわざメサまで買い物に行くようになった。ああこれだ、とわたしは思った。わたしは自分が悪くないときに母に自分を信じてほしいだけではなかった。たとえ悪いことをしたときでも、自分に味方してほしかったのだ。

ホープとわたしはスケート靴を手に入れて、エルパソじゅうのスケート場を制覇した。映画館に行き、一人が先に入ってもう一人を裏の非常口から入れた。『海賊バラクーダ』や『時の終わりまで』。ピアノの鍵盤にショパンの血が飛び散る。『ミルドレッド・ピアース』は六回、『五本指の野獣』は十回観た。

一番の思い出はカードのことだ。わたしたちは暇さえあれば、ホープの兄さんで十七歳のサミーのそばにひっついていた。サミーとその お仲間は、みんなハンサムで強面《こわもて》で悪かった。サミーとカードのことは前にも話した。わたしたちはオルゴール付き化粧ボックスが当たるクジを売ったのだ。売り上げをサミーのところに持っていくと、分け前をくれた。スケート靴を買ったのもその稼ぎでだった。

わたしたちはあらゆる場所でクジを売った。ホテル、鉄道の駅、軍の慰問協会、ファアレス。でも家の近所でさえ夢みたいな楽しさだった。夕方、家々や庭の前を歩くと、ときおり人々が食事をしたり団欒《だんらん》したりするのが見えて、そうやってみんなの暮らしをかいま見るのは面白かった。二人で数えきれないくらいたくさんの家の中に入った。七歳で、それぞれちがう方向に見かけが変てこなわたしたちは、みんなから気に入られ、親切にされた。「さあ入って、レモネードをおあがり」わたしたちは人間と同じトイレを使って水まで流す四匹のシャム猫を見た。オウムを見たし、体重が五百ポンドあって二十年間家から一歩も出ていない人を見た。でももっとうれしかったのは、きれいなものをたくさん見られたことだ。油絵、陶器の羊飼い女、鏡、鳩時計、グランドファーザークロック、色とりどりのキルトやラグ。カナリアがたくさんいるメキシコ人の家の台所で、本物のオレンジジュースを飲んで甘い菓子パン《パン・ドルセ》を食べるのは楽しかった。頭のいいホープはご近所の会話を聞いているだけでスペイン語をおぼえてしまい、お婆さんたちと話をするようになった。

　サミーにほめられてハグされると、わたしたちは天に昇った。彼はわたしたちにボローニャサンドイッチを作ってくれて、お仲間のそばで芝生に座るのを許してくれた。わたしたちは外で会ったいろんな人たちの話をした。お金持ち、貧乏人、中国人。黒人も見たけれど、すぐに駅員さんに見つかって、黒人専用の待合室から追い出されてしまった。一人だけ悪いおじさんがいて、犬をたくさん飼っていた。何か嫌なことをしたり言ったりしたわけではなかったけれど、青白い、ニヤついた顔が死ぬほどこわかった。

　サミーが中古の車を買うと、ホープは瞬時にすべてを悟った。オルゴール付きの化粧ボックスなんて、最初から誰にも当たらなかったのだ。

　ホープは怒り狂い、映画のインディアン戦士みたいに髪を振り乱し、雄叫びをあげながらフェンスを飛び越えてうちの庭に来た。ジャックナイフを開いてお互いの人さし指をざっくり切り、流れる血を一つに合わせた。

「わたしはもう二度とサミーと口をききません」と彼女は言った。「言って」

「わたしはもう二度とサミーと口をききません」わたしは言った。

　わたしはよく誇張をするし、作り話と事実を混ぜ合わせもするけれど、嘘はつかない人間だ。誓いをたてたそのときだって、嘘はついていなかった。サミーはたしかにわたしたちを利用し、嘘をつき、クジを買ったみんなをだました。もう二度と口をきかないつもりだった。

　それから何週間かして、アプソン通りの上り坂を独りで歩いて病院の前あたりまで来たときのこと。暑かった。(ほら、もう自分を正当化しようとしている。暑かったのはどの日も同じだ。)サミーの古い青のオープンカーが横に来て停まった。ホープとわたしがせっせと働いたお金で買った車だ。でも山奥暮らしの長かったわたしは、何度かタクシーに乗った以外は、車というものにほとんど乗ったことがなかった。

「ドライブしようぜ」

見ただけで頭に血がのぼる言葉というのがある。最近では新聞でさかんに〝ベンチマーク〟とか〝分岐点〟とか〝象徴《アイコン》〟などと言うけれど、あの瞬間は、まさにわたしの人生におけるそういったものだった。

まだほんの子供だったから、性的に惹きつけられたわけではなかったと思う。それでもわたしは彼の肉体の美、彼の抗いがたい魅力にノックアウトされてしまった。ほかにも言い訳は何とでも立つ……でも、オーケイ、弁解の余地はない。わたしは彼と口をきいた。車に乗った。

オープンカーの乗り心地はすばらしかった。涼しい風に冷やされてプラザホテルを過ぎ、ウィグワム映画館を過ぎ、ホテル・デル・ノルテを過ぎ、ポピュラー・ドライグッズ百貨店を過ぎ、メサ通りを抜けてアプソン通りに近づいた。家の何ブロックか手前で降ろしてと言おうとした瞬間、アプソン通りとランドルフ通りがぶつかる角の空き地のイチジクの木の上に、ホープがいるのが見えた。

ホープは絶叫した。枝の上で伸びあがり、わたしに向かってこぶしを振りあげながらシリア語でののしった。その後のわたしの人生に起こった出来事は、みんなあのときの呪詛《じゅそ》のせいなのかもしれない。そう考えれば納得がいく。

わたしは真っ暗な気分でふるえながら車を降り、老人みたいに家の前の階段をのぼって、ポーチのスイングチェアにへたりこんだ。

友情が終わったのがはっきりわかった。悪いのはわたしだった。

毎日が果てしなく長かった。ホープはわたしが透明人間になったみたいに前を素通りし、うちの庭など存在していないようにフェンスの向こうで遊んだ。ホープも姉妹たちも、もうシリア語しか話さなくなった。外では大声でしゃべった。悪いことを言っているときはだいたいわかった。ホープはポーチで何時間も一人でジャックスをやりながら、高く細い声でアラビア語の美しい歌をたくさんうたった。かすれた、物悲しい歌声を聞いていると、会えない寂しさに涙が出た。

サミー以外、ハダド家の人は誰もわたしに話しかけなくなった。お母さんはわたしを見ると唾を吐き、こぶしを振りまわした。サミーは家から離れたところで車から声をかけてきた。ごめんな、と彼は言った。あいつは今でもお前と友だちだよ、だからそんなに悲しい顔するなよ、と慰めを言った。でもわかるよ、俺となんか口きけないもんな、許してくれよな。わたしは話している彼を見ないように、顔をそむけた。

人生であれほど孤独だった時はない。孤独のベンチマークだ。日々は果てしなく長く、彼女のボールが何時間も何時間もコンクリートに弾み、ナイフはしゅっと音を立てて芝生に刺さり、刃がきらりと閃《ひらめ》いた。

近所にほかに子供はいなかった。わたしたちは何週間もべつべつに遊んだ。ホープのナイフの技はますます磨きがかかった。わたしはポーチのスイングチェアに寝そべって塗り絵をし、本を読んだ。

学校が始まる直前に、ホープはいなくなった。サミーとお父さんが彼女のベッドとベッドサイドテーブルと椅子を大きな家具トラックに積みこんだ。ホープは荷台に上がり、ベッドの上に乗って外を眺めた。わたしのことは見なかった。大きなトラックの上の彼女はひどく小さく見えた。わたしは彼女が見えなくなるまでずっと見ていた。サミーがフェンスの向こうからわたしを呼び、ホープはテキサスのオデッサの親戚の家で暮らすことになったと言った。わたしはわざわざテキサスのオデッサと書く。前にいちど誰かが「こちらオルガさん。オデッサから来たの」と言ったときに、それがどうかしたの？　と思ったが、それはウクライナのオデッサだった。この世にはホープが行ったオデッサしか存在しないと思っていた。

学校が始まり、それはいいことだった。いつも独りぼっちなのも、みんなから笑われるのも苦にならなかった。矯正具が小さすぎて背中が痛んだ。でもいい、とわたしは思った。バチが当ったんだ。

ジョン叔父が戻ってきた。ドアから入ってきて五分と経たないうちに彼は母に言った、「矯正具が小さすぎるじゃないか！」

ジョン叔父の顔を見て、わたしはほっとした。ジョンはわたしにシリアルにミルクをかけたのを作ってくれて、砂糖をスプーンに六杯、バニラも三杯かそれ以上かけた。そうして食卓に差し向かいで座り、わたしが食べるあいだ自分はバーボンを飲んだ。わたしはホープのことを話し、ほかのいろんなことを話した。学校のいやな出来事まで話した。そんなこと、それまで忘れていたのに。わたしが話すと、ジョン叔父はうめいたり、「そいつはひでえな！」と言ったりした。彼はすべてを理解してくれた。とりわけホープのことを。

彼はけっして「くよくよするなよ。きっとうまくいくさ」みたいなことを言わなかった。メイミーなどは、いちど「それくらいで済んでよかったじゃないか」と言ったものだった。「冗談じゃない」とジョン叔父は言った。「これ以上ひどいことがあるかってんだ！」彼もアル中だったが、祖父や母とちがって、飲むとひたすら明るく優しくなった。でなければどこかに行ってしまった――メキシコや、ナコドチェスや、カールスバッドや、それに何度かは刑務所にもいたと思う、いま考えれば。

ジョン叔父は祖父に似て黒髪で、ハンサムで、青い目が片方だけしかなかった。もう片方は祖父にピストルで撃たれたのだ。義眼の瞳は緑だった。祖父が彼を撃ったのは本当だったが、どういういきさつでそうなったかについては十通りぐらいの話があった。家にいるときのジョン叔父は、彼が裏のポーチを改造して作ってくれたわたしの部屋のすぐ外にある小屋で寝起きしていた。

ジョン叔父はカウボーイハットにブーツをはいて、映画の勇ましいカウボーイみたいに見えるときもあれば、めそめそしたみじめったらしいただのフーテンに見えるときもあった。

「また病気だよ」メイミーは三人のことをよくそう嘆息した。

「お酒だよ、メイミー」わたしは言った。

祖父が酔っぱらうと、捕まって揺さぶられるので、わたしはいつも隠れた。いちどは大きな揺り椅子の上でそれをやられた。わたしを押さえつけ、かんかんに焼けたストーブすれすれに椅子が激しく上下し、祖父のものがわたしのお尻を何度も何度も突いた。祖父は歌った、「底に穴あいた古鍋やい」。大声でがなる。あえぐ、うなる。すぐそばには祖母がいて、わたしが「メイミー! 助けて!」と叫んでも、座って聖書を読むだけだった。そこにジョン叔父が酔っぱらって埃まみれで帰ってきた。彼はわたしを祖父から乱暴に引き離すと、襟首をつかんで祖父を立たせた。こんどやったらこの手で殺してやる、そう言った。それからメイミーが読んでいた聖書をぴしゃっと閉じた。

「おふくろ、ちゃんと読みなおせよ。あんた勘ちがいしてる。もう片方のほっぺたを差し出すってのは、子供を傷つけさせていいって意味じゃねえんだ」

祖母は泣いた。あんたはあたしにひどいことばかり言う。

わたしがシリアルを食べおえるころ、ジョン叔父はまだ祖父に嫌なことをされているかと訊いた。されてない、とわたしは言った。でも、お祖父ちゃん一度サリーにおんなじことしてた。あたし見た。

「あの小っちゃいサリーにか? お前はどうしたんだ?」

「何も」わたしは何もしなかった。いろんな気持ちがごちゃまぜになったまま、ただ見ていた。恐怖、性、嫉妬、怒り。ジョンがテーブルをまわりこんで椅子を引き寄せ、わたしの肩をつかんで思い切り揺さぶった。顔が怒りに燃えていた。

「最低だ！　聞いてるか？　メイミーはどこ行ってた？」

「庭に水まいてた。サリーは寝てたけど、起きてきちゃって」

「おれがいなけりゃ、この家でまともなのはお前だけなんだぞ。お前がサリーを守らないでどうする。聞いてんのか？」

わたしは恥ずかしさに打ちのめされてうなずいた。だがもっと恥ずべきは、あのとき自分が考えたことだった。ジョンにもそれがわかったのだろう。彼はこっちがまだちゃんと頭で理解できていない、ましてや口に出してもいないことを、いつだって見抜いてしまう。

「お前、サリーはいいご身分だと思ってるんだろう。メイミーがサリーにばかり目をかけるから、それでお前は妬《や》いてるんだ。たしかに親父のやってることは悪いけど、前はその悪いことを自分がやられてた。そうなんだろ？　お前は妹のことを妬《ねた》んでるんだ。あっちばかりいい目にあってるから。だが、自分がどんなにメイミーをうらんだか、忘れたのか？　あんなに助けてと言ったのに助けてくれなかったときの気持ちを。え、どうなんだ？」

「忘れてない」

「いいか、お前はメイミーと同罪だったんだ。いやもっと悪い！　沈黙ってやつは時には悪になる、それもとことん悪に。ほかにも何かやったのか？　妹と友だちを裏切った以外に？」

「ものを盗んだ。お菓子とか……」

「おれが言ってるのは誰かを傷つけたかってことだ」

「ううん」

ジョン叔父はわたしに、しばらくそばについててやる、お前をちゃんとまっとうにさせて、自分のアンティーク家具修理の店も冬までに立ち上げるつもりだと言った。

週末と学校のあと、わたしはジョン叔父の小屋や裏庭で彼の仕事を手伝った。表面にやすりをかけたり、亜麻仁油やテレピン油をしみこませた布で磨いたり。ときどき彼の友だちのティノとサムがやって来て、籐を編んだり、布を張り替えたり、カンナをかけたりするのを手伝った。母か祖父のどちらかが帰ってくると、二人は裏口から出ていった。ティノはメキシコ人、サムは黒人だったからだ。でもメイミーは二人を気に入って、家にいるときはいつもブラウニーやオートミールクッキーを差し入れに来た。

いちど、ティノがメチャというメキシコ人の女の人を連れてきた。まだ子供といってもいいような若さで、とてもきれいで、指輪やイヤリングをたくさんつけ、濃いアイシャドウに長く伸ばした爪、つやつやした緑色のドレスを着ていた。英語は話せなかったけれど、身振り手振りでスツールのペンキを塗るのを手伝おうか、とわたしに言った。わたしはうん、とうなずいた。するとジョン叔父が、急いで塗らないとペンキがなくなっちまうぜとわたしに言い、それからティノが同じことをスペイン語でメチャにも言っているようだった。わたしたちは無我夢中で刷毛《はけ》を動かして大あわてで横木や脚にペンキを塗り、それを見て三人の男たちは腹をかかえて大笑いした。そのうちメチャとわたしも同時に気がついて、二人いっしょにげらげら笑った。その騒ぎにメイミーが様子を見にやって来た。そしてジョン叔父を脇に呼んだ。メイミーはメチャに腹を立てていて、あの女がここにいるのは許されないと言った。ジョンは黙ってうなずき、頭をかいた。メイミーが行ってしまうと彼は戻ってきて、しばらくしてから言った。「今日はもう終わりにしよう」

いっしょに刷毛を洗いながら、ジョン叔父は彼女が娼婦で、着ているものや化粧でメイミーにもそれがわかったのだと説明した。そのついでに、わたしが前々からずっと謎に思っていたことについても、ジョン叔父はすっかり説明してくれた。それでわたしは、両親や、祖父や、いろんな映画や、犬について、やっといろんなことが腑《ふ》におちた。ただ、娼婦がお金をもらってそれをするということをジョンが説明し忘れたので、娼婦についてはまだよくわからないままだった。

「メチャはいい人だったよ。あたし、メイミーなんか大きらい」とわたしは言った。

「こら、嫌いなんて言葉を使うんじゃない！　だいいちお前さんはメイミーを嫌ってるんじゃない、自分を好いてくれないから腹を立ててるんだ。メイミーはお前が外をほっつき歩いて、シリア人やこのジョン叔父さんとつるんでるのをさんざん見てきた。それでお前のことをろくでなしの、モイニハンの血の者だって思ってるのさ。お前さんはただメイミーに愛されたいだけなんだ。いいか、もし誰かのことを憎く思ったら、その人のために祈ることだ。やってみればわかるさ。そしてメイミーのために祈りながら、ときどきは家の手伝いもしてあげろ。お前みたいな可愛げのないガキんちょでも好きになる理由を、メイミーに作ってやらなきゃ」

たまの週末に、ジョン叔父はわたしをファアレスのドッグレースや、街のあちこちの賭博場に連れていった。レースは楽しく、わたしはどの犬が勝つか当てるのがうまかった。カード賭博で唯一好きだったのはジョンが鉄道員とやるときで、場所は操車場の車掌車両の中だった。わたしははしごを登って屋根に上がり、列車が何本も出たり入ったり、切り換えたり連結したりするのを眺めた。そのうちに、場所はもっぱら中国人のクリーニング店の奥になった。ジョンが店の奥のほうでポーカーをやるあいだ、わたしは店で何時間も本を読んで待った。熱気と、溶剤や焦げたウールや汗の混じり合った臭いのせいで、胸がむかむかした。ジョンがわたしを忘れて裏口から帰ってしまい、店を閉めにきた店員がようやく椅子で眠りこけているわたしに気づく、ということも何度かあった。真っ暗ななか、遠い家まで歩いて帰ると、たいてい家には誰もいなかった。

メイミーはサリーを連れて合唱の練習や、「東方の星」や、軍人さんの包帯作りに出かけていた。ひと月かそこらに一度は床屋に行った。毎回ちがう店だった。ジョンはいつも散髪とひげ剃りを頼んだ。床屋さんが彼の散髪をするあいだ、わたしは椅子に座って『アーゴシー』〔パルプマガジンの名前〕を読んでいるが、やがてお待ちかねのひげ剃りの時間がやってくる。ジョンは椅子を大きく倒してひげを剃ってもらうが、終わりぎわに決まって訊く、「ところで、目薬もってないかね?」。たいていありますよという答えが返ってくる。床屋さんがジョンの上にかがみこんで目薬を落とす。すると緑色のガラスの義眼がぐるんぐるん動きだして、床屋さんはぎゃっと叫ぶ。店じゅうが大笑いになる。

もしもあのとき、ジョンがわたしをわかってくれていた半分でもわたしが彼のことをわかっていたら、彼がどれだけ痛んでいたか、どうしてあんなに必死になって人を笑わせようとしていたか、理解できただろうにと思う。本当に彼は誰でも笑わせた。わたしたちはファレスやエルパソじゅうの、誰かの家みたいなカフェで食事をした。ふつうの民家の一室にたくさんテーブルを並べただけの店で、でもとてもおいしい料理を出す。どこへ行っても彼は顔で、このコーヒーは温め直しじゃないのかいと彼が訊くと、ウェイトレスはみんな声を立てて笑った。

「まさか、ちがうよお！」

「へえ、じゃあなんでこんなに熱々なのかな？」

彼がどれくらい酔っているかは見ればわかったので、それがあまりにひどいと、わたしは何か口実を作って、歩くかトロリーに乗るかして家まで帰った。けれどもある日、トラックの運転台で寝ているうちに彼が乗ってきて、目が覚めたときにはもう走り出していた。トラックはリム通りをどんどんスピードを上げて疾走した。ジョン叔父は太腿に酒瓶をはさみ、両肘でハンドルを押さえながら、札束を扇子みたいに広げて数えていた。

「スピード出しすぎだよ！」

「俺は大金持ちだぜ、ハニー！」

「スピード落として！　ちゃんとハンドル持ってよ！」

トラックがどすんと何かに当たり、弾みで大きくはね上がり、またどすんと着地した。運転台じゅうにお札が舞った。わたしは後ろの窓を振り返った。小さい男の子が腕から血を流して道に立っていた。その横でコリー犬が血まみれになって倒れ、必死に起きあがろうとしていた。

「ストップ、車とめて！　戻らなくちゃ、ねえジョン叔父！」

「無理だ！」

「スピード落として。お願いだから戻って」わたしはめちゃくちゃに泣きじゃくった。

家に着くと、ジョンは腕だけ伸ばして、わたしの部屋のドアを開けた。「入んな」

それきり彼と口をきかなかったかどうか、思い出せない。彼は帰ってこなかった。その夜も、その後何日も、何週間も、何か月も。わたしは彼のために祈った。

戦争が終わり、父が帰ってきた。わたしたちは南米に移り住んだ。

ジョン叔父さんはどん底のアル中になって、ロサンジェルスの貧民街で暮らしていた。やがて救世軍でトランペットを吹いていたドーラと出会った。彼女はジョンをシェルターに連れていき、スープを食べさせ、話をした。彼に笑わせられっぱなしだったわ、とあとで彼女は語った。二人は恋をし、結婚して、彼は酒をやめた。わたしは大きくなってからロサンジェルスの二人の家を訪ねた。ドーラはロッキードの工場でリベット工として働き、彼は自宅のガレージでアンティーク家具の修理の仕事をしていた。あの二人ほど優しい人たちをわたしはほかに知らなかった。本当に、お互いを思いやっていた。わたしたちはいっしょにフォレスト・ローンに行き、ラ・ブレアのタール沼に行き、グロット・レストランに行った。それ以外のときはたいていわたしがジョン叔父の店を手伝い、家具にやすりをかけ、テレピン油や亜麻仁油をしみこませた布で磨いた。ともに人生について語り、冗談を言いあった。どちらもエルパソの話はしなかった。もちろんそのころには、なぜあのときジョン叔父がトラックを停められなかったか、わたしも痛いほどわかるようになっていた。すでにわたしもアル中になっていたから。

さあ土曜日だ

市内から郡刑務所までは、湾を見おろす丘の上の一本道を走る。道の両側には木が並び、このあいだの朝は霧が出ていたので、まるで昔の中国の絵みたいだった。タイヤとワイパーの音。おれたちの足の鎖が東洋の楽器みたいな音で鳴り、オレンジのつなぎの囚人服がチベット僧みたいにそろって左右に揺れた。笑うかい。まあ、おれも笑った。このバスで白人はおれ一人だったし、ほかの連中はダライ・ラマにはほど遠いってのにな。でもなんだか美しいと思ったんだ。もしかしたらそんな風に感じた自分がおかしかったのかもしれない。カラテ・キッドが笑ったおれを見た。チャズの野郎、とうとう酒でおつむがイカれちまったぜ。最近じゃ、刑務所に入る奴はクラックがらみのガキばかりだ。おれみたいなのはヒッピーのおっさんだと思われて、ちょっかいも出されない。

行く手にあらわれる刑務所は、いつ見ても壮観だ。長い上り道が尽きると、丘に囲まれた平地に出る。もとはスプレックルズとかいう大富豪の夏の別荘があった土地だ。刑務所のまわりはフランスのお城の庭園みたいだ。その日は何百本というスモモの木が花を咲かせていた。それにボケの花。もうすこしすると一面スイセンの野原になり、それからアイリスが咲く。

刑務所の正面には草地があって、バッファローの群れが放し飼いされている。六十頭ばかしのバッファロー。もう仔も六頭生まれていた。どういうわけだか、アメリカじゅうの病気のバッファローがここに集められるのだ。獣医たちがそいつらを治療し、研究する。ここが初めてのやつは、きまって素《す》っ頓狂《とんきょう》な声を上げるからすぐわかる。「うわ！　なんだありゃ！　バッファローの肉でも食わせる気か？　ようみんな、見ろよあれ！」

刑務所と女子刑務所、自動車修理工場、それに温室。人の姿がなく、ほかに家もないから、霧ごしに光の筋がさしこむ太古の草原に突然迷いこんだみたいな気分になる。ブルーバードの囚人バスは週にいっぺんここに来るのに、そのたびにバッファローたちは驚く。弾かれたように、いっせいに緑の丘のほうに駆けていく。おれはサファリ見物にでも来たみたいに、この野っ原が見える部屋に当たるといいなと思った。

バスから下ろされて地下の待機房に入れられ、そこで手続きの順番を待った。さんざん待たされたあげく、また尻の穴まで調べられた。「チャズ、もう笑うんじゃねえぞ」カラテ・キッドが言った。CDも今ここに入っているとカラテは教えてくれた。仮釈放を破られたのだ。ムショの文法はスペイン語に似ている。コップは自分から割れる。仮釈放はこっちが破るんじゃない。サツに破られるのだ。

サニーヴェイルのギャングどもがチンクを撃ち殺したそうだ。初耳だった。CDは弟のチンクをすごく愛していた。ミッション地区のヤクの大物ディーラーだった。「キツいな」とおれは言った。

「まったくだ。サツが来たときには全員ずらかったあとで、CDひとりチンクの頭を抱いてその場に残ってたんだと。警察はCDに仮釈放違反しかつけられなかった。六か月。ひょっとしたら三で出るかもしれない。そしたらきっと奴はあのマザファッカーどもを殺《や》りに行くだろうな」

おれはツイてて、三階の房《セル》（ただし外は見えない）を割り当てられた。同室は無気力なガキ二人、それにカラテだけだった。カラテとはシャバからの知り合いだ。同じ階《ティア》に白人はおれのほかに三人しかいなかったから、カラテと相部屋になれたのは頼もしかった。房はもともと二人用の造りだったが、たいていは六人詰め込まれた。来週さらにあと二人増えるはずだった。カラテは暇を見つけちゃウェイトを持ち上げたり、キックやらパンチやら、そんな練習にはげんでいた。

おれたちが着いたときの受け持ちの保安官代理はマックだった。マックはいつもおれに断酒会の説教をひとしきり垂れる。だがおれが物を書くのが好きなのを知ってて、レポート用紙とペンを支給してくれる。今回のお前の罪状は不法侵入《B&E》および強盗だから、ちと長く入ることになるだろう、とマックは言った。「お前も今度こそ〝第四のステップ〟〔断酒会の提唱する、断酒にいたる十二のステップの一つ〕にいくかもしれんな」つまり自分のあやまちをすっかり認めるってことだ。

「だったらレポート用紙十冊ぐらいもらわねえとな」とおれは言った。

ムショについて言うべきことは、すでにさんざん言い古されている。みじめさ。長い待ち時間。人間以下の扱い、悪臭、食い物、うんざりするほどの繰り返し。耳がバカになりそうなひっきりなしの騒音については言わずもがなだ。

まる二日間、おれはひどい震えにやられた。寝ているあいだに発作を起こしたらしく、目が覚めたら男五十人に寄ってたかってぶちのめされたみたいな有り様だった。唇は裂け、歯が何本か欠け、体じゅう青あざだらけだった。病院に連れてってくれと訴えたが、看守は誰もまともに取り合ってくれなかった。

「いい薬になるだろう」とマックには言われた。

ベッドに寝かせといてくれたのがせめてもの救いだった。CDはべつの階《ティア》だったが、運動の時間に庭で他の連中とタバコを吸ったり、みんなが笑うのを聞いてたりするのが窓から見えた。たいていいは独りで歩きまわっていた。

生まれつき力《パワー》のある人間っていうものは、どうしたっているものだ。ストリートの極悪のマザファッカーどももCDには一目おいていて、奴が通ると黙って道をあけた。弟みたいにガタイはでかくないが、秘めた力強さみたいなものはやはり兄弟だった。二人の母親はチャイニーズ、父親は黒人だった。CDは髪を一本に編んで後ろに長く垂らしていた。古いセピア色の写真かミルクを混ぜたブラックティーみたいな、なんとも言えない不思議な肌の色をしていた。

奴はマサイの戦士みたいに見えるときもあれば、ブッダかマヤの神かと思うときもあった。じっと動かず、まばたき一つせずに三十分でも立っていた。神のごとき静かな無関心が、彼にはあった。我ながら言ってることがイカれたたわごとみたいだがな。とにかく、奴は何かふしぎな作用を周囲にもたらした。

郡刑務所で初めて出会ったとき、CDはやっと十八になったばかりだった。お互い初めてのムショだった。奴を読書に目覚めさせたのはおれだった。奴が初めて言葉と恋に落ちたのは、スティーヴン・クレーンの『オープン・ボート』だった。毎週図書館の人間が来るたび、おれたちは本を返してはまた新しく何冊か借りた。ムショのラティーノたちは込み入った手のサインで会話をする。おれとCDのあいだで、それは本の話だった。『罪と罰』、『異邦人』、エルモア・レナード。そのあともう一度べつのムショで会うと、こんどは向こうがおれに新しい作家をたくさん教えてくれた。

シャバでもおれたちは何度かばったり出会った。CDはいつも金をくれて、正直ばつが悪かったが、おれは路上で物乞いをしていたから、ありがたく受け取った。よく二人でバス停のベンチに座って話をした。今じゃCDの読書量はおれをとっくに追い越している。CDはいま二十二だ。おれは三十二だが、人からはもっと老けて見られる。でも頭の中は十六で止まっている。そのころから酒を飲みだしたから、いろんなことがおれの上を素通りしていった。ウォーターゲートの騒ぎを知らずに済んだのはありがたかったが。おれはいまだにヒッピーみたいに話す、「最高《グルーヴィ》だな」とか、「ゴキゲン《トリップ》だぜ」とか。

運動場から戻ってきたウィリー・クランプトンが格子をがんがん叩いておれを起こした。「ようチャズ、調子はどうだ？　CDがお前に〝お帰り〟だとよ」

「ああ。そっちはどうだい、ウィリー？」

「ばっちりよ。『ソウル・トレイン』あと二回でここともおさらばさ。なあ、お前らも文章のクラスに入れよ。最近いいクラスがいろいろあんだぜ。音楽、陶芸、演劇、油絵。女子刑務所のほうからも女たちが来るんだ。そういやキッド、クラスにディキシーが来てるぜ。マジで」

「ウソだろ？　あの女なんでムショなんかに入ってんだ？」

カラテ・キッドは昔ディキシーのヒモだった。それが今では彼女はフェミニストの活動をしていて、大物弁護士や郡の執行官を巻き込んで売春や麻薬の問題に取り組んでいた。何をやらかしたかは知らないが、そう長くはここにいないだろう。もう四十近いが、今でもイケている。シャバで会えばニーマン・マーカスのバイヤーかと思うくらいだ。外で会ってもおれを知ってるそぶりは見せないが、いつも五ドル、十ドルと恵んでくれて、にやっと笑ってこう言う、「お兄さん、これで何か精のつく朝ごはんでも食べなよ」

「で、お前どんなもの書いてんだよ？」

「小説とかラップとか詩とかだ。詩はこんなのだ、

　サツの車がつぎつぎ通る
　でもこっちにゃ見向きもしない
　ニガーのケンカじゃしょうがない

それとか、

しけた砂糖二パックと
トレードしたる　タバコ一本
こりゃ儲けもん」

カラテとおれはげらげら笑った。「ああそうかい、笑いたきゃ笑えくそったれ。じゃあこれはどうだよ」

そしてなんと奴はシェイクスピアのソネットを暗唱しはじめた。ウィリー・シェイクスピア。奴の声は刑務所の狂騒を越えて朗々と響きわたった。

「〝汝を夏のひと日にたとえんか、汝は夏の日より麗しく、うららかなれば……〟。

「教師は白人の女なんだ。おれの祖母《ばあ》さんくらいの歳なんだが、いかしてんだ。フェラガモのブーツ。最初の日にシャネルの〈ココ〉をつけて来た。おれがそれを言うと信じられないって顔してたな。それからいろんな香水をとっかえひっかえしてくるんだが、全部当ててやった。〈オピウム〉、〈イザティス〉、〈ジョイ〉。一個だけ〈フルール・ド・ロカイユ〉はわかんなかったけどな」

それがあんまりいい発音だったもんだから、おれとカラテはまた腹をかかえてひいひい笑った。お前フルール・ド・ロカイユって柄かよ！

意外なことに、ムショでしょっちゅう聞こえるものは笑い声だ。

ここは普通の刑務所とはちがう。普通の刑務所にもおれはいたことがある。サンタ・リタ、ヴァカヴィル。よく生きて出てこられたもんだと思う。ここ第三郡刑務所は、先進的だというので『60ミニッツ』でも取り上げられたことがある。コンピュータや自動車整備や印刷の技術が学べる。園芸学校も有名で、シェ・パニーズとかスターズとか、そんな高級レストランに観葉植物を入れている。おれもここでGED〔高校卒業と同等の資格が得られる学力検定試験〕を取った。

所長のビンガムってのが、どえらい奴なのだ。まずもって、ビンガム自身が前科持ちだった。父親殺し。それで長いこと服役した。出所してから刑務所のシステムを変えようと心に決め、ロースクールに通った。だから刑務所を知り尽くしている。

今の時代だったら、虐待からの自己防衛で無罪放免になっていたことだろう。おれだって、おふくろの仕打ちを陪審員の前で話せば、第一級謀殺だって余裕で免れるだろう。親父にいたっては、ゾディアックみたいな殺人鬼にならなかったのが自分で不思議なくらいだ。

こんど、このムショの隣に新しいムショを作るらしい。ビンガムいわく、今のここはシャバと何ひとつ変わらない。上下関係、馴れ合い、暴力、ドラッグ、ぜんぶ同じだ。新しい刑務所はそれを一掃する。もう二度と帰って来たくないと思うようなやつにする、そうビンガムは言った。お前ら胸に手を当ててみろ、ここに戻ってきて一息つけるのを、心のどこかで喜んでるんだろう。

CDに会いたさに文章のクラスに申し込んだ。あなたのことはCDからよく聞いてるわ、と教師のミセス・ベヴィンズはおれに言った。

「あの老いぼれのアル中ってか？　じゃあおれのことも聞いてるだろ。おれ、カラテ・キッド。あんたを笑顔にしてみせる。オンドリみたいに足取り軽く。心で泣いても踊ろぜベイビー」

ジェローム・ワシントンという作家が、こういう「アンクル・トムぶり」のことを前に書いていた。白人の前でわざと黒人っぽく話すのだ。「ヨ、オレらマジでリッチだから両方《ボフ》のクツに札入れてるぜ、ブロ」たしかにおれたち白人はこういうのを面白がる。先生も笑っていた。「相手にしないで、先生」ディキシーが言った。「こいつどうしようもないクズなんだから」

「そりゃないぜママ、よろしくご指導お願いするぜ」

ベヴィンズ先生はおれたちに質問票を渡し、ほかの連中が自分の書いたものを読み上げるあいだに記入するように言った。どうせ学歴とか逮捕歴のことだろうと思ったら、ちがった。〈あなたの理想の部屋について書いてください〉とか、〈あなたは切り株です。どんな切り株か説明してください〉とか、そんなのばかりだった。

カラテと二人で書きながら、マーカスが自分の作品を読むのも聞いていた。マーカスは粗暴なインディアンで、極めつけの凶悪犯だった。だが彼の書いたものは良かった。小さい子供が、自分の父親がどこかの田舎者に叩きのめされるのをじっと見ているという話だった。「こうしておれはチェロキーになった」というタイトルだった。

「すばらしい」先生が言った。

「こんなのはクソだ。どこかで読んだクソを書いただけだよ。おれは親父の顔も知らねえ。あんたがおれたちから聞きたがってるような話を書いたまでさ。どうせ親切ヅラして、おかわいそうな社会の犠牲者たちに心を開かせてあげましょう、みてえなつもりで来たんだろ」

「あたしはあんたの内面なんか屁とも思っちゃいない。あたしは文章の書き方を教えに来てんの。あのね、嘘をついたつもりが真実を語っていた、ということもあるのよ。この話はよくできてる。どんなふうに書かれたんであれ、ここには真実がこもってる」

先生はそう言いながら後ろ向きにドアのほうに向かった。「犠牲者なんてあたしは大嫌い」そう言った。「もちろんあたしがあなたの犠牲者になるつもりもない」先生はドアを開け、マーカスを房に戻すよう看守に言った。

「教師と生徒がお互いを全面的に信頼しあえる、そういうクラスにわたしはしたいの」とベヴィンズ先生は言った。それから彼女はカラテとおれに、痛みについて書くというのが今週の宿題だったのだと説明した。「じゃあCD、あなたのを読んで」

CDが読みおわると、先生とおれは目を見合わせてにっこりした。CDもにっこりした。奴がこんなふうに本当に笑うのを初めて見た。小さな、きれいな歯だった。ノースビーチの古道具屋のウィンドウを、若者と少女がいっしょに覗き込んでいる、という話だった。二人はいろんな品物について話しあう。大昔の花嫁の写真、小さな靴、刺繍のついたクッション。

CDの描く少女の様子、細い手首や、青い血管の浮いたおでこや、美しさやあどけなさや、そのすべてに胸がしめつけられた。キムが泣いていた。テンダーロイン地区の若い売女の、あの泣く子も黙るビッチのキムが。

「たしかにすげえ、でも痛みの話じゃねえな」ウィリーが言った。

「あたしは痛みを感じた」キムが言った。

「あたしも」ディキシーも言った。「一度でいいから誰かからこんなふうに見てもらえたらって思う」

それからみんなでこれは幸福だ、痛みじゃない、と議論になった。

「愛の話だろ」ダロンが言った。

「愛なわけあるか。だってこいつ女に指一本触れてないぜ」

ここにある品物はすべて死者の形見だということに注目して、とベヴィンズ先生が言った。「ショーウィンドウは夕陽に照らされている。出てくるすべてのイメージが人生と愛のはかなさを物語ってる。この細い手首。この幸せもきっと長くは続かないだろうという気づきの中に、痛みがあるの」

「うん」とウィリーが言った。「でも、この話の中で奴は女の子を接《つ》ぎ木しなおしたんだ」

「なんだって、ニガ?」

「シェイクスピアの詩にあったんだよ、兄弟《ブラッド》。アートってそういうもんだろ。幸せを冷凍保存する。この話を読めば、CDはいつでも幸せな時間を呼びもどせるんだ」

「ああ。だがCDじゃなきゃこうはうまくやれねえよな」

「そのとおりよ、ウィリー。今までいろんなクラスを教えてきたけど、ほんと、こんなに理解の深いクラスは初めて」と先生は言った。べつの日には、犯罪者の頭と詩人の頭は紙一重だ、とも言った。「どちらもやっていることは、現実に手を加えて自分だけの真実をつくり出すってことだから。あなたたちには細部を見る目がある。部屋に入って、ものの二分ですべての人と物を見極める。嘘を鋭く嗅ぎわける力がある」

　クラスは一回につき四時間だった。おれたちは書きながら話し、合間に自分の書いたものを読み上げ、先生の朗読を聴いた。自分に向かって話し、先生と話し、互いに話し合った。ガキのころの日曜学校を思い出すよ、とシャバーズが言った。キリスト様の塗り絵をしながら、こんなふうにずっと静かにおしゃべりしてたっけな。シャバーズは狂がつくほど信心深くて、妻と子供を殴ってここに入っている。ラップと旧約聖書の「雅歌」のあいのこみたいな詩を書く。

　文章教室を通じて、おれとカラテ・キッドの関係も変わった。おれたちは毎晩房《セル》で書き、書いたものを相手に読んで聞かせ、交代でいろんなものを朗読した。ボールドウィンの「ソニーのブルース」。チェーホフの「ねむい」。

　あの最初の日、「私の切り株」をみんなの前で読んで以来、おれはもう照れなんてものは捨ててしまった。おれの切り株は焼け野原に一本だけ残った切り株だった。真っ黒に枯れて、風が吹くと炭のかけらがぽろぽろ崩れ落ちる。

「みんな、どう感じた？」先生が言った。

「鬱病だな」ダロンが言った。

「まさに〝古株ヒッピー《バーンアウト・ヒッピー》〟ってやつだ」ウィリーが言った。ディキシーが笑って言った、「ボディ・イメージがすごく暗いって感じがする」。「いい文章だと思う」とCDは言った。「わびしい、絶望的な感じがすごくはっきり伝わってきた」

「そう」とベヴィンズ先生は言った。「文章を書くとき、よく『本当のことを書きなさい』なんて言うでしょ。でもね、ほんとは嘘を書くほうがむずかしいの。馬鹿みたいなお題だよね、切り株だなんて。それでもこんなに切実なものが出てくる。わたしには病んでうちひしがれたアル中の姿が見える。お酒をやめられなかった頃のわたしも、きっと自分をこんな切り株にたとえたと思う」

「どれくらい酒をやめれば、もう大丈夫って思えるようになるもんなんですか？」とおれは質問してみた。順番が逆よ、と先生は答えた。まず自分はまだ終わりじゃないと自分に言い聞かせる。そうしてはじめてやめられるようになる。

「おいおい」とダロンが言った。「その手の話を聞きたきゃ、断酒会ミーティングのほうに申し込んでたぜ」

「ごめんね」と先生は言った。「でも一つ言わせて。答えは声に出さなくていい。それぞれ自分にこう訊いてみてほしいの——前に逮捕されたとき、自分はヤクや酒でハイになってなかったか？　って」みんなしんとなった。ぐうの音も出なかった。それからどっと笑った。ドワイトが言った。「MADDってのがあんだろ？　〝飲酒運転と戦う母親の会《マザーズ・アゲンスト・ドランク・ドライバー》〟。おれたちもDAMってのを作ったんだ。母親と戦う酔っぱらいの会《ドランクス・アゲンスト・マザーズ》」

おれが入って二週間後、ウィリーが出所した。奴がいなくなってクラスはみんな寂しがった。女二人がケンカをしたので、残ったのはディキシーとキムとケイシー、あとは男が六人だった。ウィリーのあとにヴィー・ド・ラ・ランジーが来て、七人になった。貧相で吹き出物だらけの女装趣味者《トランスヴェスタイト》で、パーマをかけた金髪の根元が黒くなっていた。食パンの袋を留めるプラスチックのやつを鼻輪みたいに一つ、両方の耳に二十個ぐらいずつはめていた。ダロンとドワイトが殺意に満ちた目で彼を見た。ヴィーは詩をいくつか書いてきたと言った。「じゃあ一つ読んでみて」

それはドラァグ・クイーンとヘロインの世界の、エロと暴力うずまくファンタジーだった。読みおわっても、誰も何も言わなかった。しばらくしてCDが言った。「こりゃすずげえな。もっと聞かせてくれよ」そのひと言が、みんながヴィーを受け入れるゴーサインになった。ヴィーは勢いづいてさらにいくつか読み、次のクラスではすっかり打ち解けていた。奴にとってはそれくらい大事なことだったのだ——自分の声に耳を傾けてもらうということが。おれだってそうだった。一度など、臆面もなく昔飼ってた犬が死んだ話まで書いた。笑われたって構うもんかという気でいたが、誰も笑わなかった。

キムはあまり書かなかった。引き離された自分の子供への懺悔《ざんげ》の詩みたいなのがほとんどだった。〈悪は楽し〉というお題に、ディキシーはひどく辛辣なやつを書いてきた。ケイシーのは最高だった。ヘロイン中毒の話だった。これはがつんと来た。ここの連中の大半はクラックの売人だったが、自分ではあまりやらないか、何年も何年も自分から地獄に舞い戻ることを繰り返すと人間がどうなるかを知るにはまだ若すぎるかのどちらかだった。ベヴィンズ先生は知っていた。それについて多くは語らなかったが、そこから立ち直った彼女はすばらしくかっこよく見えた。

おれたちみんながいいものを書いた。「すばらしい！」あるとき先生はカラテに言った。「あなた毎週うまくなってる」

「マジか？　じゃあさ、ＣＤとおれとどっちがうまい？」

「文章は勝ち負けじゃないの。自分が今よりもっとうまくなることだけ考えなさい」

「でも先生はＣＤがお気に入りだろ」

「わたしは誰のこともえこひいきしません。わたしには息子が四人いるけど、それぞれにちがう愛情をもっている。あなたたちもそれと同じ」

「でも、おれたちには大学に行けとか奨学金をもらえとか言わないじゃないか。いつだってＣＤの人生を変えようと必死なんだ」

「先生はおれたちみんなにそうしてるさ」とおれは言った。「ま、ディキシーだけはべつだが、ディキシーはもともとここが切れるからな。おれだって改心して酒をやめるかもしれないぜ。何にせよ、ＣＤは一番だ。みんなだって同感だろ。初めてここに来た日、おれは運動場にいるＣＤを見た。そのときなんて思ったと思う？　神様みたいだって思ったんだ」

「神様かどうかはよくわからないけど」とディキシーが言った。「でもＣＤはずば抜けて才能がある。そうでしょ、先生？」

「よしてくれよ」ＣＤが言った。

ベヴィンズ先生は笑った。「オーケイ、白状する。教師をやってる人間なら、誰でも経験あることだと思う。ただ頭がいいとか才能だけじゃない。魂の気高さなのよ。それがある人は、やると心に決めたことはきっと見事にやってみせる」

おれたちはしんとなった。みんな先生の言うことに賛成だったと思う。だがおれたちは先生が気の毒だった。みんなＣＤが何をやると心に決めているか、何をやる気でいるかを知っていたから。

それからおれたちはまた授業に戻り、文集に載せる作品選びに取りかかった。選んだものを先生が活字に組んで、ムショ内の印刷所で印刷してくれることになっていた。

先生とディキシーが笑っていた。二人ともゴシップが大好きだった。今は保安官代理の品定めで盛り上がっていた。「あれは靴下はいたままヤるタイプだね、絶対」とディキシーが言った。

「あと、事の前にデンタルフロスもやるよ、きっと」

「散文の数がちょっと足りないかな。では今から宿題を出すから、みんな来週までに書いてきて」先生はレイモンド・チャンドラーの創作ノートに書いてあったタイトルのリストを配った。みんながその中から一つを選んだ。おれは「アルはみんなの人気者」を選んだ。ケイシーは「笑うには遅すぎる」を取った。ＣＤは「さあ土曜日だ」を気に入った。「つうかさ」と彼は言った。「文集のタイトルをこれにするべきじゃないか」

「だめ」とキムが言った。「ウィリーが考えた『猫の目を通して』にするって、彼と約束したじゃない」

「オーケイ。これで何をやってほしいかというと、長さが二、三ページで、最後に死体が出てくる話を書いてほしいの。ただし死体は直接出さない。死体が出ることを言ってもだめ。話の最後に、このあと死体が出ることが読者にわかるようにする。了解？」

「了解」

「さあみんな帰る時間だ」看守がドアを開けて言った。「ヴィーはこっちだ」帰っていくヴィーに、先生は香水をしゅっとひと吹きふきかけた。ホモセクシャルの階《ティア》は悲惨だった。半分はボケた年寄りのアル中、あとの半分がゲイだった。

おれはすごい傑作を書いた。文集に載ったそれを、いまだに何度も読み返す。アルというおれの親友についての話だ。アルは死んでしまった。だが最後に大家のおばさんとおれがアルの死体を発見するところを書いてしまったので、先生からは課題をクリアしていないと言われてしまった。

キムとケイシーは、似たような恐ろしい話を書いた。キムは亭主に殴られる話、ケイシーのはどこかのサディスト野郎の話だった。二人とも、いずれ男を殺すのだろうなということが読んでいてわかる。ディキシーのは独房に入れられている女の話で、すごく良かった。女はひどい喘息の発作に見舞われるが、声は誰にも届かない。底なしの恐怖と、真っ黒な闇。そこに地震が起こる。ジ・エンド。

ムショにいるときに地震がやってくる恐ろしさなんて、想像もつかない。

CDは弟のことを書いた。もともと奴の書くものは、ほとんどが子供のころの弟の思い出だった。べつべつの里親に引き取られて、互いに行方知れずだった長い年月。リノで偶然再会したこと。こんどの話の舞台はサニーヴェイルだった。CDは淡々と読み上げた。おれたちは身じろぎ一つしなかった。あの日の夕方から夜にかけての、チンクが死ぬまでの話だった。二人のギャングが落ち合う、その生々しいディテール。物語はウージー機関銃が響き、CDが走って角を曲がるところで終わっていた。

腕に鳥肌が立っていた。ベヴィンズ先生は蒼白だった。CDの弟が死んだことを、誰も彼女に教えていなかった。話の中では弟についてはひと言も書かれていなかった。すごいのはそこだった。物語は揺らめきながらぴんと張り詰め、たった一つの結末に向かって避けがたく突き進んでいく。教室は水を打ったように静まりかえり、だいぶたってからシャバーズが「アーメン」と言った。看守がドアを開けた。「さあみんな帰る時間だ」おれたちが一列になって出ていくのを、女子のほうの看守たちが立って待っていた。

CDは最後の授業の二日後に出所することが決まった。最後の授業の日に文集が刷りあがり、大々的なパーティが開かれることになっていた。囚人たちによるアートの展示と音楽の演奏。ケイシーとCD、シャバーズの朗読。そして全員に『猫の目を通して』が配られる。

おれたちは文集の出来上がりを心待ちにしていたが、こんなにも嬉しいものだとは予想もしていなかった。自分の書いたものが活字になるなんて。「CDはどこ?」先生が訊いた。誰も知らなかった。先生は一人に二十部ずつ文集を配った。おれたちは自分の作品を読み上げ、互いに拍手を送りあった。それから黙って座って、自分の書いたものを何度も何度も読み返した。

パーティがあるので授業は早めに終わった。保安官代理たちがどやどや入ってきて、おれたちとアートのクラスの間のドアを開けはなった。みんなで手分けして、食べ物を載せるテーブルを設置した。たくさん積まれたおれたちの文集は美しかった。紫の紙のテーブルクロスにグリーンの表紙が映えていた。園芸コースの連中が大きな花束を飾りつけた。壁に生徒たちの絵が掛けられ、彫刻は台座に据えられた。バンドが楽器のセッティングを始めた。

まず一つめのバンドが演奏し、おれたちの朗読があり、それからもう一つのバンドが演奏した。朗読の出来は上々で、音楽も最高だった。厨房の人たちが食べ物とソフトドリンクを運んできて、おれたちは列に並んだ。看守が十人かそこらいたが、彼らも楽しそうだった。ビンガムも来ていた。ただ一人、CDだけがそこにいなかった。

先生がビンガムに何か言っていた。ビンガムは落ちつき払っていた。彼がうなずき、看守を呼ぶのが見えた。先生を階《ティア》に案内するように言ったのだろうとわかった。

階段をいくつも上り、鉄格子のゲートを六つ通らなければならないのに、先生はすぐに戻ってきた。青ざめた顔で腰を下ろした。おれはペプシ缶を持っていった。

「CDには会えたんですか?」

彼女は黙って首を振った。「毛布をかぶって寝ていて、返事をしてくれなかった。文集は格子のあいだから入れておいた。チャズ、部屋はひどいありさまだった。窓ガラスが割れて、雨が吹きこんでた。ひどい臭い。どの房《セル》も狭くて暗かった」

「でも今はどこも天国のはずだよ。だって誰もいないんだからさ。いつもはあそこに野郎が六人も詰め込まれてるんだぜ?」

「みんな、あと五分だ!」

ディキシーとキムとケイシーが先生にお別れのハグをした。男は誰もさよならを言わなかった。おれはまともに顔も上げられなかった。「元気でね、チャズ」先生の声が聞こえた。

今これを書きながら気がついた。おれはまたあの最後の課題をやっているんだって。そして死体のことを言ってしまうおれは、今度もまた失格だ。ムショを出たその日にＣＤがあいつらに殺されたことを、こうして書いてしまうんだから。

あとちょっとだけ

ため息も、心臓の鼓動も、陣痛も、オーガズムも、隣り合わせた時計の振り子がじきに同調するように、同じ長さに収斂《しゅうれん》する。一本の樹にとまったホタルは全体が一つになって明滅する。太陽は昇ってまた沈む。月は満ちそして欠け、朝刊は毎朝六時三十五分きっかりにポーチに投げこまれる。

人が死ぬと時間が止まる。もちろん死者にとっての時間は(たぶん)止まるが、残された者の時間は暴れ馬になる。死はあまりにも突然やって来る。潮の満ち引きも、日の長短も、月の満ち欠けもお構いなしだ。カレンダーを引っぺがす。机に向かったり、地下鉄に乗ったり、子供たちに食事を作るあなたはもうどこにもいない。手術室の外の待合で『ピープル』をめくる。あるいはバルコニーに出て震えながら夜どおし煙草をふかす。実家の自分の子供部屋でベッドに座り、ぼんやり宙を見つめる。机の上には地球儀。〝ペルシャ〟、〝ベルギー領コンゴ〟。何よりつらいのは、また元の生活に戻ったとき、日々の習慣も記念日も、何もかもが空疎なまやかしに思えてくることだ。すべては人をあやし、なだめすかして、粛々と容赦のない時の流れに押し戻そうとするペテンなのではないかと思えてくる。

誰かが死の病を得ると、時の流れの心地よいうねりは一瞬で吹っ飛ぶ。早すぎる、時間がない、愛してる、まだあれが途中だ、これを伝えなきゃ。お願い、あとちょっとだけ！　説明したい。ああでもトビーはどこ？　でなければ時は残酷なまでにゆっくりになる。死神がのんびり道草を食っているあいだに、こっちはじりじりしながら夜を待ち、またじりじりしながら朝を待つ。毎日小さくさよならを言う。ああもうこんなこと早く終わっちまえばいいのに。ただひたすら〈到着〉と〈出発〉の掲示板を眺める。ほんのかすかな咳やすすり泣きにはっと目を覚まし、それから寝床でじっと目を開いて、子供みたいに細い彼女の息に耳をそばだてる夜は果てしなく長い。彼女のベッドの横で過ごす昼間は、日の光の位置で時間を知る。今はグアダルーペの聖母像の上、今は裸婦のデッサン画の上、鏡、木彫りのジュエリーボックス、〈フラカ〉の香水のボトルのきらめき。下の通りで焼き芋《カモテ》売りが笛を鳴らす時刻になると、妹を支えて居間《サラ》まで連れていき、メキシコシティのニュース、それからピーター・ジェニングズのアメリカのニュースを観る。猫たちが妹の膝に乗る。酸素吸入器をつけていても、毛のせいで呼吸が苦しくなる。「いや、連れていかないで！　お願い、あとちょっとだけ」

ニュースが終わると、毎晩きまってサリーは泣いた。声を殺して。そう長い時間ではなかったのかもしれない、でも病気に歪《ゆが》められた時の中で、悲しく弱々しい忍び泣きは果てしなく続いた。最初のころ、姪のメルセデスとわたしは妹といっしょに泣いたのだったかどうか。たぶん泣かなかった。彼女もわたしも、めったなことでは泣かない性質《たち》だ。そのかわりしょっちゅうサリーを抱きしめ、キスをし、歌をうたって聞かせた。「トム・ブロコウを観たほうがよかったかしらね？」などと言って笑わせようとした。水《アグア》やお茶やココアを運んだ。やがて死の間際になると、妹はいつの間にか泣かなくなった。けれども本当に恐ろしいのは泣くのをやめたときだった。不気味に続く、その沈黙が。

泣きながら、サリーはときどき「ごめんね、きっと抗《ケ》ガン剤《モ》のせいね。ただの神経の反射。だから気にしないで」などと言うことがあった。かと思えば、いっしょに泣いてほしいとわたしたちにせがむこともあった。

「無理よ、ミ・アルジェンティーナ」そのたびにメルセデスは言った。「でも心では泣いてるよ。伯母さんもあたしも、泣きそうだってわかると無意識に強がってしまうの」彼女がそう言ってくれたのはありがたかった。泣くなんて、考えただけでわたしはどうにかなりそうだった。

いちどサリーが泣きながら「ああ、もう二度とロバを見れないなんて！」と言ったことがあった。わたしたちはそれがおかしくて笑った。サリーはひどく怒って自分のカップとお皿を割り、わたしたちのコップや灰皿を壁に投げつけた。テーブルを足でひっくり返し、わめき散らした。二人ともなんて冷たい、計算ずくの人間なの。血も涙もない鬼だ。

「涙一滴見せやしない。悲しそうな顔すらしてないじゃないの」いまや笑みさえ浮かべていた。「あんたたち、まるで囚人の世話係みたい。『これを飲んで、はいティッシュ、吐くならこの洗面器に』」

夜になると、わたしは妹の寝支度をととのえ、薬を飲ませ、注射を打ち、キスをして、ふとんをたくしこんであげる。「おやすみ、愛してる、あたしの妹、ミ・システルナ《あたしの水槽》」わたしは隣の小部屋で眠る、部屋というよりクローゼットだ、そこで薄いベニヤ板ごしに彼女が本を読んだり、ハミングしたり、何か書いたりする音に聞き耳をたてる。ときおり泣くこともあって、そんなときが一番つらい。小さな哀しいすすり泣きを、枕で押し殺しているのがわかるから。

　はじめのうちは行って、慰めた。でもそうすると妹はますます泣き、もっとおびえた。睡眠薬が逆効果になってよけいに目が冴え、気分が高ぶり、吐き気をもよおした。だからわたしはただ呼びかけることにした。「サリー、あたしのサリ・ピミエンタ《塩とコショウ》、サルサ、泣かないで」とか、そんなようなことを。

「ねえ、チリでローザが温めたレンガをふとんに入れてくれたの、覚えてる？」

「思い出した！」

「レンガ、探してこようか？」

「ううん、ミ・ビーダ《あたしの命》、もう眠くなってきた」


　サリーは乳房切除と放射線治療を受け、五年間は元気だった。健康そのものだった。輝くような美しさで、アンドレスという優しい男性にも出会って、幸せいっぱいだった。わたしと彼女は苦しかった子供時代いらい、はじめて仲良くなった。まるで恋に落ちたようにわたしたちはお互いを発見し、いろんなことをいっしょにした。ユカタン半島やニューヨークに二人で旅した。わたしがメキシコに行くこともあれば、彼女がオークランドまで来ることもあった。母が死んだときは二人でシワタネホで一週間すごし、朝から晩まで語りどおしに語った。わたしたちは両親の霊を祓《はら》い、互いへの敵意を祓い、そうしてやっと大人になれたのだと思う。

オークランドのわたしの家に、サリーが電話をかけてきた。肺にガンが見つかった。あっちにもこっちにも転移していた。もう時間がない。急いで《アプレイト》。すぐにこっちに来て！

わたしは三日で仕事を辞め、荷造りし、家を引き払った。メキシコシティ行きの飛行機の中で、死はこうも人の時間を破壊してしまうものなのかと思った。わたしの日常は一瞬で消し飛んだ。セラピー、ＹＷＣＡでの水泳、金曜日にランチでもどう？　グロリアのパーティ、明日は歯医者、洗濯物、モーズ書店で本を買う、掃除、そうだ猫の餌を買わないと、土曜日は孫たちの子守、職場でガーゼと胃瘻《いろう》ボタンを発注すること、オーガストに手紙を書いてジョゼと話をする、スコーンを焼こう、ＣＪが家に来るから。もっと不気味だったのは、一年後に戻ってきてみると、食料品店や本屋の人たちも、道でばったり会った知り合いも、わたしがいなかったことに気づいてすらいなかったことだ。

メキシコの空港から妹の主治医のペドロに電話をかけて、先の見込みを訊ねた。妹の口ぶりではあと数週間、もって一か月といった感じだった。「何とも言えません《ニ・モド》」医者は言った。「抗ガン剤治療を継続してやっていきます。半年かもしれないし、一年、いやもっとかもしれない」

「あんな言い方しなくたって、ただ『すぐ来て』と言えば来たのに」その夜、わたしはサリーに言った。

「嘘ばっかり！」妹は笑った。「姉さんは現実派だもの。あたしには家のことをやってくれる使用人もいるし、ナースもお医者さまも友だちもいるから、きっとまだ自分の出番じゃないって思ったはず。でもあたしにはいま姉さんが必要なの。ここにいて、いろんなことを片づけるのを手伝ってほしいから。アリシアとセルジオが家でごはんを食べられるように料理をしてほしい。あたしに本を読んで聞かせてほしいし、世話してほしい。あたしは、いまが寂しくて怖いの。いま、姉さんが必要なの」

人は誰でも心の中にアルバムを持っている。たくさんのスチール写真。愛する人たちのいろいろな場面を写したスナップショット。このときのサリーは深緑色のランニングウェアを着て、ベッドの上であぐらをかいて座っている。肌は透き通るように輝き、わたしの目を見て話す緑の瞳は涙に縁どられている。その瞳には嘘も憐《あわ》れっぽさもない。こんなにも信頼してくれたことがうれしくて、わたしは彼女を抱きしめた。

テキサスで、わたしが八歳でサリーが三歳だったころ、わたしは彼女のことが憎くて、妬《ねた》ましさに心は獣の叫びをあげていた。祖母はわたしのことは放ったらかしで、わたしがほかの大人たちにいいようにされても知らん顔なのに、小さなサリーのことは囲いこむように守り、髪をすき、サリーのためにだけタルトを焼き、子守歌がわりに『ミズーリ・ワルツ』を歌って寝かしつけた。でもそんな時代でさえ、わたしのアルバムの中のサリーは今とすこしも変わらない人をそらさぬ愛らしい笑顔で、わたしに泥のパイを差し出している。

メキシコシティに着いて最初の数か月は、昔の映画で日めくりカレンダーがどんどんめくれていくみたいに飛ぶように過ぎた。早回しのチャーリー・チャップリンの大工たちがキッチンをとんとん叩き、配管工はバスルームをカンカン叩いた。人が大勢やって来て家じゅうのドアノブを直し、割れた窓ガラスを取り替え、床にやすりをかけた。使用人のミルナとベレンとわたしとで物置部屋や屋根裏《タバンコ》やクローゼットや書棚や衣装箪笥に突入し、靴だの帽子だの犬の首輪だのネルージャケットを放り出した。メルセデスとアリシアとわたしでサリーの服やアクセサリーを全部ひっぱりだして、一つひとつに譲り先の友人の名前を書いた。

けだるく甘い昼下がりにはサリーの部屋の床に座って、いっしょに写真を整理したり、手紙や詩を読んだり、おしゃべりしたり、思い出話をしたりした。電話やドアベルがひっきりなしに鳴った。わたしは誰を取り次ぎ、誰を家に通すかを吟味《ぎんみ》し、サリーが疲れてくればあいだに割って入り、楽しそうならそのままにした。グスタヴのときはいつもそうだった。

人が死の病を宣告されると、はじめは電話や手紙や見舞客が洪水のように押し寄せる。だが何か月かが過ぎ、だんだん状況が悪くなるにしたがい、誰も訪ねて来なくなる。病が力を得、時間がスローダウンし、けたたましく存在を主張しはじめるのはこのころだ。時計の音、教会の鐘、嘔吐の声、せいせいと吸っては吐く苦しげな息の音。

アンドレスとサリーの前夫のミゲルは毎日ちがう時間に見舞いにやって来た。一度だけ、二人がかち合ったことがあった。前の夫が、ただ夫だったというだけで敬意を払われることにわたしは驚いた。とっくに再婚していたが、それでも顔は立てなければならなかった。アンドレスは、ほんの数分前にサリーの部屋に入ったばかりだった。わたしはコーヒーと甘い菓子パンを運んでいった。それをテーブルに置こうとしたとき、ミルナがやって来て言った。「旦那《セニョール》さまがお見えです！」

「早く、姉さんの部屋に！」サリーが言った。アンドレスはコーヒーと菓子パンを持ってあわててわたしの部屋に入った。わたしがドアを閉めるのとミゲルが入ってくるのが同時だった。

「コーヒー！　コーヒーが飲みたくて死にそうだよ！」と彼が言うので、わたしは自分の部屋に行き、アンドレスからコーヒーと菓子パンを取り上げてミゲルのところに持っていった。アンドレスはそっといなくなった。


わたしはふらふらして、歩くのもやっとになった。みんなに〝エストレス〟（ストレスに当たる言葉がスペイン語にはない）ではないかと言われたが、とうとう通りで倒れて救急救命室に担ぎこまれた。出血性の食道ヘルニアから来る極度の貧血だった。輸血をされ、何日か入院した。戻ってきたときはすっかり元気になっていたが、わたしの病気がサリーをおびえさせた。おれはちゃんとここにいるよ、と死神に言われたようだった。時間はふたたび速度を上げはじめた。サリーがもう寝ただろうと思って、わたしが立ち上がって自分の部屋に行こうとする。

「行かないで！」

「トイレに行くだけよ。すぐに戻ってくる」夜中にむせたり咳こんだりするのが聞こえれば、起きて様子を見にいった。

サリーは酸素吸入器をつけるようになり、ほとんど寝たきりになった。わたしは部屋でサリーを湯浴みさせ、痛み止めや吐き気止めの注射を打った。喉を通るのは薄いスープ、あとはたまにクラッカー。砕いた氷。わたしは氷をタオルでくるみ、コンクリートの壁に何度も何度も何度も叩きつけた。メルセデスがサリーに添い寝し、わたしは下の床に寝て、二人に本を読んで聞かせた。二人がもう寝ただろうと思ってやめると、二人同時に言う、「やめないで!」

よろしい《ブエノ》。「〝私は声を大にして申し上げたいのです。たしかに我らがベッキーは少々の悪さもいたしましょう。なれど私は世間様の目には文句なしにお上品に、当たり障りの無い様子に彼女を描いているはずであります……〟」

ペドロが肺の水を抜いてくれたが、それでもだんだん呼吸が苦しくなった。わたしは部屋を徹底的に掃除しようと思い立った。メルセデスにサリーといっしょに居間にいてもらい、ミルナとベレンとわたしで壁や窓や床を掃き、はたき、拭いた。サリーのベッドを窓の下枠と平行になるように移動させた。こうすれば空が見える。ベレンがアイロンをかけたきれいなシーツと柔らかな毛布をベッドに敷くと、サリーをまた部屋に連れてきた。枕にもたれかかった彼女の顔に、春の日差しがいっぱいに降り注いだ。

「太陽《エル・ソル》」サリーは言った。「あったかい」

わたしは反対側の壁にもたれて座り、窓の外を眺めるサリーを見ていた。飛行機。鳥。ひこうき雲。夕焼け!

夜になり、わたしは彼女におやすみのキスをして自分の小部屋に下がった。酸素タンクの加湿装置が湧き水みたいにこぽこぽ鳴った。わたしは彼女の呼吸が寝息に変わるのを待った。マットレスが軋《きし》むのが聞こえた。くっと息を詰める音、それから低いうめき声、苦しげな呼吸。わたしがじっと耳を澄ませていると、サリーのベッドの上のカーテンの金具がかちゃかちゃ鳴った。

「サリー？　サラマンダー、なにしてるの？」

「空を見てるの！」

彼女のすぐ隣で、わたしも自分の小窓から外を見た。

「ねえ、姉《オイエ》さん……」

「なあに」

「聞こえる。あたしのために泣いてくれてるのね！」


あなたが死んで七年になる。もちろん次にいう言葉は〝時の過ぎるのは早い〟だ。わたしは歳を取った。本当に、あっと言う間《デ・レベンテ》に。歩くのもやっとだ。よだれだって垂らす。寝ているあいだに死ぬかもしれないので、用心のために鍵はかけずに眠る。でもこのままずるずる長生きして、どこかべつの場所に連れていかれるほうがずっとありそうだ。すでにネジは相当ゆるんでいる。いつもの場所に誰かが車を停めていたので、角を曲がったところに自分の車を停めた。しばらくして、いつもの場所に車がないのを見て、あらあたしったらどこに行ったのかしら、と思った。自分の猫に話しかけるのはそれほど変ではないにしても、彼はほとんど耳が聞こえないのだから、馬鹿みたいだ。

それでも時間がぜんぜん足りない。昔わたしが教えていた囚人たちは、〝本物の時間〟という言い方をした。塀の外で流れる時間のことを、彼らはそんなふうに感じるのだ。自分のものにならなかった時間。

わたしはいま、山あいの美しい、上品《フレサ》な町で教師をしている。父がかつて採掘していたのと同じロッキー山脈だが、ビュートやコーダレーンとはぜんぜん様子がちがう。でもわたしは運がいい。この町でいい友だちがたくさんできた。家は丘の途中にあって、窓の外を鹿が優美に、つつましやかに歩いていくのが見える。月明かりの下でスカンクが番《つが》っているのも見た。きれぎれの尖った鳴き声が東洋の楽器のようだった。

息子たちやその家族と会えないのは寂しい。一年に一度くらいは会って、それはそれは楽しいけれど、すでに息子たちの人生の中にわたしはいないのだとわかる。それはあなたの子供たちも同じこと。ああ、でもメルセデスとエンリケはわざわざこっちで結婚式を挙げてくれたっけ！

ほかにもおおぜいの人が逝《い》ってしまった。昔は誰かが「夫を見失《ロスト》った」などと言うのを変に思ったものだ。でも本当にそんな感じなのだ。その人が行方不明になってしまったような。ポール、チャータ伯母さん、バディ。世間の人が幽霊の存在を信じたり、降霊会で死者を呼ぶ気持ちがわたしにはわかる。何か月も生きている人のことだけ考えて暮らして、でもある日ふと一曲のタンゴや一杯のスイカ水《アグア・デ・サンディア》に誘われて、バディがあらわれて冗談を言ったり、すぐ目の前にあなたが活き活きと立っていたりする。あなたと話せたらどんなにいいか。あなたは耳の聞こえない猫よりわるい。

　つい二、三日前、ブリザードの後にもあなたはやって来た。地面はまだ雪と氷に覆われていたけれど、ひょっこり一日だけ暖かな日があった。リスやカササギがおしゃべりし、スズメとフィンチが裸の木の枝で歌った。わたしは家じゅうのドアと窓を開けはなった。背中に太陽を受けながら、キッチンの食卓で紅茶を飲んだ。正面ポーチに作った巣からスズメバチが入ってきて、家の中を眠たげに飛びまわり、ぶんぶんうなりながらキッチンでゆるく輪を描いた。ちょうどそのとき煙探知機の電池が切れて、夏のコオロギみたいにピッピッと鳴きだした。陽の光がティーポットや、小麦粉のジャーや、ストックを挿した銀の花瓶の上できらめいた。

　メキシコのあなたの部屋の、夕方のあののどかな光輝のようだった。あなたの顔を照らす日の光が見えた。

巣に帰る

朝、その木から飛んでいくところは見たことがないのに、いつも日が暮れる三十分ほど前になると、町のあちこちからカラスがたくさんその木に集まってくる。羊飼い役の何羽かがあたりを巡回して帰って来いよと仲間たちに呼びかけるのか、それとも各自が飛び回ってはぐれているのを見つけて、いっしょにその木に連れ帰るのか。これだけ飽きずに見ていればわかりそうなものだ。けれども何度見ても、ただ何十羽ものカラスがいろんな方角から飛んできて、オヘア空港みたいに上空で五、六回ほど旋回しながらカアカア鳴き交わしたかと思うと、次の瞬間にはぴたっと静かになり、もう一羽の姿も見えなくなっている。その木は一見したところ何の変哲もないカエデだ。あれほどたくさんの鳥が中にいるとは、外からは想像もつかない。

最初にカラスに気がついたとき、わたしはたまたま正面ポーチにいた。街から帰ってきたばかりで持ち運び式の酸素ボンベをつけていたので、そのままポーチのスイングチェアに座って夕焼けを見ていた。ふだんはいつも使うボンベから管の届く、裏のポーチに出て座る。ニュースを観ていたり、夕食を作っていたりしてその時間は外にいないこともある。つまり、日暮れごろそのカエデの木の中にカラスがたくさんいることに、まるで気づかなかった可能性だって大いにあったのだ。

その木を出て、サニタス山の上のほうのさらにべつの木に移って夜を明かしているのだろうか。そうかもしれない。朝うんと早く起きて、丘に面した窓辺に座って外を見ていても、その木からカラスが出てくるのを一度も見たことがないからだ。そのかわり、鹿がサニタス山やダコタ・リッジに連なる丘に入っていく姿や、岩山の向こうでピンク色に輝く日の出は見える。雪があってうんと気温が低い日には、氷の結晶があたり一面をステンドグラスのピンクやネオンカラーのサンゴ色に染めるアルペン・グローも見える。

もちろん今は冬だ。例の木は葉を落とし、カラスの姿もない。わたしはただ頭の中でカラスのことを考えるだけだ。歩くのがしんどいので、山道を何ブロックか登っていくなんてとても無理だ。車で行くという手もある、道の向こう側に渡るのにわざわざ運転手つきの車に乗ったバスター・キートンみたいに。だが行ってもきっと暗すぎて、木の中に鳥がいるかどうかわからないだろう。

なぜわたしはこんな話をするのだろう。庭にはカササギもいて、雪をバックに青く黒くひらめいている。横柄なしわがれ声で鳴くところもカラスといっしょだ。もちろん本を読むなり誰かに電話で訊くなりすれば、カラスの帰巣の習性についてはわかるだろう。でもわたしが気になるのは、カラスに気づいたのがほんの偶然からだった、という部分だ。わたしはほかにもいろんなことを見のがしてきたんじゃなかろうか。今までの人生で、〝正面ポーチ〟ではなく〝裏のポーチ〟にいたことが、はたして何度あっただろう？　わたしに向かって発せられたのに聞きそこねた、どんな言葉があっただろう？　気づかずに過ぎてしまった、どんな愛があっただろう？

無意味な問いだ。わたしがここまで長生きできたのは、過去をぜんぶ捨ててきたからだ。悲しみも後悔も罪悪感も締め出して、ぴったりドアを閉ざす。もしもちょっとでも甘い気持ちで細く開けたが最後、バン！　たちまちドアは押し破られ、苦悩の嵐が胸の中に吹きこみ恥で目がつぶれコップや瓶が割れジャーは倒れ窓は割れこぼれた砂糖とガラスの破片でしたたかすっ転んでおびえ取り乱し、そうしてやっとぶるぶるふるえて泣きながら重いドアを閉ざす。散らばった破片を一から拾いなおす。

でも、枕に〝もしも〟をつけて過去を中に入れるのであれば、そう危険ではないかもしれない。もしもあのとき出ていくポールにひとこと声をかけていたら？　もしもあのとき誰かに助けを求めていたら？　もしもあのときHと結婚していたら？　今こうして窓の前に座り、枝もカラスもないカエデの木を眺めていると、一つひとつの〝もしも〟に、ふしぎと心なぐさまる答えが返ってくる。このもしもも、あのもしもも、結局は起こるはずのなかったことだ。わたしの人生に起こったいいことも悪いことも、すべてなるべくしてそうなったことなのだから――今のこの独りぼっちのわたしを形づくってきた選択や行動ならば、なおのこと。

けれども、もっとずっと昔、わたしの一家が南米に移住する前にまで時をさかのぼってみたらどうだろう。もしもあのときモック医師《せんせい》が、わたしはあと一年アリゾナを離れられない、ここに残って徹底的な治療と矯正具の調節を続ける必要がある、場合によっては曲がった背骨を手術しなければならないかもしれない、と言っていたら？　そうしたらわたしは一年遅れて家族のいるチリに行っていただろう。もしもわたしがアリゾナ州パタゴニアでウィルソンさん一家とずっと暮らし、週に一回ツーソンの整形外科医に通い、行き帰りのうだるようなバスの中で『エマ』や『ジェーン・エア』を読んでいたら？

ウィルソン家には五人の子供がいて、みんな家業の「よろず屋《ジェネラル・ストア》」と「軽食屋《スイート・ショップ》」を手伝えるくらいには大きかった。わたしは学校が始まる前と放課後にドットといっしょに軽食屋を手伝い、屋根裏の彼女の部屋でいっしょに寝起きした。ドットは十七歳で、いちばん上の子供だった。子供というより、もうほとんど大人だった。顔におしろいを塗ったり、口紅をひいたり、鼻からタバコの煙を出す彼女は映画の中の女の人みたいだった。わたしたちは藁《わら》のマットレスに古びたキルトをかけて、いっしょに寝た。わたしはドットのじゃまにならないようになるべく動かず、彼女のいろんな匂いにどぎまぎしながら横になることを覚えた。彼女は赤毛のくせっ毛をワイルドルートの油で伸ばし、寝る前は顔にノグゼマをすりこみ、〈ツイード〉をいつも手首と耳の後ろにシュッとひと吹きした。彼女からはタバコと汗とデオドラントと、そして――ずっと後になって気づいたのだが――セックスの匂いがした。軽食屋が閉店する十時までハンバーグやポテトフライを作りつづけるので、彼女もわたしも古い油みたいな匂いがした。店が終わると目抜き通りを渡り、鉄道の線路を越え、フロンティア酒場の前は足早に通りすぎ、道をてくてく歩いて家まで帰った。ウィルソン家の住まいは町でいちばん洒落た家だった。大きな白い二階建てで、ピケットフェンスをめぐらせた庭には花壇と芝生があった。パタゴニアのほかの家は、どれも狭くて殺風景だった。鉱山町によくある仮住まいの家屋で、駅みたいな、採鉱場みたいな、バタースカッチみたいな変な茶色に塗られていた。住民のほとんどは山の上にあるトレンチ鉱かフラックス鉱で働いていた。わたしの父はそこの監督をしていたが、いまはチリやペルーやボリビアを回って鉱石の買い付けの仕事をしていた。父はさいしょ行きたがらなかった、鉱山に残って地底深くで働いていたいと言った。でも母が行くべきだと言い、みんなもそう言った。こんなチャンスはめったにない、きっと大金持ちになれる。

父はウィルソン家にわたしの部屋代と食費を払ったが、わたしの性分からしてほかの子供たちといっしょに働くほうがためになるだろうと、みんなの意見が一致した。一家はみんなよく働いたが、ことにドットとわたしの働きぶりは大したもので、夜おそくまで働いたうえに、朝も五時起きだった。朝はノガレスからトレンチ鉱に行くバスが三本出るあいだ店を開ける。バスとバスの間隔は十五分で、コーヒーを一、二杯飲み、ドーナツをつまむのにちょうどよかった。坑夫たちはドットとわたしにごちそうさんを言い、手を振りながら店を出ていった。またな《アスタ・ルエゴ》！　それからわたしたちは後片付けをし、自分たちの昼用にサンドイッチをこしらえる。そしてウィルソンさんのおばさんが来ると後をバトンタッチし、わたしたちは学校に向かう。わたしはまだ丘の上の小学校に通っていた。ドットは高校二年だった。

夜の店が終わって家に帰ると、ドットは部屋を抜け出してボーイフレンドのセクスタスに会いにいった。ソノイタの牧場の息子で、学校を中退して家の仕事を手伝っていた。毎晩ドットがいつ戻っていたのかはわからない。いつも寝床に入るとすぐに眠ってしまった。文字どおり〝体が藁についたとたん〟だ。藁のマットレスは『アルプスの少女ハイジ』みたいでうれしかった。藁は寝心地がよく匂いもよかった。毎日、目を閉じると次の瞬間にはドットに揺り起こされるみたいに思えた。彼女はもう顔を洗うかシャワーを浴び終わって服も着ていて、わたしが同じようにしているあいだにブラシで髪を内巻きのページボーイに整え、化粧をした。「なにじろじろ見てんのよ？　ほかにすることないんだったらベッドを直しといて」ドットはわたしのことをあまり好きではなかったが、わたしも彼女のことがべつに好きではなかったから、へっちゃらだった。軽食屋に向かう道すがら、ドットはわたしにセクスタスのこと誰にも言わないでよ、父さんに知れたら殺されちゃう、と何度も念を押した。ドットとセクスタスのことならもう町じゅうの人が知っていたけれど、そうでなかったらわたしは誰かに、家族ではないにしても誰かに話していただろう。意地悪なドットへの仕返しに。ただしドットのは理屈でする意地悪だった。自分の部屋に無理やり入りこんできた子なんだから嫌うべきだ、という論法だ。でも本当のところ、わたしたちは気が合った。いつもくすくす、にやにや笑いあい、タマネギを刻んだりソーダを作ったりバーガーをひっくり返したりの息もぴったりだった。二人とも手が早くて要領がよく、お客の相手をするのが好きだった。朝のお客の多くは気のいいメキシコ人坑夫で、冗談を言ったりわたしたちをからかったりした。放課後の店には学校帰りの子供たちや町の人たちがやってきて、ソーダやサンデーを頼んだり、ジュークボックスをかけたり、ピンボールマシンで遊んだりした。わたしたちはハンバーガーやチリドッグやグリルドチーズ・サンドを出した。ウィルソンさんのおばさん手作りのツナと卵のサラダやポテトサラダ、コールスローもあった。でも一番の人気メニューは、毎日午後にウィリー・トーレスのお母さんが届けにくるチリだった。冬はレッドチリ、夏はポークのグリーンチリ。わたしたちは付け合わせの小麦粉のトルティーヤを何枚もグリルで温めた。

ドットとわたしがそれほど必死できびきび働くのにはわけがあった。お皿をぜんぶ洗ってグリルも掃除しおえたら、ドットはセクスタスに会いにいき、わたしは九時から十時のあいだのパイとコーヒーの注文を任せてもらえるという暗黙の了解ができあがっていたのだ。わたしはもっぱらウィリーといっしょに宿題をした。

ウィリーはお隣の鉱物検査師の事務所で夜の九時まで働いていた。わたしとは小学校の同級生で、元からの仲良しだった。毎週土曜日の朝になると、わたしは父に連れられてピックアップトラックに乗り、食料品を買い、山の上のトレンチ鉱の近くに住んでいる四、五家族ぶんの郵便物を受け取った。買い物をすべて済ませて荷台に積みおえると、父はかならずワイズさんの鉱物検査事務所に立ち寄った。二人はコーヒーを飲みながらいろいろな話をした。鉱石とか、鉱山とか、脈《ヴェイン》？ ごめんなさい、よく聞いていなかった。とにかく鉱物のことだった。その事務所で見るウィリーはまるで別人だった。学校では無口で引っこみ思案の子だったのに。八歳のときにメキシコからやってきて、本当はブージンガー先生よりも頭がいいくらいなのに、ときどき読み書きでつまずいた。彼がはじめてわたしにくれたバレンタインのカードは〝ぼくのスウェット・ハートになって〟だった。けれどもみんな、わたしをからかうみたいにはウィリーのことをからかわなかった。のっぽで矯正具をつけたわたしが教室に入っていくと、みんな「棒っきれ！」とはやしたてた。ウィリーも背は高かった。頬骨が高く目の黒いインディアンふうの顔だちで、着ているものは清潔だけれどくたびれて小さすぎ、黒くてまっすぐな髪は、お母さんに切ってもらうので長くてぎざぎざだった。『嵐が丘』を読んだとき、野性的で勇ましいヒースクリフは、わたしのなかでウィリーの姿だった。

鉱物検査師の事務所にいるウィリーは、この世に知らないことがないみたいだった。将来は地質学者になるのが夢だった。わたしは彼から金や黄鉄鉱《フールズ・ゴールド》や銀の見つけ方を教わった。最初の日、さっきは二人で何を話していたんだねと父から訊かれて、わたしは習ったばかりの知識を披露した。「これは銅。これは石英。鉛。亜鉛」

「すばらしい！」父は心底うれしそうにそう言った。そして鉱山に着くまでずっと、地質学的に見たこのあたりの土地について、運転しながらわたしに講義した。

土曜のたびに、ウィリーはわたしにいろんな石を見せてくれた。「これは雲母。この石は頁《けつ》岩《がん》、こっちのは石灰岩」それから鉱山地図を見せて説明してくれた。化石がたくさん入った箱を二人で物色した。彼がワイズさんといっしょに採りに行ったものだった。「ほら、見てこれ！葉っぱだ！」わたしは自分が彼を好きなことに気がつかなかった。二人の親しさはとても穏やかで、ほかの女の子たちが四六時中話している〝好き〟とは似ても似つかなかった。ロマンスとか、片思いとか、ジーニィったらマーヴィンにお熱なんだって！とか、そんなのとはべつのものだと思っていた。

軽食屋を閉めるまでの一時間、わたしたちはブラインドをおろし、カウンターに並んで腰かけ、ホットファッジ・サンデーを食べながら宿題をした。ウィリーはジュークボックスに細工をして、「中国行きのスロウボート」と「クライ」と「テクサーカナ・ベイビー」ばかり何度も繰り返しかかるようにした。彼は算数と代数が得意、わたしは国語が得意だったから、お互いに助けあった。スツールに脚をからめて体を寄せ合った。彼はわたしの背中から突き出た矯正具に肘をかけさえしたけれど、気にならなかった。いつもなら服の下の矯正具を誰かに気づかれただけで、恥ずかしさで胸がむかむかしたのに。

わたしたちを何より強く結びつけたものは眠気だった。どちらも「わあ眠い、ねえ眠くない？」と口に出して言いはしなかった。ただただ疲れて、軽食屋で互いにもたれかかってあくびをした。教室であくびをしては、こっそりほほえみあった。

ウィリーのお父さんはフラックス鉱の落盤事故で死んだ。父がアリゾナに来た最初から、なんとか閉山させようとがんばっていた場所だった。いろんな鉱山をまわって、鉱脈が尽きていないか、危険ではないかを調査するのが父の長年の仕事だった。ついたあだ名は「閉山屋ブラウン」。父がウィリーのお母さんに報《しら》せをもっていくあいだ、わたしはトラックの中で待っていた。まだウィリーと知り合う前のことだ。父は町から家まで帰るあいだずっと泣き通して、わたしは怖くなった。あとになってウィリーから、父が坑夫とその家族のために闘って年金を勝ち取ってくれたこと、そのおかげで彼の母がとても助かったことを聞かされた。ウィリーのお母さんは六人の子持ちで、洗濯婦と料理婦をかけもちして働いていた。

ウィリーもわたしに負けないくらい朝早く起きて薪《まき》を割り、妹や弟たちの朝ごはんを作っていた。一番つらいのは公民の時間で、あまりに退屈で、目を開けているのは至難のわざだった。おまけに始まりは午後の三時だった。一時間が気の遠くなるほど長かった。冬には薪ストーブが窓を湯気で曇らせ、みんなの頬っぺたを真っ赤に染めた。ブージンガー先生まで、丸くて赤い頬紅の下が真っ赤だった。夏は開けた窓から入ってきたハエがわんわんうなり、ハチもぶんぶん、時計はチクタク、何もかも気だるく暑く、先生の憲法修正第一条についての話はくどくど長く、と、ぴしゃん！　いきなり定規が教壇を叩く。「そこの二人！　起きなさい！　あんたたちには背骨ってものがないの？　まるでクラゲね。ほらしゃんと背筋を伸ばして、目を開ける、クラゲたち！」いちどわたしが目を休めていただけなのを、先生は居眠りしていると勘違いした。「ルル、アメリカの国務長官の名前は？」

「アチソンです」先生はびっくりした顔をした。

「ではウィリー、農務長官の名前は？」

「トピカと、サンタフェ、ですか？」

たぶん二人とも眠さで酔っぱらっていたのだろう。先生に公民の教科書で頭をひっぱたかれるたびに、げらげら笑いが止まらなくなった。しまいに彼は廊下に、わたしはクロークルームに追い出されたが、授業が終わって先生が行ってみると、二人とも床に丸まってすやすや眠っていた。

ドットの部屋にセクスタスが忍んできたことが何度かあった。彼がひそひそ「ガキは寝てる？」と言うのが聞こえた。

「バタンキューよ」そのとおりだった。どんなにがんばって目を開けて二人のやることを見てやろうと思っても、あっと言う間に眠りに落ちてしまった。

今週、おかしなことが起こった。小さなすばしこいカラスが左目のあたりをしゅっと飛ぶのが見える。ところがそっちを向くと、もういない。目を閉じると、ハイウェイを猛スピードで過ぎ去るオートバイみたいに光が目の前をシュンと横切る。幻覚でも見たか目のガンではないかと思ったが、医者によるとこれは飛蚊症《ひぶんしょう》なのだそうだ。なる人は多いんですよ。
「真っ暗なのに、どうして光が見えるんです?」むかし、冷蔵庫を見るたび不思議に思っていたときと同じくらいわけがわからなくて、わたしはそう訊いた。目が脳に光を見たと信号を出し、脳もそれを信じるのだ、と医者は説明した。笑わないでほしい。それでいっそう例のカラスの問題が深刻化した。これは、もしも誰もいない森の中で木が倒れたら、というあの命題の蒸し返しでもある。もしかしたらあのカエデの木のカラスも、わたしの目が脳にそういう信号を出しただけなのかもしれない。

ある日曜の朝、目を覚ますとドットの向こう側にセクスタスが寝ていた。二人とも美男美女だったら、わたしももっとしげしげ眺めたかもしれない。セクスタスは五分刈りのニキビだらけで眉毛はほとんど白に近く、喉仏がやたらと大きかった。けれども投げ縄とバレル・ライドではチャンピオンで、彼の育てた豚は4Hクラブの品評会で三年連続優勝していた。ドットのほうは地味でぱっとしない顔だちだった。あれだけこってり塗りたくった化粧も彼女を尻軽女にさえ見せてくれず、茶色の小さな目と、出っぱった糸切歯のせいで唸《うな》る寸前の犬みたいにいつも少し開いた大きな口を、よけいに目立たせるだけだった。ドットをそっと揺すってセクスタスのほうを指さすと、彼女は「いやだ大変」と言って彼を起こした。彼は窓から出てハコヤナギの木を伝って、あっと言う間に姿を消した。「でもドット、ドットはわたしを藁ぶとんに押しつけ、このこと人に言ったら承知しないよと言った。「でもドット、あたし今までだって一度も言ったことないじゃない」「もしも誰かに言ったら、あんたとあのメキシコっ子のことをバラしてやるから」その言い方が母そっくりで、わたしはふるえあがった。

母に悩まされずにすむのはいいことだった。今のわたしはすっかりいい子だった。不機嫌でも不貞腐《ふてくさ》れでもない。素直でよく手伝いもする。家にいたときみたいに物をこぼしたり割ったり落としたりも、もうしない。この家を離れたくなかった。ウィルソンさんのおじさんもおばさんも、わたしのことをいい子だ、働き者だ、もううちの家族も同然だと事あるごとに言ってくれた。日曜日には一家そろって夕食を囲んだ。家族が教会に行っているあいだにドットとわたしで午《ひる》まで働き、店を閉めて家に戻ると夕食の支度を手伝った。おじさんが食前のお祈りをした。男の子たちは肘で突っつきあいっこをして笑い、バスケットボールの話をし、わたしたちみんなも、さて何の話をしたのだったか。もしかしたら口数はそれほど多くなかったかもしれないが、とてもなごやかだった。「ちょっとバターを取って」とか「グレーヴィは?」とか、そんなような。ことにうれしかったのは、わたし用にもちゃんとナプキンとナプキンリングがあって、それがほかのみんなのといっしょに食器棚にしまってあることだった。

毎週土曜日にはノガレスまで車で送ってもらい、そこからバスでツーソンまで行った。病院では中世の拷問道具のようなものにつながれて、何時間も、もうこれ以上は無理というところまで牽引された。それから体を測定され、神経の損傷を見るためにあちこちをピンで刺され、ハンマーで脚と足をとんとん叩かれた。矯正具と片足の靴の上げ底も調節してもらった。お医者たちは何か結論を下そうとしているようだった。何人もかわるがわる、わたしのレントゲン写真を難しい顔でにらんだ。みんながお伺いを立てていた高名なお医者さんが、この子の背骨は脊髄《せきずい》に近すぎる、と言った。手術をするとマヒが残るかもしれないし、背骨の曲がりを埋めあわせていた他の臓器にショックを与えるかもしれない。それに費用もかかる、手術自体はもちろん、術後はうつぶせに寝たまま五か月間じっとしていなければならない。どうやら誰も手術に前向きでないようなので、わたしはほっとした。もし背骨をまっすぐに伸ばしたら、身長が二メートルを超えるかもしれなかった。それでも診察はずっと続けてほしかった。チリになんか行きたくなかった。

お医者さんは、ウィリーにもらったハート形の銀が写ったわたしのレントゲン写真を一枚くれた。Sの字に曲がった背骨、おかしな位置にずれた心臓、そしてちょうど真ん中にウィリーの心臓《ハート》。ウィリーはそれを、鉱物検査事務所の奥の小さな窓に飾ってくれた。

たまの土曜の夜には、遠くエルジンやソノイタのほうでバーンダンスが開かれた。文字どおり納屋《バーン》でやるのだ。何マイル四方もの人がみんなやって来た。年寄りも、若者も、赤ん坊も、犬も。観光用牧場《デュード・ランチ》の滞在客も来た。女たちはこぞって食べ物を持ってきた。フライドチキンやポテトサラダ、ケーキにパイにフルーツパンチ。男たちはかたまりになって、ピックアップトラックの周りにたむろして酒を飲んだ。そこに女もちらほら混じっていて、母はいつもそうだった。高校生が酔っぱらって吐き、隠れてネッキングしているところを見つかった。年配の女たちは自分たちどうしで踊り、子供と踊った。みんなが踊った。たいていはツーステップだったが、たまにチークダンスやジルバも踊った。スクエアダンス、それに「ラ・ヴァルソヴィアーナ」のようなメキシカン・ダンスも。〝さあ小さなあんよ、小さなあんよをこっちへどうぞ〟、それに合わせてぴょん、ぴょんと跳ねてくるりと回る。バンドはありとあらゆる曲をやった。「ナイト・アンド・デイ」から「回り道しよう、先は泥道だ」から「ハリスコ・ノ・テ・ラヘス」から「ドゥ・ザ・ハックルバック」から。毎回ちがうバンドだったけれど、曲はいつも同じごった煮《パチューコ》だった。あの素晴らしい寄せ集めのプレイヤーたちは、いったいどこから来ていたのだろう。ちんぴら風のトランペットにギロ弾き、大きな帽子のカントリーギター、ビバップのドラマーにフレッド・アステアそっくりのピアノ。あのちっぽけなバンドに匹敵するほどのものを聴いたのは、五〇年代の終わりにファイブ・スポットで聴いた一度きりだった。オーネット・コールマンの「ランブリン」。みんなが斬新だ、天才だ、と彼に熱狂した。けれどもわたしの耳にそれはテキサスとメキシコの混ざりあった、あの懐かしのソノイタのスイングダンスだった。

開拓団タイプの昔気質の主婦たちも、この日はせいいっぱいおめかししてやって来た。家庭用パーマ、口紅、ヒールの高い靴。男たちは大恐慌をくぐり抜けてきた、なめし革のように丈夫で勤勉な牧童や坑夫たちだった。生真面目で敬虔《けいけん》な働き者たち。わたしは坑夫たちの顔を見るのが好きだった。ふだん泥だらけでくたびれ果てて山から降りてくる彼らが、みんな赤い顔であけっぴろげに笑いながら「ア・ハ、サン・アントーン！」とか「アイ、アイ、アイ！」などとがなり立てていた。そう、ただ踊るだけでなく、誰もが歌い、大声で叫んだ。休憩時間になるとウィルソンさんのおじさんとおばさんがやっと我に返り、息を切らしながら「ドットを見なかった？」とわたしに訊いた。

ウィリーのお母さんも友だちと連れだってダンスに来た。洒落たドレスを着て髪をアップにして、十字架の首飾りを弾ませて全部のダンスを踊った。美人で、若かった。そして気品があった。体をくっつけるスローなダンスは踊らなかったし、ピックアップトラックのほうにも行かなかった。いや、わたしが気づいていなかっただけだ。パタゴニアの女の人たちはみんな知っていたが、誰もが彼女の肩をもった。あの人はそういつまでも寡婦《やもめ》ではいないわよ、そうも言った。いちどウィリーにどうしてあんたはダンスに来ないのと訊いたら、ダンスなんてできないし、弟たちの面倒を見ないといけないから、という答えが返ってきた。でもほかの子たちだってみんな来てるんだから、連れて来ちゃえばいいじゃない。だめだよ、とウィリーは言った。母さんだって、たまには家のことを忘れて楽しまなくちゃ。

「じゃあ、あんたは？」

「あんまり興味ないや。べつに我慢して言ってるわけじゃないよ。僕だって母さんと同じくらい、母さんに早くいい結婚相手が見つかるといいなって思ってるんだ」そう彼は言った。

町にダイヤモンド掘りが来ると、ダンスはますます熱を帯びた。そういう職業が今もあるのかどうかはわからない。でも当時の鉱山の世界では、ダイヤモンド掘りは特別な人種だった。いつも二人で組になって、時速九十マイルで土埃を巻きあげて鉱山に乗りつける。車はピックアップでも普通のセダンでもなく流線型の二人乗りで、土埃の下で塗料がつやつや輝いていた。服も、牧童や坑夫の着るようなデニムや作業着ではなかった。坑道に降りるときは着替えたのかもしれないが、移動のときもダンスのときも、ダークスーツに光沢のあるシャツ、それにネクタイだった。長めの髪をポンパドールにとかしつけ、もみあげを長く伸ばして、たまに口ひげも生やしていた。西部の鉱山でしか彼らを見たことがなかったけれど、ナンバープレートはいつもテネシーやアラバマやウェストバージニアだった。ダイヤモンド掘りは長くはとどまらず、いてもせいぜい一週間だった。あの連中は脳外科医よりもよく稼ぐ、と父が言っていた。おそらくいい鉱脈を開いたり、探し当てたりということをしていたのだろう。重要で危険な仕事だったにちがいない。だから彼らは危険で、そして今ならわかるが、セクシーだった。傲慢なほどの自信にあふれ、どこか闘牛士や銀行強盗やリリーフピッチャーのような気配を漂わせていた。バーンダンスに来ている女は、年寄りも若いのも、みんなダイヤモンド掘りと踊りたがった。わたしもだ。そしてダイヤモンド掘りはみんなウィリーのお母さんと踊りたがった。ダンスの最後のほうでは、きまって誰かの奥さんか妹が酔っぱらってダイヤモンド掘りのどちらかと納屋の外に消え、あげくに派手な殴りあいの喧嘩が始まって、男たちはみんなそれっとばかりに外に飛び出した。いつも誰かが空に向かって銃を一発ぶっ放して喧嘩は終わりになり、ダイヤモンド掘りは闇夜の中をすたこら逃げ出し、手負いのヒーローは顎を腫《は》らし、目のまわりを黒くしながらまたダンスに加わる。するとバンドはきまって「浮気なあなたにはもううんざり」のような曲を演奏した。

ある日曜の午後、ワイズさんがウィリーとわたしを車に乗せて、山の上のわたしの以前の家を見に連れていってくれた。父の育てたミスター・リンカーンというバラの香りをかぎ、古いオークの木の下を歩きまわっているうちに、わたしはホームシックになった。ぐるっと見わたすかぎりのごつごつした岩山、はるかに見おろす谷と遠くのボールディー山。空を舞うタカやカケス、精錬所の滑車の、かしゃん、かしゃんというシンバルみたいな音。わたしは家族が恋しくて、泣くまいとしたけれど、やっぱり泣いてしまった。ワイズさんはわたしを抱きよせ、心配いらない、学校が終わったらきっとまた会えるよと言った。わたしはウィリーを見た。彼はほら、というように頭を傾けた。すぐ近くに雌鹿と仔鹿がいて、こちらをじっと見つめていた。「あいつらが行くなって言ってる」と彼は言った。

そんなわけで、わたしは南米に行っていたかもしれなかった。だがそのときチリで恐ろしい地震が起こった。国をゆるがす大災害で、わたしの家族はみんな死んでしまった。わたしはそのままパタゴニアでウィルソンさんたちと暮らした。高校を出ると奨学金をもらってアリゾナ大学に進み、ジャーナリズムを専攻した。ウィリーも奨学金をもらって地質学と美術の両方を専攻した。卒業と同時にわたしたちは結婚した。ウィリーはトレンチ鉱で職を得、わたしも『ノガレス・スター』紙で働いたが、やがて長男のシルバーが産まれて辞めた。住まいはブージンガー先生がかつて住んでいた、ハーショウに近い山の上の、リンゴ園に囲まれた古くて美しい日干しレンガの家だった（そのころすでに先生は亡くなっていた）。

陳腐に聞こえるけれど、ウィリーとわたしは末永く幸せに暮らした。

もし本当にそうなっていたら、本当に地震が起こっていたら、どうなっていただろう。わかっている。〝もしも〟の問題点はそこだ。遅かれ早かれ壁に突き当たってしまうのだ。たぶんわたしはパタゴニアにはいられなかっただろう。テキサス州アマリロにやられていたはずだ。見渡すかぎり山ひとつない、サイロと空と回転草ばかりの、のっぺりと平らな土地。そこでわたしはデービッド伯父さん、ハリエット伯母さん、グレイひいお祖母ちゃんとともに暮らしただろう。その家でわたしはやっかい者扱いされる。背負わなければならない十字架。行動化、カウンセラーが〝心のSOS〟と呼ぶ問題行動の数々。少年鑑別所を出て間もなく、わたしはたまたま町にやって来たダイヤモンド掘りと駆け落ちし、そのままモンタナに行き、そしてどうなったと思う？　なんとわたしの人生は今とそっくり同じになっていただろう、ダコタ・リッジの石灰山のふもとで、カラスを見ながら。

謝辞

本書の編集にたずさわったここ数年間に、多方面から援助や励ましや便宜をちょうだいした。そのおかげで本来ならば悲しみをともなうこの作業も、しばしば喜びに満たされた。ルシアが知ったらどれほどよかったか。

過去に彼女の本を出版した編集者たち——その何人かは、すでに声の届かないところに行ってしまった——に最大級の感謝を捧げる。その炯眼《けいがん》者のリストに名を連ねるのはマイケル・マイヤーズとホルブルック・ティーター（ゼフュラス・イメージ）、アイリーン・キャラハンとボブ・キャラハン（タートル・アイランド社）、マイケル・ウルフ（トンブクトゥ・ブックス）、アラステア・ジョンストン（ポルトルーン・プレス）、ジョン・マーティンとデーヴィッド・ゴダイン（ブラックスパロウ）である。存命の方々からは寛大な協力をたまわった。

この本を形にするべく先頭に立って動いてくれたのは作家のバリー・ギフォードとマイケル・ウルフである。ジェニー・ドーン、ジェフ・ベルリン、ゲイル・デイヴィース、キャサリン・フォーセット、エミリー・ベル、リディア・デイヴィスは、この本のためにそれぞれの分野で惜しみない、素晴らしい仕事をしてくれた。ＦＳＧ社では大勢の優秀なチームが情熱と誠意をもってエミリーを支えた。ルシアが生きていればどれほど喜んだか、きっと私が言うまでもなくみなさんご存じだろう。私も同じくらい感謝している。

——Ｓ．Ｅ．

物語《ストーリー》こそがすべて

リディア・デイヴィス

ルシア・ベルリンの小説は帯電している。むきだしの電線のように、触れるとビリッ、バチッとくる。読み手の頭もそれに反応し、魅了され、歓喜し、目覚め、シナプス全部で沸きたつ。これこそまさに読み手の至福だ——脳を使い、おのれの心臓の鼓動を感じる、この状態こそが。

ルシア・ベルリンの文章の活力の源の一つは緩急にある。あるときはよどみなく静謐、穏やかでゆったりと。あるときはスタッカート、簡略、スピーディ。それはまた独特のネーミングにもある。〝ピグリー・ウィグリー〟（スーパーマーケット）、〝ビーニー・ウィーニー・ワンダー〟（怪しげな創作料理）、〝〈ビッグ・ママ〉のパンスト〟（語り手の太め体型を物語るものとして）。会話にもある。まったくなんという感嘆句だろう——〝えいもうこんちくしょう《ジーザス・ウエプト》〟だの、〝糞いまいましい《アイム・ブレイムド》！〟だの。それに人物像。電話交換手の女ボスは、テルマの振るまいを見て彼女の辞めどきが近いと予言する。「カツラが曲がって下ネタを言うようになりゃ、もう長くはないね」

そしてもちろん言葉そのもの、その一語一語がある。ルシア・ベルリンはつねに聞き、聴いている。どんなときでも言葉に耳をとぎすまし、読み手もまた音節のリズムや音と意味の奇跡的な合致に歓喜する。不機嫌な電話交換手は〈そこらじゅうひっぱたいたりこづいたり〉しながら動く。べつの作品ではカラスが〈がさつにガアガア鳴《ゴーキー・ローカス》〉く。二〇〇〇年にコロラドから私宛てに彼女が書いてきた手紙には、こんな一文がある――〈雪で重くなった枝が割れ、折れて屋根を打ち、風が壁を揺らしている。それでもこの家は落ちつきます、まるで造りのいい頑丈な船、平底船かタグボートの中にいるようで。〉（このたたみかけるような単音節と語呂のよさを耳で味わってほしい。）

ルシア・ベルリンの小説はサプライズに満ちている。思いも寄らない言い回しや考察、事態の展開、ユーモアの連続だ。「ソー・ロング」では、メキシコに暮らしてほとんどスペイン語しか使わない話し手が、少し寂しげにこう語る。〈もちろんここでだって自分はあるし、新しい家族が、新しい猫が、新しいジョークがある。でも英語を話す自分のことを、わたしは忘れかけている。〉

「苦しみの殿堂《ドロレス》」では、まだ子供だった話し手が――ほかの何篇かでもそうするように――難しい母親となんとか折り合おうと努力する。

ある晩彼が帰ったあと、母がわたしといっしょに寝ている寝室に戻ってきた。母は泣きながらさらにお酒を飲み、日記になぐり書きをはじめた。文字どおり、なぐりつけるような書き方だった。

「ママ、だいじょうぶ?」しばらくしてわたしが言うと、ぴしゃりと平手打ちされた。

「ディア・コンチ」の語り手、皮肉屋で生意気な大学生は言う。

ルームメイトのエラ……残念ながら彼女とは馬が合いそうにない。母親がオクラホマから毎月タンポンを送ってくる。エラは演劇専攻だ。まったく。これしきの血で大さわぎするようで、どうしてマクベス夫人を演《や》れるっていうんだろう。

サプライズはときに直喩の形で現れる——そして彼女の小説は直喩の宝庫だ。「掃除婦のための手引き書」の中で彼女は書く。〈サンパブロ通りに似ているからお前が好きだよと、前にターに言われたことがある。〉

彼女はそこからさらにもっと驚くべき比喩をたたみかける。〈ターはバークレーのゴミ捨て場に似ていた。〉

そしてゴミ捨て場について書くときも(バークレーのでも、チリのでも)、彼女の筆は野の花について書くときと同じ詩情にあふれている。

あのゴミ捨て場に行くバスがあればいいのに。ニューメキシコが恋しくなると、二人でよくあそこに行った。殺風景で吹きっさらしで、カモメが砂漠のヨタカみたいに舞っている。どっちを向いても、上を見ても、空がある。ゴミのトラックがもうもうと土埃をあげてごとごと過ぎる。灰色の恐竜だ。

そして物語を現実世界につなぎとめるのは、いつだって具体的で実感をともなうイメージだ。トラックは〝ごとごと〟走り、土埃は〝もうもうと〟あがる。イメージは美しいこともあれば、ただひたすら生々しいこともある。私たち読み手は頭と心を通してだけでなく、五感を通しても物語を体験することになる。「いいと悪い」の歴史の教師の、汗とカビのはえた服が入り混じった体臭。べつの作品の、〈足の下でへこむ溶けたアスファルトと……土埃とセージの匂い〉。ツルの群れは〈カードをシャッフルする音とともに〉飛び立つ。〈カリーチ〔南米の乾燥した土地に多く見られる石灰質の地層〕の土埃とセイヨウキョウチクトウ〉。べつの一篇の中の〈野生のヒマワリとパープルウィード〉、そしてかつて栄えていた時代に植えられ、いまや大木に育ったスラム街のポプラ並木。彼女はつねに〝見て〟いた、もうあまり動けなくなって、窓からしか外を見られなくなっても。二〇〇〇年の同じ手紙のなかで、カササギはリンゴの実めがけて〈急降下爆撃〉し、〈雪の背景に青緑と黒がすばやくひらめ〉いていた。

たとえば一つの描写がロマンチックに始まる――〈ベラクルスの教区教会《パロキア》や、椰子の木や、月明かりのランタンや〉――だがそのロマンチシズムは彼女の目で鋭く切り取られたフロベール的リアリズムによって、現実世界さながらに断ち切られる――〈踊り手たちのぴかぴかの靴のあいだをうろつく犬や猫〉。平凡と非凡を同列に、ありきたりだったり醜かったりするものと美を同等に見るとき、世界をあるがままに受け入れる作家の姿勢はいよいよ際立つ。
そうした目の良さを、彼女は、というか語り手の一人は、母親から教わったと述べている。

わたしたちはあなたのジョークや物の見方、何ひとつ見逃さないあの目のことを、よく思い出す。それをわたしたちはあなたから受け継いだ。見ることを。
でも聞く耳はなかった。わたしたちが何か言おうとしても、聞くのはせいぜい五分だけ、それで「もうたくさん」となる。

母親が自分の寝室で酒を飲んでいる。祖父も自分の寝室で酒を飲んでいる。少女はポーチに寝て、瓶から酒がとくとく注がれる音を二つの部屋からべつべつに聞く。小説内のこと、だがおそらくそれは事実でもあり――いや、というより小説は誇張された事実であり、それがあまりに鋭く観察され、かつユーモラスであるために、読み手は痛みを感じている時ですら、同時に語りの巧みさが快くて、快感のほうが痛みを上回ってしまう。

ルシア・ベルリン作品の多くは彼女の実人生に基づいている。彼女の死後、息子の一人はこう語っている――「母は本当にあったことを書いた。完全に事実ではないにせよ、当たらずといえども遠からずだった」。

最近よく、フランスで〝オートフィクション〟という名で呼ばれる創作の形式が、まるで新しいものであるかのように口にされる。書き手の実体験をそのままにすくい上げ、取捨選択し、慎重かつ巧みに語り直す手法だ。だが私の知るかぎり、それと同じことを、あるいはほぼ同等のことを、ルシア・ベルリンは六〇年代に執筆を始めた当初からすでにやっていた。息子の証言はこう続く――「わが家の逸話や思い出話は徐々に改変され、脚色され、編集され、しまいにはどれが本当のできごとだったかわからなくなった。それでいい、とルシアは言った。物語《ストーリー》こそがすべてなのだから、と」。

もちろんバランスや色彩のために、物語を作る際に変えるべきところは変えていた――できごとのディテールや描写、時系列などを。誇張については本人も認めていた。ある語り手は言う。〈わたしはよく誇張をするし、作り話と事実を混ぜ合わせもするけれど、嘘はつかない人間だ〉。

たしかに彼女は創作もしていた。たとえば初期作品集の編集者だったアラステア・ジョンストンは、彼女と交わしたある会話を記憶している。「あなたの書いた空港の伯母さんのシーン、とてもいいですね。あなたが伯母さんの巨体にソファみたいに沈みこんだ、というくだり」と彼が言うと、彼女はこう答えたという。「本当を言うとね……誰もわたしを迎えには来なかったの。このあいだそのイメージが浮かんで、この話を書いているときに入れこんだの」。自身がインタビューでも語っているとおり、いくつかの彼女の作品は完全なフィクションだ。彼女の小説を読んだからといって、彼女を知ったつもりになってはならないのだ。

ルシア・ベルリンの生涯はじつに濃密で起伏に富んでいて、そこから彼女が作品のために選びとった材料は、多彩で、劇的で、幅広い。子供時代から思春期にかけて、一家の住む場所を決めるのは父親だった——彼女の幼少時代は父の勤務地によって、それから父の第二次大戦出征によって、父が戦争から帰ってきてからはまた父の勤務地によって。結果、アラスカで生まれた彼女は、幼少期をまずアメリカ西部のいくつかの鉱山町、ついで父の不在のあいだエルパソの母の実家で過ごし、そこから南に移って、チリで一転して裕福な上流階級の身分となり、その時代のことは彼女の小説の中でもたびたび描かれている——サンチャゴのティーンエイジの娘の話、そこのカトリック校の話、政治的混乱、ヨットクラブ、仕立屋、スラム街、革命。成人してからも流浪の生活は続き、メキシコ、アリゾナ、ニューメキシコ、ニューヨークと移り住んだ。息子の一人は、子供のころは九か月おきに引っ越ししていたと振り返る。晩年の彼女はコロラド州ボールダーに教職を得、死の直前に息子たちの住むロサンジェルスに移った。

彼女は息子たちについて書き——息子は四人いた——ほぼ女手ひとつで彼らを育てるためについたさまざまな職業について書いた。いや、こう言うべきだろう。彼女は四人の息子を抱えた女について書き、自分がついたのと同じ職業、掃除婦や、ERの看護師や、病院の事務員や、病院の電話交換手や、教師について書いた、と。

彼女は並外れてたくさんの場所に住み、並外れてたくさんの経験をし、それはふつうの人生の何回ぶんにも相当するほどだった。すくなくともその一部についてを私たちは知っている。苦難の子供時代、幼少期の性的虐待、めくるめく情事、依存症の苦しみ、困難な病気と身体の不自由、きょうだいとの思いがけない絆、単調な仕事、厄介な同僚、口うるさい上司、友人の裏切り。それからもちろん自然界への畏れにも似た感動――カステラソウに膝まで埋まったヘレフォード種の牛、野を埋めつくすヤグルマソウ、病院の裏通りに一輪だけ咲いているピンク色のハナダイコン。私たち自身それらを部分的に知り、あるいは似たようなことを知っているから、たちまち物語の中に引きこまれ、彼女といっしょに物語を生きる。

たしかに彼女の小説の中ではいろいろなことが起こる。口の中の歯は一度に全部抜かれる。少女は尼僧を殴ったかどで退学になる。老人は山頂の小屋で、山羊や犬たちと一つ寝床で死ぬ。カビくさいセーターを着た歴史の女教師は、共産党員だったために学校を追われる――〈だがそれで終わりだった。父に言った、たった三つの単語《シーズ・ア・コミュニスト》で。その週のうちに彼女はクビになり、二度とわたしたちの前に姿をあらわさなかった。〉

それがルシア・ベルリンの小説をいったん読みだしたら途中でやめられない理由なのだろうか――出来事がつぎつぎ起こることが？　あるいは魅力的で気のおけない語りの声のなせるわざで

もあるだろうか？　それと文章の無駄のなさや緩急、イメージやクリアさも？　彼女の小説を読んでいると、自分がそれまで何をしていたかも、どこにいるかも、自分が誰かさえ忘れてしまう。

〈待って。〉ある小説はそう始まる。〈これにはわけがあるんです。〉これはルシア本人の声にかなり近い、だがイコールではない。彼女のウィットとアイロニーは小説をすみずみまで満たし、あふれて手紙にまで流れこむ。〈彼女はいま薬を飲んでいるのだけれど〉二〇〇二年に来た手紙の中で、彼女はある知り合いについてそう書いている。〈飲むと飲まないとでは大ちがい！　プロザック〔抗鬱剤の商品名〕がなかったころって、みんなどうしてたんだろう。馬をぶっ叩いてたんでしょうね。〉

馬をぶっ叩く。いったいどこからこんな言葉が出てくるのか。彼女のなかでは、過去は他国の文化や他言語や政治や人の弱さと同じく、生きてそこにあるものだったのかもしれない。彼女はうんとかけ離れたところから、ときに突拍子もない言葉をもってくる。だから電話交換手たちは乳しぼり女が牛にかがみこむように交換台の上にかがみこむし、友人宅を訪ねていけば、ドアを開けた彼女は〈黒い髪にアルミのヘアカラーをたくさん巻きつけて……まるでカブキの頭飾りのようだった。〉

過去といえば、「ソー・ロング」の中のこの一節を、私はうっとりと、ため息とともに読んだのだが、その後何度か読み返して、彼女のしていることにはじめて気がついた。

凍てつく寒さのある晩、スノースーツを着こんだベンとキースと、三人で一つベッドに寝ていた。鎧戸が風でばたばた鳴った。ハーマン・メルヴィルくらい古い鎧戸だ。日曜日で、通りに車はなかった。帆布屋が荷車を馬に牽かせて下の通りを行く。クロップ、クロップ。みぞれが窓ガラスで冷たく悲鳴をあげ、マックスが電話をかけてきた。ハロー、と彼は言った。いますぐそこの角の電話ボックスなんだ。

彼はバラの花束とブランデーのボトルとアカプルコ行きの切符を四枚もってやって来た。わたしは子供たちを起こし、家を出た。

彼らが暮らすのはロウワー・マンハッタンで、当時のロフトは五時を過ぎると暖房を切られてしまった。鎧戸は本当にハーマン・メルヴィルの時代のものだったのかもしれない、当時のマンハッタンには一八六〇年代の建物が残っているところが少なくなく、今もそうだろうが、当時はもっと多かっただろうから。だがこれもまた彼女の誇張である可能性がある——だとすれば美しい誇張、美しい尾ひれだ。さらにその後にくる〈日曜日で、通りに車はなかった〉。この現実的な響きのせいで、次にくる帆布屋や馬車のところで私はうっかりだまされた——あたかも現実のことのようにすんなり飲みこんでしまい、もう一度読み返してみてはじめて、彼女がメルヴィルの時代に一瞬で舞い戻っているらしいことに気がついた。〈クロップ、クロップ〉、これも彼女の得意技だ——無駄に言葉を費やさず、短い単語でディテールを積み重ねる。〈みぞれが窓ガラスで冷たく悲鳴をあげ〉で私はそこに、その部屋の中に引きこまれ、そこから事態は一気に加速し、私たちはあっと言う間にアカプルコに向かっている。

なんとわくわくするような書きぶりだろう。

べつの一篇はベルリンの実体験から直接採られたのであろうことが容易に推察される、明快かつ有益な情報を含んだ一文とともに始まる。〈何年も病院で働いてきて一つだけわかったことがあるとすれば、それは容体の悪い患者ほど音を立てないということだ。わたしがナースコールに返事をしないのは、そのせいだ〉。一読して思い出すのはウィリアム・カーロス・ウィリアムズが町医者をしながら書いた小説群だ――彼のストレートさ、病状や治療についての単刀直入で知識に裏打ちされたディテール、客観的な描写を。ベルリンは、ウィリアムズ以上にチェーホフ(やはり医者だった)を師と仰いでいた。本書の編者スティーヴン・エマソンに宛てた手紙の中で彼女は、二人の小説に生命を与えているのは医者ならではの客観性と共感の結びつきだ、と書いている。さらに彼らの緻密なディテール描写と無駄のない言葉づかいについてもこう言う――〈不必要な言葉は一つとして書かれていない〉。客観性、共感、緻密なディテール、無駄のない言葉――そこには優れた小説にとって欠かせない要素のほぼすべてがそろっているかに見える。だがもちろん、それだけではまだ足りないのだ。

いったい彼女はどうやっているのだろう? とにかく読み手はつねに次に何が起こるかわからない状態に置かれつづける。先の展開がなに一つ読めない。それでいてすべては自然で、真実味があり、こちらの心理と感情の予想を裏切らない。

「ドクターＨ．Ａ．モイニハン」の終盤、語り手の母親は、酒びたりで根性悪で偏屈な自分の老父に対して少しだけ態度を和《やわ》らげたかに見える。〈「父さん、いい仕事をしたわね」と母が言った〉。物語の終わりに来るこれを読んで、私たちは——長年の読書で培われた経験則から——きっと母親は心を開くのだろう、壊れた家族でも、一時的にせよ和解することは可能なのだと考える。だが娘に〈「じゃあお祖父ちゃんのこと、もうきらいじゃない？」〉と問われた彼女は、残酷なまでにそっけなく、ほとんど小気味よく、こう答える。〈「いいえ……大っきらいよ」〉

ベルリンは迷いなく、手加減せずに書くが、そこにはつねに現実の過酷さをやわらげる人間の弱さへの共感と、ウィットと知性に富んだ語りの声、そしておおらかなユーモアがある。

「沈黙」という作品の中で語り手は言う。〈わたしはどんな悲惨なことでも、笑い話にしてしまえるのなら平気で話す。〉（だが少しも笑えないこともこの世にはある、と彼女は付け加える。）

なかには「セックス・アピール」のようなわかりやすい喜劇もある。美人の従姉ベラ・リンがハリウッドスターの夢をかなえるべく、空気で膨らませるブラジャーで胸を嵩《かさ》上げして飛行機に乗りこむ。ところが飛行機が巡航高度に達すると、ブラは破裂する。

だがたいていの場合、彼女のユーモアは控えめで、会話ふうの語りの中にさらりと現れる。たとえばボールダーの町でアルコールを買うことの難しさについて言うこんなくだり——〈酒屋はどこも「ターゲット」〔アメリカの巨大ディスカウントストア〕なみの広大な悪夢だ。ジム・ビームの棚にたどり着く前にＤＴで死にかねない〉。その続きはこうだ。〈その点アルバカーキは最高だ。酒屋にドライブス

ルーの窓口があって、パジャマから着替えるまでもない。〉
現実世界そのままに、喜劇は悲劇と隣り合わせに現れる。ガンで死期の迫った妹が泣きながら言う、〈「ああ、もう二度とロバを見れないなんて！」〉しまいに姉と妹は大笑いに笑うが、その悲痛な叫びはいつまでも私たちの胸に残る。死の手触りはかくも生々しい――二度とロバは見られない、あまりにたくさんのものが二度と見られない。

この卓越した物語る力を、彼女は子供時代に読んだストーリーテラーたちから学んだのだろうか？　それとも彼女はずっとストーリーテラーを目指していて、自分から彼らを追い求め、技を習得したのだろうか？　まちがいなくその両方だろう。彼女には小説の骨格、型に対する天性《ナチュラル》のセンスがあった。自然《ナチュラル》？　つまり彼女の小説には揺るぎないしっかりとした骨格がありながら、主題から主題へ、作品によっては現代から過去へと移動して、それがごく自然なことであるかのように錯覚させるのだ。移動は時に一つの文章の中で起こる。たとえばこんなふうに――

〈わたしはデスクに向かって上の空で電話を取り、酸素を頼んだり検査技師を呼んだりしながらネコヤナギとスイートピーと鱒の池のあたたかな波の中に分け入っていった。夜の鉱山の、初雪をうっすらかぶった滑車やロープ。アン王女のレース《ノラニンジン》と、その向こうの星空。〉

物語の形成に関して、アラステア・ジョンストンはこう考察する。〈彼女の小説にはカタルシスがある。ただし決定的瞬間に向けて直線的に高めていくというよりは、もっと用意周到にクライマックスをお膳立てし、読者にそれとわからせるようなやり方を彼女はする。「アメリカン・ブック・レビュー」誌でグロリア・フリムが述べたように、彼女は〝トーンを抑え、周囲を固め、その瞬間がおのずと明らかになるように仕向ける〟のだ。〉

そして、彼女のエンディング。多くの作品で、バン！　結末は唐突に訪れる。だがそれらは物語の素材に有機的に根ざしているために、予想外であると同時に必然的でもある。「ママ」では、妹のほうは酷薄だった母親に同情する道をなんとか見いだすが、語り手である姉は最後の最後に――当時を振り返りつつ自分に向かって、あるいは読者に向かって――こんなひと言で読者の度肝を抜く。〈わたしは……わたしにそんな優しさはない。〉

ルシア・ベルリンの中で、小説はどのようにして生まれたのだろう。ジョンストンの言葉がヒントになる。〈彼女はいつもごく単純なものから出発した。顎のラインや、黄色いミモザなど。〉その先を、ベルリン自身がこう続ける。〈ただしそのイメージは、ある特定の、生々しい体験と結びついているのでなければなりません。〉詩人のオーガスト・クラインザーラーに宛てた手紙の中で、彼女は自分の執筆法についてこう書いている。〈ともかくも書きはじめる＆あとはあなたに今書いてるみたいに書くだけ、もうちょっとちゃんとした字でね……。〉そうしながら、おそらく頭のどこかべつの部分では、つねに物語の型や順序、そして結末までしっかり把握していたのだろう。

小説はリアルでなければならないと彼女は言った――彼女にとってのリアルという意味で。おそらくそれは作為的でない、偶発的でも無根拠でもない、という意味だろう――小説は深い実感をともなう、感情にとって大きな意味をもつものであるべきなのだ。彼女は自分の生徒に、あなたの書くものは巧《うま》すぎると言ったことがある――巧さを目指してはだめだ、と。いちど彼女は自分の短編の一つをライノタイプ〔キーボードを打鍵して、溶かした鉛から活字を作る機械〕でみずから活字に組んだが、まる三日かけて組んだその活字を、けっきょくまた坩堝《るつぼ》に戻して溶かしてしまった。その小説が、彼女いわく〝ニセモノ〟だったからだ。

痛みをともなう人生の題材を、彼女はどう取り扱ったのか。

「沈黙」で語られる実際のできごとを、彼女はクラインザーラー宛ての手紙の中でも血を吐くような短い言葉で〈ホープとの仲違いは絶望だった〉と書いている。物語の中で、語り手の叔父でアルコール依存症のジョンが、トラックに幼い姪を乗せたまま酒酔い運転をする。ジョンは子供と犬をはねて怪我をさせ、ことに犬は瀕死の重傷を負うが、彼はそのまま走りつづける。この時のことについて、ルシア・ベルリンはクラインザーラーに宛ててこう書いている。〈叔父が子供と犬をはねたときのわたしの失望は、それはそれはひどいものだった〉。そのできごとを元に彼女が書いた小説では、同じ事件、同じ痛みが語られながら、ある種の解決も用意されている。語り手がずっと後になって再会したジョン叔父は、幸せな結婚をして、角が取れて穏やかになり、酒をやめている。語り手は最後にこう言う。〈もちろんそのころには、なぜあのときジョン叔父がトラックを停められなかったか、わたしも痛いほどわかるようになっていた。すでにわたしもアル中になっていたから。〉

困難な素材を取り扱うことについて、彼女はこう語る。〈実際のできごとをごくわずか、それとわからないほどに変える必要はどうしても出てくる。事実をねじ曲げるのではなく、変容させるのです。するとその物語それ自体が真実になる、書き手にとってだけでなく、読者にとっても。すぐれた小説を読む喜びは、事実関係ではなく、そこに書かれた真実に共鳴できたときだからです。〉

事実をねじ曲げるのではなく、変容させること。

私がルシア・ベルリンの作品と出会ったのは、今から三十年以上前のことだ。一九八一年にタートル・アイランド社から出た *Angels Laundromat* という薄いベージュのペーパーバックを手に入れたのが始まりだった。彼女の三冊めの短編集が出るころには、私たちは遠く離れたまま知り合いになっていたが、どのようにしてだったかは思い出せない。手元にある *Safe & Sound*（ポルトルーン・プレス、一九八八年）という美しい本の見返しには、私に宛てた彼女のサインがある。私たちは一度も会わなかった。

それまで小出版社の世界にとどまっていた彼女の著作は、やがてブラックスパロウ、ついでゴディーンといった中堅出版社の世界に移った。短編集の一つはアメリカン・ブック・アワードも受賞した。だがそれだけ評価されながら、彼女の作品はまだまだ不当に少数の読者しか獲得してこなかった。

私は長いこと、母親と子供たちが早春に初もののアスパラガスを摘《つ》みにいくという彼女の作品がどこかにあったはずだと思いこんでいた。だが今のところ、それは二〇〇〇年に彼女からもらったべつの手紙の中にしか見つかっていない。私が彼女への手紙にプルーストのアスパラガスの描写について書いた、それへの返信だった。

わたしが地面に生えているのを見たことがあるのは、細い、クレヨンの緑色の、野生のやつだけです。ニューメキシコにいたころで、家はアルバカーキのはずれの川のそばにありました。春になると、ある日いっせいにハコヤナギの根元に顔を出す。十五センチほどで、手折るのにちょうどいい高さ。四人の息子たちとわたしとで何十本と摘んで、川下のほうでは〝グランマ〟・プライスと子供たち、上流ではワガナーさんも一家総出で摘んでいた。五、六センチだと誰にも見えなくて、ちょうどこの高さになってはじめて見つかるの。息子の一人が走っていって「アスパラガス！」と叫ぶ、するとプライスさんちやワガナーさんちのほうからも同じような声が上がる。

たとえ時間はかかっても、最上の作家はいつかはきっとミルクのクリームのように表面に浮かびあがると——そして正当な評価を得て、広く世界に知られるようになるはずだと、私はずっと信じてきた。そうして彼らの作品は語られ、引用され、教えられ、演じられ、映画になり、曲をつけられ、アンソロジーに編まれるようになる、と。もしかしたらこの作品集によって、ルシア・ベルリンは今度こそ、本来得るべきだった多くの読者を獲得することになるかもしれない。

ルシア・ベルリンの文章ならば、私はどの作品のどの箇所からでも無限に引用しつづけ、そしてしみじみと眺め、堪能しつづけていられる。だが最後にもう一つだけ、私のとりわけ好きな一節を引いておこう。

だとしたら、結婚とはいったい何なのだろう。いくら考えてもわからない。そしていま、死もわたしにはわからないものになった。

訳者あとがき

ルシア・ベルリンの名を知ったのは今から十数年前、リディア・デイヴィスが彼女について書いた文章を読んだのがきっかけだった。お世辞やしがらみでは決して人をほめないデイヴィスが、いつになく熱っぽく、ほとんど羨望と悔しさのにじむような書きぶりで絶賛していたのが目を引いた。加えてERの看護師をしていたという経歴にも興味をひかれて、本を取り寄せてみた。

一読して打ちのめされた。なんなんだこれは、と思った。聞いたことのない声、心を直《じか》に揺さぶってくる強い声だった。行ったことのないチリやメキシコやアリゾナの空気が、色が、においが、ありありと感じられた。見知らぬ人々の苛烈な人生がくっきりと立ち上がってきた。彼らがすぐ目の前にいて、こちらに直接語りかけてくるようだった。

私はあわてて手に入るだけの彼女の本を取り寄せた。彼女の書いた短編を年代別に区切って網羅した三つの短編集があったが、どれも絶版で古書扱いだった。作家自身もすでに故人になっていたことを、そのときはじめて知った。

ルシア・ベルリンは一九三六年にアラスカで生まれた。鉱山技師だった父親の仕事の関係で、幼少期はアイダホ、ケンタッキー、モンタナなどの鉱山町を転々とした。五歳のときに父が第二次世界大戦で出征すると、母と生まれたばかりの妹とともにテキサス州エルパソにある母の実家に移り住んだ。祖父は腕はいいが酒びたりの歯科医、母も叔父もアルコール依存症という環境だった。終戦後、父、母、妹とともにチリのサンチャゴに移住し、十八歳でニューメキシコ大学に進むまでをチリで過ごした。エルパソの貧民街から一転してお屋敷に召使つきの暮らしで、ルシアは部屋にこもりきりの母にかわり、父親主催のパーティのホステス役として重宝された。

大学在学中に最初の結婚をし、二人の息子をもうけるが離婚。五八年にジャズピアニストだった二番目の夫と結婚してニューヨークに住む。やはりジャズミュージシャンだった三番目の夫と六一年からメキシコで暮らし、さらに二人の息子をもうけるが、夫の薬物中毒などにより六八年に離婚した。ベルリン姓はこの最後の結婚のものである。

七一年からカリフォルニアのオークランドとバークレイに暮らし、高校教師、掃除婦、電話交換手、ERの看護師などをしながら、シングルマザーとして四人の息子を育てる。この頃からアルコール依存症に苦しむようになる。いっぽう二十代から小説も書きはじめており、二十四歳の時にソール・ベロー主宰の雑誌 *The Noble Savage* ではじめて作品が活字になったのを皮切りに、*Atlantic Monthly*、*New American Writing* などの文芸誌に断続的に作品を発表するようになる。八五年にはわずか五パラグラフからなる「わたしの騎手《ジョッキー》」がジャック・ロンドン短編賞を受賞した。

九〇年代に入り、アルコール依存症を克服してからはサンフランシスコ郡刑務所などで創作を教えるようになり、九四年にはコロラド大学の客員教授となる。学生に大人気の先生であったという。最終的に准教授にまでなるが、子供のころに患っていた脊柱側彎症の後遺症からくる肺疾患などが徐々に悪化し、酸素ボンベが手放せなくなる。

二〇〇〇年に大学をリタイアし、翌年息子たちの住むロサンジェルスに移住したが、〇四年にガンのために死去した。六十八歳の誕生日だった。


ルシア・ベルリンの小説は、ほぼすべてが彼女の実人生に材をとっている。そしてその人生がじつに紆余曲折の多いカラフルなものだったために、切り取る場所によってまったくちがう形の断面になる多面体のように、見える景色は作品ごとに大きく変わる。鉱山町で過ごした幼少期(「マカダム」「巣に帰る」)。テキサスの祖父母の家で過ごした暗黒の少女時代(「ドクターH.A.モイニハン」「星と聖人」「沈黙」)。豪奢で奔放なチリのお嬢時代(「いいと悪い」「バラ色の人生《ラ・ヴィ・アン・ローズ》」)。四人の子供を抱えたブルーカラーのシングルマザー(「掃除婦のための手引き書」「わたしの騎手《ジョッキー》」「喪の仕事」)。アルコール依存症との闘い(「最初のデトックス」「ステップ」)。ガンで死にゆく妹と過ごすメキシコの日々(「苦しみの殿堂《ドロレス》」「ママ」「あとちょっとだけ」)……。

掃除婦と学校教師、デトックスと舞踏会、鉱山町とメキシコのリゾート、切った張ったのER

とコロラドの静かな山奥が併存する人生は、一人の人間から取ってきたとは思えないほど起伏に富んでいて、それ自体が小説のようだ。だが彼女の作品の本当の魅力は、それら人生のさまざまな場面を鮮やかに切り取ってくる、彼女にしか持ち得ないような目と耳との鋭さにこそある。気を失って〈ミニチュアのアステカの神様みたい〉に横たわる競馬の騎手。母につねられてできた、腕の〈北斗七星や小びしゃく座や竪琴座〉。〈おおぜいの人が拍手するみたいな〉音で踏み固められる道路の舗装。ジャックスのコマが地面に散らばるときの〈ドラムをブラシでなでるような、雨みたいな音〉。彼女の言葉は読む者の五感をぐいとつかみ、有無を言わさず小説世界に引きずり込む。その握力の強さ。

そして声、何よりも彼女の声だ。私は小説を訳すときいつも、この人と声の似た作家は誰だろうと考えてみる。でもルシア・ベルリンはだめだった、似ている人をうまく思いつけなかった。冷徹な洞察力や深い教養と、がらっぱちな、ケツをまくったような太さが隣り合わせている。悲惨だったり痛ましかったりする過去のできごとについて語るときでも、書き手と文章のあいだにつねに一定の距離があり、そのあわいから得も言われぬユーモアがこぼれ出る。口じゅうの歯を全部抜かれ、止血のためにティーバッグをくわえさせられた祖父は〈生きたティーポット〉と化す。アルコール依存症のシングルマザーは錯乱したあげく、停まっている電車に飛び込み自殺をはかる。手首を切った母親の遺書には〈ブラディ・メアリー〉と署名がある。

彼女の文章は無骨でぶっきらぼうな剛直さと、思いがけない詩情とのあいだをやすやすと行き来する。たとえば場末のコインランドリーのアルコール依存症のインディアンについて書いた、そのすぐあとのこんな一節――〈わたしはインディアンたちの服が回っている乾燥機を、目をちょっと寄り目にして眺めるのが好きだ。紫やオレンジや赤やピンクが一つに溶け合って、極彩色の渦巻きになる〉。そして彼女の言葉には無駄がない。最小限の言葉で人や事物を刻みつける。ときに言葉をバイパスするように跳躍し、核心に切り込む。〈ターはバークレーのゴミ捨て場に似ていた〉なんていう一言を、いったいほかの誰が書けただろう。

彼女を語るのに、今までにいろいろな作家の名が引き合いに出されてきた。レイモンド・カーヴァー、リチャード・イエイツ、トム・ジョーンズ……。けれどもルシア・ベルリンの読みごこちは、似ているようで、その誰とも似ていない。たしかに彼女はしばしば崖っぷちに立たされた人々を描く。毎日バスに揺られて他人の家に通いながらひたすら死んだ夫の後を追うことを思う掃除婦や、夜明けにふるえる足で酒を買いに行くアルコール依存症のシングルマザーや、あまりにも独りぼっちすぎて道路の舗装材を友だちの名前みたいだと感じてしまう少女や。だがどんなに絶望的な状況を描いていても、行間のそこここに、したたかな生命力や、華やかなおおらかさのようなものがにじみ出ている。書き手の魂から直接放たれる熱やエネルギーや豊かさが、抑えきれずにはみ出している。読み手は本を閉じたあと、絶望や孤独だけではない、ひとかけらの光のようなものを手渡されたような気持ちになる。ちょうどジグソーパズルの最後に嵌《は》めこまれる青空の一ピースのように。

十数年前に初めてルシア・ベルリンを読んで以来ずっと、なぜ彼女の書くものはこんなにも心を揺さぶるのだろうと考えつづけてきた。今も考えている。だが結局のところ、説明の言葉は重ねるだけ虚しい。ルシア・ベルリンの書くものならどこからでも延々と引用しつづけられる、というリディア・デイヴィスの言葉に全面的に賛成だ。ルシア・ベルリンの小説は、読むことの快楽そのものだ。このむきだしの言葉、魂から直接つかみとってきたような言葉を、とにかく読んで、揺さぶられてください、けっきょく私に言えるのはそれだけなのかもしれない。

ルシア・ベルリンは生涯に七十六の短編を書いた。七七年に世に出た初めての作品集*A Manual for Cleaning Ladies*（本というよりは小冊子に近かった）は、その声の斬新さで同時代の作家たちに衝撃を与え、一部で名を知られる存在になった。以降もバリー・ハナやレイモンド・カーヴァー、フレデリック・バーセルミ、リン・ティルマンといった錚々《そうそう》たる作家たちに影響を与えたが、存命中も死後も、「知る人ぞ知る」作家の位置づけに長くとどまっていた。

それが大きく変わったのは二〇一五年、全作品の中から四十三篇を選んだ作品集がリディア・デイヴィスの序文「物語《ストーリー》こそがすべて」とともに新たに出版されてからだった。その本、*A Manual for Cleaning Women*は刊行と同時に多くの読者から驚きとともに迎えられ、年末に各雑誌や新聞が選ぶ年間ベストテンのほぼすべてのリストを席巻した。死後十数年の時を経て、ルシア・ベルリンはついに正しく〝発見〟されたのだ。

本書では、その*A Manual for Cleaning Women*の中から二十四篇を選んで翻訳した。ボリュームの関係で全部を訳すことはかなわなかったが、いずれは残りも、さらにはこの本に収められなかった他の短編も翻訳できる日がくることを願っている。右の理由で、リディア・デイヴィスの序文に引用されている作品のいくつかはここには収録されていない。また作品が書かれた時代や前後の文脈にかんがみ、差別的と受け取られる可能性のある語もあえてそのまま翻訳した部分があることをお断りしておく。

現在、本書以外に日本語訳で読めるルシア・ベルリン作品としては、「火事」（拙編訳『楽しい夜』二〇一六年、講談社　収録）がある。

この希有な作家の声が、日本の多くの読者の心に届くことを心から祈っている。

本書を翻訳するにあたっては、おおぜいの方々のお世話になった。ルシア・ベルリンに惚れ込み、訳者を励まし、書籍化の作業を熱意をもって進めてくださった講談社の須田美音さん、堀沢加奈さん。訳出上の疑問点に一つひとつ丁寧に答えてくださった満谷マーガレットさん。素晴らしい装幀をしてくださったクラフト・エヴィング商會の吉田篤弘さん、吉田浩美さん。本当にありがとうございました。

本書の完成を楽しみにしてくださっていた佐藤とし子さんに、この本を捧げます。

二〇一九年六月

岸本佐知子

初出
「星と聖人」　すばる　2017年10月号
「掃除婦のための手引き書」　早稲田文学増刊 女性号　2017年9月
「わたしの騎手《ジョッキー》」　AERA STYLE MAGAZINE Vol.32 AUTUMN 2016
上記以外は訳し下ろしです。

岸本佐知子（きしもと・さちこ）
翻訳家。訳書にリディア・デイヴィス『話の終わり』『ほとんど記憶のない女』、ミランダ・ジュライ『最初の悪い男』、スティーヴン・ミルハウザー『エドウィン・マルハウス』、ジャネット・ウィンターソン『灯台守の話』、ジョージ・ソーンダーズ『短くて恐ろしいフィルの時代』など多数。編訳書に『変愛小説集』『居心地の悪い部屋』『楽しい夜』ほか、著書に『なんらかの事情』ほか。2007年、『ねにもつタイプ』で講談社エッセイ賞を受賞。

掃除婦《そうじふ》のための手引《てび》き書《しょ》
――ルシア・ベルリン作品集《さくひんしゅう》

二〇一九年七月　八　日　第一刷発行
二〇一九年八月二十九日　第四刷発行

著者――ルシア・ベルリン
訳者――岸本佐知子《きしもとさちこ》

発行者――渡瀬昌彦
発行所――株式会社講談社
東京都文京区音羽二―一二―二一
郵便番号　一一二―八〇〇一
電話　出版　〇三―五三九五―三五〇四
販売　〇三―五三九五―五八一七
業務　〇三―五三九五―三六一五

印刷所――豊国印刷株式会社
製本所――加藤製本株式会社
本文データ制作――講談社デジタル製作

ISBN978-4-06-511929-7